기록자들

record-99

70

78

79

62

기록자들

85

90

96

97

98?

차례

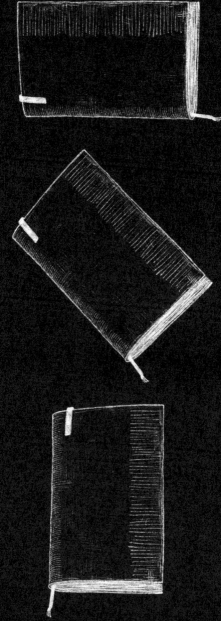

꼭 해야 하는 일이라면 빨리 끝내는 게 낫다. 죽이는 것도 마찬가지다. 칼끝에 가늘게 전해 오는 떨림과 예상만큼 가벼운 숨. 근수는 원장이 움직이지 못하도록 뒤에서 감싸 안았다. 어느 한쪽에 힘이 너무 가해져 멍 자국이 생기지 않도록 신경 썼다. 한쪽 손으로 막은 입에서 피가 역류하는 게 느껴졌다. 곧 피가 기도를 막아 질식할 것이다. 원장의 손톱에 붙은 큐빅이 창으로 들어온 가로등 불빛을 받아 파르르 떨렸다. 어두컴컴한 학원의 교무실처럼 원장의 목숨이 푸시시 꺼졌다.

일부러 거칠게 칼을 빼서 주위에 피를 튀겼다. 잡고 있던 원장을 그대로 놓았다. 주저앉으면서 몸이 책상에 부딪혔다. 자연스럽게 멍이 들어야 한다. 원장은 치마가 말려 올라간 채로 책상에 기대앉은 모양이 되었다. 퀴퀴하게 드러난 팬티가 젖어 번들거렸다. 쿰쿰한 오줌 지린내가 피어올랐다. 근수는 원장의 오른손 손톱을 세워 바닥에 기절해 있는 실장의 목을 긁어 생채기를 냈다. 핏자국이 좀 부족해 보였다. 원장의 고개를 살짝 모로 돌려놓으니 입에서 피가 넘쳐 나왔다. 칼 손잡이에 피를 묻혔다. 바닥에 누운 실장의 오른손에 칼을 꽉 쥐어 검지 안쪽에 상처가 나도록 하고 칼을 떨어

트렸다. 핏자국이 자연스럽게 튀었다. 하나가 더 남았다. 주머니에서 가루를 꺼내 실장의 콧구멍에 밀어 넣고 나머지는 바지 주머니에 쑤셔 넣었다.

그런대로 그림이 되었다. 지린내가 점점 심해졌다. 아직도 오줌이 나오는지 바닥이 점점 젖어 왔다. 근수는 덧신에 오줌이 묻지 않도록 물러섰다. 다시 한 번 세팅된 그림을 둘러본 다음 학원을 빠져 나왔다. 건물 1층 화장실로 가서 장갑과 덧신과 모자, 두 겹으로 입었던 겉옷을 벗어 가방에 넣었다. 준비한 대로 주위 CCTV에 걸리지 않는 동선으로 근처의 하천까지 걸어갔다. 아무도 마주치지 않았다. 하천 풀숲에 미리 놓아둔 플라스틱 통을 꺼냈다. 가방째 통에 넣고 염산을 부었다. 매캐한 냄새가 올라왔다. 넣은 것들이 녹을 때까지 산책로를 잠시 걷다가 돌아왔다. 통 안에는 탁한 액체만 남았다. 작은 모래톱에 부어 버리고 통은 하천으로 던졌다. 통은 뒤집어지며 천천히 떠내려갔다.

모두 계획대로 되었다. 이번 일은 좀 까다롭기는 했다. 원장과 실장이 학원을 끝내고 정사를 벌이는 것은 일주일에 두 번 정도였다. 그 시간을 맞춰 계획을 짜는 게 번거롭기는 했지만, 원장 남편의 요구는 충분히 반

영되었다. 나머지는 자기가 알아서 할 일이다.

근수는 다시 산책로를 따라 걸었다. 부스럭거리는 낙엽 냄새가 옅어지고 공기가 무거워졌다. 계절이 겨울로 가고 있다. 계속 걸어 큰길에 도착했다. 공중전화 부스에 들어가 원장 남편에게 전화를 걸었다. 음성 메모로 넘어가기를 기다렸다가 버튼음을 3초간 눌러 녹음을 하고 전화를 끊었다. 전화 부스를 나와 택시를 잡아탔다. 택시 안은 찌든 담배 냄새를 눌러 놓은 싸구려 향수 냄새가 가득했다. 거기에 북소리와 함성이 섞인 소리가 요란하다. 내비게이션 화면에는 아랍에미리트와의 축구 평가전이 한창이다. 기사가 볼륨을 낮추며 말했다.

후반 10분 정도 남았습니다. 1 대 0으로 지고 있어서 끄기도 좀 그렇고, 좀 켜 놓고 가도 괜찮겠습니까?

근수는 고개를 끄덕이고 창을 조금 내렸다. 바깥바람이 들어오니 좀 살 것 같다. 도무지 이해할 수가 없다. 생뚱맞게 세워 놓은 골대에 공을 넣기 위해 잔디밭 위를 죽일 듯이 뛰어다닌다. 그걸 수백 수천만이 지켜보며 열광한다. 도대체, 누가 누구를 이긴다 한들, 그게 무슨 소용인가.

저 새끼 또 안 일어나네. 하여튼 저 새끼들은 안 돼. 도대체가 스포츠 정신이 없어. 에이 더러운 새끼들. 안 그렇습니까?

근수는 못 들은 척 눈을 감았다. 아나운서도 매너를 운운하며 시간이 가는 것을 안타까워했다. 웅웅거리는 응원 소리와 북소리. 밑도 끝도 없이 부풀어 오른 애국심이 택시 안을 가득 채웠다. 그 열기와 싸구려 향에 섞여 비릿한 냄새가 났다. 어딘가 익숙한 냄새는 감은 눈 속으로 스멀스멀 기어들어 기억에 들러붙었다. 근수는 냄새를 타고 88년의 그 소읍으로 갔다.

가을에 열릴 올림픽으로 온 나라가 풀썩거리며 부풀어 있었다. 보통 사람이 대통령이 되고 함부로 복개(覆蓋)한 도로 밑으로 썩은 내가 진동을 해도, 컬러TV 속에서는 알록달록 퍼레이드 연습이 한창이었다.

국도 끝 구석진 소읍도 도회만큼은 아니지만, 적당히 악취를 풍기며 풀썩거렸다. 국민학교와 면사무소와 지서, 술도가와 다방이 있었다. 선거 전날 이장이 오천 원이 든 노란색 봉투를 돌렸고, 장날이 되면 온 골짜기 사람들이 몰려들어 장터가 흥청거렸다. 다방에는 새 아가씨가 왔다. 가을걷이가 시작될 때쯤이면 언제나 새 아가씨가 왔지만, 경칩이 낼모래인데 새 아가씨가 온 적은 처음이었다. 열어 놓은 다방 문에서는 종일 음악이 흘러나왔다. 가늘게 이어지는 음악 소리는 동네와 어울리지 않았다. 그래도 그 문은 다른 세계와 연결된 것 같았다. 그 다른 세계에서는 낮에 커피를 팔고, 저녁에는 더 깊은 안채에서 술을 팔았다. 소문을 타고 골짜기에서 내려온 남정네들이 낮에는 커피를 시켜 놓고 새 아가씨 엉덩이를 툭툭 쳐대고, 밤에는 안채에 들어 화투패를 쪼아 대거나 건넛방에서 니나노를 외치며 낑낑거렸다.

장날이 되면 다방에 남정네들은 사라지고, 어느 골짜기에서 내려온 여인네들이 들락거렸다. 먹어 보지도 않은 커피를 시켜 놓고, 여우 같은 새 아가씨의 면상을 째려보면서 자기 집 화상이 어느 구석에 숨었나를 살폈다. 종일 커피만 두 잔 마시고 집에 돌아가 잠을 못 잔 여인도 있다고 했다. 오후가 되면 으레 다방에서 싸움이 났다. 홧김에 막걸리를 한 됫박 마신 어느 골짜기 여인네가 새 아가씨나 마담 머리채를 잡고 악다구니를 했다.

이 갈보 년들 어데 할 게 없어서, 보지 팔아가 집에 망쪼가 들게 하노. 어? 그기 어떤 돈인 줄 아나? 하기는, 너거 년들이 알 턱이 없지. 삼복 더우에 담배밭에 쌔 빠지게 기어 다니미, 이 손 봐라. 이 담뱃진에 손이 이리 새카매지도록, 내가, 내가 쌔가 만바리 빠지구로 해가 번 돈을, 그기 다 우리 아들 공납금이고 빌린 비룟값인데. 니 잡녀르 년들 가랑이에 쑤시 널라고 내가 그래 했는 줄 아나! 이 잡년들아.

아, 이 쌍년이 어데 와서 지랄이고. 이거 놔라. 안 놓나. 너거 서방이 좆질하고 노름해가 날린 돈을 와 내한테 지랄이고. 이거 놔라 이년아.

마담도 지지 않고 악다구니를 쓰며 한 몸으로 뒹굴다가, 지서에서 순경이 오면 푸시시 정리가 되었다. 그후에는 한바탕 울음바다가 터졌다.

아이고, 내 팔자야. 서방이라고 있는 기, 빙신 쪼다 같은 기, 넬모레가 경칩인데 논 갈고 씨나락 뿌릴 생각은 안 하고, 어데다 씨를 뿌리고 지랄이고. 아이고, 내 팔자야. 좆 대가리는 좆만 한 기, 간 대가리는 태평양이다. 아이고 그 돈이 어떤 돈인데. 아이고, 우리 아들 공납금은 우짜라고. 아이고.

구경하던 장꾼들은 피식피식 웃다가, 자기 일 같기도 해서 혀를 차다가, 아직 짧은 해가 기울면 슬금슬금 자기 골짜기로 돌아갔다. 장터가 비어 가면 장돌뱅이들도 다음 장으로 떠날 채비를 해서 트럭에 차곡차곡 실었다. 자잘한 인사와 농을 뿌리고 트럭이 떠나면 휑하니 남은 장터에 어둠이 내렸다.

해가 지면 장터 옆에 바짝 붙어 있는 백천식당도 문을 닫았다. 매일매일 한가한 백천식당도 장날만은 바빴다. 지실댁은 도회에는 있고 산골에는 없는 건 뭐든지 떼 와서 팔았다. 가을 겨울에는 핫도그 오뎅 떡볶이 생선을, 봄부터 여름에는 과일을, 장국과 막걸리는 사시사철 팔았다. 팔고 팔고 또 팔아서 망가진 남편과 근수를 먹였다.

장날 아닌 날은 아침 삼아 막걸리 반 되를 마시고 가는 이 씨와 학교를 파하고 5리씩 10리씩 걸어서 자기 골짜기로 돌아가는 아이들 몇이 주전부리를 위해 백천식당에 들렀다. 가끔 지서 순경들이나 학교 선생들이 회식을 오기도 했다. 그런 날이면 근수는 물을 데워서 닭이나 오리, 토끼를 잡았다. 그 외에는 대체로 적막하고 그래서 가난하고, 또 그래서 한심한 생각이 드는 날들이 이어졌다. 그날도 분명 그런 한심한 날 중 하나였는데, 근수는 그날 그 적막 속에 갇혀 버렸다.

여름이 성큼 다가온 봄의 끝자락, 장터 옆 백천식당은 여전히 텅 비고 적막했다. 텅 빈 공기를 괘종시계가 열두 번 두드렸다. 4B 연필이 삭삭 스케치북을 지나가는 소리와 방문 너머 거칠고 질긴 숨소리, 시계추가 왕복하며 내는 딸깍딸깍 소리가 기묘한 균형을 이루면서 적막을 지그시 누르고 있었다. 그 기묘한 균형은 분명 무겁지 않았는데, 근수는 낚싯대를 들고 개울로 나서지도, 자전거를 몰아 학교 운동장으로 달려가지도 못했다. 그저 묵묵히 음영를 새겨내는 연필 소리에만 집중하려 애썼다. 첫차로 나가 김천장을 봐서 열두 시 차로 돌아온다던 지실댁은 한 시가 되어도 돌아오지 않았다. 텅 비게 공기를 때리는 괘종시계 소리가 다시 한번 울렸다. 그 소리만이 시간마다 연필 소리와 숨소리를 잡아먹었다. 답답한 적막의 무게가 질기게도 계속되었다. 보건소에 가야 할까? 방문을 열어 보아야 할까? 생각과 달리 근수는 자리에서 일어서지 못했다. 애써 아버지의 숨소리를 듣지 않으려 연필을 꾹꾹 눌러 가며 미술책 속의 정육면체를 그렸다.

어차피, 기왕이면, 뭐가 뭔지 모르겠지만, 빨리 지나갔으면. 아버지가 휘둘러 대는 부엌칼을 피해 물집할매 집으로 도망을 다니던 때도, 망가진 몸으로 시원찮게 지팡이를 휘두르며 욕지거리를 해대는 아버지를 볼 때도, 그 망가진 아들과 손주를 며느리 목에 걸쳐 두고 가는 게 걸려 반나절 동안 숨을 놓지 못하던 할매를 지켜볼 때도 그랬다. 빨리만 지나갔으면. 어서, 빨리.

하지만 시간은 끝도 없이 오후를 흐르고 지실댁은 좀처럼 오지 않았다. 꾹꾹 누르며 버틴 시간을 오후 세 시의 괘종시계가 때렸을 때, 근수는 식당 문을 열고 나섰다. 오후 세 시의 땡볕밖에 없는 삼거리 버스 정류소로, 머릿속 괘종시계 소리를 가슴팍에 댕 댕 댕 새기며 걸어갔다. 찌륵찌륵 방아깨비가 울고 구구구구 산비둘기가 울고 쩡— 소리를 내며 산이 울었다. 멀리 보이는 애기산 골짜기 위에는 음모처럼 뭉게구름이 일어나고 있었다. 구름에서 노루 오줌 냄새가 날 것 같았다. 출입이 금지된 저 골짜기에 가면 갓난아이 울음소리가 난다고 했다. 나무도 하지 않아 무성한 숲에는 이제껏 보지 못한 것들이 있다고 했다. 죽은 아이를 먹고 더 크게 자란 짐승들과 더 굵은 더덕이 있다고 했다. 언젠가 저 골짜기에 가 보리라. 팔과 다리에 더 힘이 오를 때, 저 골짜기에 서 있으리라. 큰 짐승들을 사냥하고 그 골짜기를 지배하리라. 근수는 타잔 같은 포즈를 취하고 골짜기에 서 있는 자기를 떠올렸다. 그러자 쿰쿰한 땀 냄새와 골짜기에 있을 아기 울음소리, 노루 오줌 냄새가 근수를 감싸며 커졌다. 내리쬐는 오후 세 시의 햇볕과 기다림과 기다림의 냄새. 무겁고 긴 냄새 끝에 버스가 왔다.

세 시 반 버스에서 내린 지실댁이 보건소를 향해 달려가고, 아직 앳된 보건소장이 달려오고, 뭐라 뭐라 이야기를 하고, 아버지의 눈을 까뒤집어 보고 청진기로 심장의 소리를 듣는 동안, 근수는 다시 식당 의자에 앉아 선을 긋고 있었다. 지독한 기다림의 냄새를 연필로 삭 삭 눌러 가며 생각했다. 지나가라. 빨리. 어쨌든 빨리. 네 시를 두드리는 괘종시계가 텅 빈 백천식당을 울렸다. 뎅 뎅 뎅 뎅 소리 사이로 커─허 소리를 내며 꺼지는 아버지의 숨소리가 지나갔다. 그러자 그 답답하고 무거운 냄새가 사라졌다. 가늘게 흐느끼는 지실댁의 울음소리 너머로 다시 적막이 왔다. 그 적막 속에서 근수는 깨달았다.

사라질 것들은 어차피 사라지게 되어 있다. 어차피 사라질 것들을 끈질기게 기다려 주는 것은 무의미하다. 기왕 사라져야 한다면 망설임 없이 빠르게 사라져야 한다. 기다려 주는 건 무의미한 일이다. 망설이다가 겁먹고 그것 때문에 또 망설이게 되고, 끝내 공포 속으로 다른 사람들을 끌어들인다. 그건 산 사람들의 세계를 흐트러뜨리는 짓이다. 사라져야 할 것들을 망설임 없이 사라지게 하는 일, 그 일을 해 줄 사람이 필요하다. 근수는 어쩌면 그게 자기일 거라고 생각했다. 어려서부터 비슷한 일을 해 왔다. 물고기와 토끼, 닭과 오리의 목을 자르고 배를 갈랐다. 지실댁을 대신해서 죽이고 아버지를 대신해서 죽여서 아버지 하나를 살리려고 했다. 하지만 끝내 아버지는 죽었다.

아버지를 묻고 나자 지실댁은 과부가 되었고 근수는 아비 없는 자식이 되었지만, 먹고 자는 일은 더 편해졌다. 밤에 자다가 물집 할매 집으로 도망을 가거나 엎어진 밥상을 보며 아쉬워하지 않아도 됐다. 하지만 그 외의 것들이 점점 불편해졌다. 아버지가 누워 있던 방이 넓어지자 집도 더 넓어졌다. 마당도 넓어지고 부엌도 넓어졌다. 넓어진 만큼 지실댁과 근수는 집 안을 서성이고 다녔다. 사람이 죽는다는 건 서성이게 되는 것이었다.

시간이 흐르면서 동네는 그날이 그날같이 매일 비슷했지만, 지실댁과 근수에게는 조금씩 달라졌다. 새점방 앞 마루에서 파를 다듬거나 쭈쭈바를 빨던 아줌마들은 지실댁이 다가가면 딴청을 피웠다. 동네 아이들은 고·백·신[01] 편을 나누면서 근수를 빨리 뽑지 않았다. 방앗간 집 작은댁으로 사는 대덕댁과 30년째 과부인 욕쟁이 물집 할매만 지실댁과 근수를 살갑게 대했다.

늦은 밤에 누군가 담장을 넘어오기도 했다. 마당 구석에 매어 둔 메리가 짖는 소리에 놀라 도망가다가 대문 옆 장독대의 간장독을 깼다. 까맣게 찍힌 발자국을 몇 개 남겨 두고 갔다. 후덥지근한 밤공기에 간장 냄새가 가득 피어올랐다. 며칠 동안 밤이 오면 지실댁과 근수는 어떤 공포 속에 있었다. 그리고 깨달았다. 움직이

---

01   세 편으로 나뉘어 서로 다른 조건에서 겨루는 놀이로 고구려의 '고', 백제의 '백', 신라의 '신'이 합쳐져 고백신이란 이름을 가지고 있다.

지도 못하는 아버지라도, 칼을 던지거나 밥상을 엎는 아버지라도 다 자기 역할이 있었다고.

그 후로도 가끔 메리는 지실댁과 근수를 지키려 눈을 부라리며 짖어 댔다. 몇 번 반복되는 그 모습을 보면서 근수는 대문 밖의 저것이 노리는 것에 자신은 없다는 걸 알아챘다. 정확히 알 수는 없었지만, 한결같이 풍기는 썩은 냄새는 지실댁을 향하고 있었다. 지실댁은 지서에 신고하지 않았다. 신고하면 순경이 한번 삐죽 다녀가고 온 동네가 수군댈 것이었다. 근수는 밤이 오면 메리를 마당에 풀어놓았다. 며칠 후 다시 누군가 담장을 넘어왔다. 지난번 그것인지 새로 온 저것인지 모르겠지만, 풀어놓은 메리가 다리를 물고 늘어지자 놀라 도망쳤다. 이번에는 핏방울과 함께 신발 한 짝을 남겨두고 갔다. 신발을 뒤집어 보니 저번에 본 발자국과 달랐다. 메리는 찢어진 신발을 물고 한동안 으르렁거렸다.

며칠 후 오후, 메리가 마당을 미친 듯이 뛰어다녔다. 잠시 멈췄다가 다시 미친 듯이 뛰기를 반복하다가 창고 구석으로 숨어들어서 낑낑거렸다. 입에는 게거품을 물었다. 지실댁이 비눗물을 타 오고 근수는 메리

입을 벌려서 부었다. 컥컥거리다가 돼지비계 덩이 하나를 토해냈다. 다시 비눗물을 부었다. 메리는 더 이상 삼키지 못하고 부들부들 떨다가 오줌을 싸면서 울었다. 지실댁도 울었다. 근수는 확신할 수 있었다. 동네에서 가끔 쥐약을 잘못 먹고 죽는 개가 있었지만, 이번은 아니었다. 지실댁이 다시 비눗물을 타러 간 사이, 근수는 메리의 머리를 잡고 귀 뒤 동맥과 목의 숨 자리를 눌렀다. 메리는 자잘하게 근육을 떨다가 곧 혀를 길게 빼고 숨을 멈췄다. 선홍색 혀 때문에 희고 날카로운 송곳니가 도드라져 보였다. 자세히 보니 한쪽이 부러져 있었다. 근수는 부러진 자국을 바라보며 결심했다. 지실댁을 살리기로. 자신이 이 일을 맡기로.

무언가를 살리려면 언제나 무언가를 죽여야 했다. 마음을, 시간을, 살아 있는 것들을. 메리를 죽인 그것을. 그래야 살 수 있다. 근수는 그것들의 정체를 알아낼 방법을 생각해냈다. 김천장이 서는 일요일 아침. 근수는 아침을 먹고 동네 윗동 끝 집으로 향했다. 어른들은 벌써 논밭에 나가거나 첫차를 타고 장에 갔다. 집에 있던

라도 '한 지붕 세 가족'[02]이 끝나기 전까지는 웬만해서 방에서 나오지 않을 것이다. 근수는 끝 집부터 마루 밑이나 뜨락 위에 놓인 신발들을 뒤집어 보고 냄새를 맡았다. 한 짝만 남은 신발이 있는지도 확인했다. 차근차근 한 집씩 확인했다. 마당에 사람이 나와 있는 집은 다른 집에 갔다가 다시 돌아와서 확인했다. 근수는 '한 지붕 세 가족'이 끝나기도 전에 그것들의 정체를 다 알아냈다.

근수는 동네 윗동을 다 돌고 아랫동 집들을 돌기 시작했다. 은기 집을 지나 재훈이 집으로 갔다. 재훈이 집은 신작로 쪽 바깥채를 고쳐서 다방을 하고 있었다. 마담인 재훈이 엄마는 재훈이를 데리고 첫차로 김천장을 보러 갔다. 아직 이른 시간이라 다방은 문을 열지 않았다. 근수는 신작로 뒤편으로 돌아가 대문을 통과해서 안채 쪽으로 들어갔다. 주위를 살피며 놓인 신발을 뒤집어 보고 있을 때, 다방 쪽에서 겁먹은 강아지 소리가 났다. 낑낑거리는 소리를 따라 조심스레 모퉁이를 돌았다. 다방 뒷문이 보였다. 문에는 살구씨를 꿰어 만

02   1986년 11월 9일부터 1994년 11월 13일까지 방영된 문화방송 일요 아침드라마.

든 발이 쳐져 있었다. 소리는 그 안에서 들려왔다. 조용히 발을 걷으며 다방 안쪽을 들여다보았다. 어두컴컴한 실내에서 뭔가가 꿈틀거리고 있었다. 눈이 어둠에 익자 흘러내린 바지와 벌거벗은 엉덩이가 보이다가, 낑낑거리며 애를 쓰고 있는 벗겨진 뒤통수도 보였다. 종도였다. 근수는 엉덩이 너머에서 자기를 보고 있는 새 아가씨와 눈이 마주쳤다. 새 아가씨는 소파에 불편하게 구겨져서 다리를 치켜들고 있었다. 아가씨는 종도 등 뒤로 팔을 뻗어 휙 휙 손사래를 쳤다. 근수는 살구발을 조용히 놓고 돌아 나왔다. 마당을 지나쳐 나오다가 수돗가 세숫대야에 담가 놓은 신발을 발견했다. 수돗가에 다가가자 뒤집힌 신발 바닥의 문양이 눈에 익었다. 선명한 신발 자국같이 간장 냄새가 스멀스멀 올라왔다.

근수는 곧바로 아랫동 끝 집으로 향했다. 다른 집은 가 볼 필요가 없었다. 동네에서 종도와 비슷한 냄새를 풍기는 사람은 하나밖에 없다. 당산나무를 끼고 돌아 농수로를 건너다가 신발 하나를 발견했다. 수로에 난 돌미나리 무지 사이에 메리에게 뜯기지 않은 쪽이 버려져 있었다. 근수는 끝 집 대문을 지나 들어갔다. 방 안에서는 '한 지붕 세 가족' 순돌이가 엄마에게 혼나는 소리가 들리고, 연이어 등터댁의 목소리가 들렸다.

뭘 하고 댕기마 개한테 다 물리노.

시끄럽다. 고마해라.

신발은 어따 갔다 버리고.

고마하라고 했다!

근수는 만수가 으르렁거리는 소리를 뒤로하고 대문을 빠져 나와서 다시 수로로 갔다. 미나리 무지에 버려진 신을 주워 들고 집으로 돌아왔다.

종도와 만수는 둘 다 마흔이 넘었지만, 아이나 어른할 것 없이 모두 종도와 만수라고 불렀다. 아이들은 눈앞에 있을 때만 아재를 붙였다. 그 둘은 동창이었다. 종도가 만수보다 네 살 많았지만 둘은 삼청교육대 동창이었다. 둘이 어울려 술이 오르면 무용담을 쏟아내곤했다. 어느 날 갑자기 검은 지프에 실려 가서, 이제 고만 죽겠다 싶도록 맞고 훈련을 받는 동안 버틸 수 있었던 건, 동향인 서로가 있어서였다고. 동창들은 병신 안되고 돌아와서 천만다행이라며 술잔을 들고 눈시울을 붉히다가도 같은 대졸이라며, 교육대 나왔으니 선생도 할 수 있다고 낄낄거렸다.

종도는 젊어서부터 한량 짓에 도가 트여서, 스물둘에 분탕질과 노름으로 논 스무 마지기를 해 먹고 아버지에게 내쳐졌다. 몇 해를 객지로 떠돌다가 아버지가 병으로 죽자 고향으로 돌아왔다. 올 때 요란한 여자를 하나 데려왔다. 오자마자 바깥채를 뜯어고쳐서 신작로 방향으로 문을 내고 다방을 차렸다. 데려온 여자를 마담으로 앉히고 안채를 차지했다. 자기 어머니는 사랑채로 밀어냈다. 동네 사람들은 천하에 몹쓸 후레자식이라고, 이런 촌구석에 웬 다방이냐며 욕을 했다. 그래도 다방에 젊은 아가씨 둘을 들이자 금방 자리가 잡혔다. 이듬해에 마담이 재훈이를 낳고 재훈이 엄마가 되었다. 그때부터 동네 사람들은 마담을 재훈이 엄마라 불렀다. 종도는 계속 종도라 불렀다.

종도네 안채는 가을부터 겨울까지 니나노에 노름판으로 북적거렸다. 사흘이 멀다고 싸움이 났다. 노름판에 돈 날리고 홧김에 사람을 때리거나, 아가씨를 서로 차지하겠다고 까맣게 그을린 팔뚝을 걷어붙이기도 했다. 종도도 그럴 때만은 쓸모 있었다. 어릴 때부터 한량 짓으로 농익은 악다구니로 싸움판을 대충 정리하고 나면, 부엌을 향해 막걸리를 한 사발 내오라고 소리쳤다. 마루 위에 어깨를 한껏 펴고 앉아 막걸리 사발을 들이켜고 김치를 우적우적 씹었다. 그러고는 집 잘 지킨 개마냥 한동안 흐뭇하게 앉아있었다.

만수는 종도보다 두 해 늦게 고향으로 돌아왔다. 중학교를 졸업하고 도회로 나가 건달 밥을 먹고 살다가 그 길도 재주가 시원찮았는지, 나이만 먹고 고향으로 돌아왔다. 하지만 그것도 남은 재주라고 순진한 고향 사람들의 등을 쳤다. 이장과 면장에까지 줄을 놓고 농번기엔 비료와 농약으로, 겨울에는 취로사업으로 동네를 흩어 놓았다. 수가 틀리면 웃통을 벗고 술병을 깨서 자기 배를 그었다. 한바탕 쇼를 하고 보건소와 지서를 며칠 들락거리고 나면 다시 얼굴을 빳빳하게 들고 다녔다.

두 동창은 만수가 고향에 돌아온 후부터 종종 짝꿍이 되어서 지저분한 냄새를 풍겼다. 동네 사람들은 초록은 동색이라고, 만수가 사고를 치면 그 근처에 종도가 꼭 있다고 말했다. 틀린 말은 아니었다. 근수도 하나가 풍기는 간장 냄새를 따라가서 근처에 있는 나머지 하나를 찾아냈다. 이 동창들은 지실댁을 심심풀이 땅

콩쭘으로 여겼다. 남편 잃은 젊은 과부쭘은 언제든지 자기들의 노리개 거리로 만들 수 있다고 생각했다. 네가 하면 나도 한다. 이 정도의 알량한 기개를 위해 번갈아 가며 담을 넘었을 게 틀림없다.

근수는 주워 온 신을 뜯긴 신 옆에 놓아 보았다. 짝이 맞았다. 그것들을 찾았으니 이제 사라지게 할 방법을 생각해야 했다. 근수는 어려서부터 수없이 없애 왔다. 잠자리 꼬리를 떼어내고 매미 날개를 뜯었다. 메뚜기 다리를 떼어내고 낫으로 뱀 머리를 잘랐다. 올무와 덫을 놓고 독약을 뿌려 사냥을 했다. 토끼를 잡고 노루를 잡고 꿩을 잡아서 배를 가르고 가죽을 벗겼다. 그리고 끈질기게 지켜보았다. 공포에 먹힌 눈동자들이 내뱉는 부질없는 버둥거림이나 죽음의 냄새들을. 학교에서 목숨의 크기는 작은 짐승이나 큰 짐승이나 같다고 배웠지만 그렇지 않았다. 부피가 크고 따뜻한 체온이 있을수록, 마주 볼 눈이 클수록, 오래 알고 지낸 것일수록 목숨의 감촉과 냄새는 무거웠다.

하지만 이번에는 좀 더 신중한 방식이 필요했다. 함부로 쥐어뜯거나 잘라내는 방식이 아니라 좀 더 매끈한 방식이 필요했다. 무엇보다 들키지 말아야 했다. 그래야 지실댁 옆에 남아 있을 수 있다. 근수는 좀 더 매끄러운 방법을 고민했다. 방법은 많았다. 어차피 이런 구석진 소읍에서 죽이는 도구와 방법은 수도 없이 널려 있다. 그중 하나를 고르고 때가 오기를 기다리면 된다. 근수는 방법을 정하고 때를 기다리기로 했다. 그리고 그때가 왔을 때 실수하지 않기 위해 대비책까지 준비했다. 기다리는 동안 계절이 바뀌고 계절의 변화와 함께 근수의 키도 자랐다. 근수는 커진 몸을 좀 더 효율적으로 사용할 수 있도록 꾸준히 연습했다. 찌르고 자르고 조르고 빠뜨리고 태우고 약을 먹이는 법, 그리고 매끄러우면서 드러나지 않게 처리하는 방법에 대해 생각했다.

그러는 동안 다시 봄이 왔다. 동기들은 고등학교 진학을 핑계로 모조리 도회로 나갔다. 근수는 가지 않았다. 더 이상 동기들과 같은 학교에 다니고 싶은 마음은 없었다. 중학교 졸업을 앞둔 근수 주위에는 싸움과 성적의 순위에서 밀려나거나, 동네가 정한 도덕적 순위에서 밀려난 집안의 아이들밖에 없었다. 함부로 수군거리거나, 타락한 유전자를 도도한 도덕적 눈빛으로 쏘아보곤 했다. 한 놈은 근수에게 지실댁이 요즘 밤에 집에 없냐고 묻기도 했다. 코피를 터뜨리는 선에서 끝났지만, 더 어울리다가는 누군가를 사라지게 할 거라는 걸 알고 있었다. 그리고 지실댁을 두고 갈 수는 없었다. 그동안 지실댁은 물집 할매만큼 욕을 잘하게 되었지만, 혼자서는 여전히 부족했다.

근수는 버스로 통학이 가능한 가까운 농업고에 진학했다. 학교에서 돌아오면 들에 나가 닭과 토끼를 먹일 꼴을 벴다. 꼴을 벨 때는 재훈이를 자주 데리고 갔다. 이제 4학년이 된 재훈이는 다방 아들이라는 딱지가 붙어 동네 아이들에게 데면데면한 대접을 받았다. 데리고 가서 잔대[03]를 캐 주거나 가재를 잡아 주기도 했다. 재훈이는 금방 근수를 따르게 되었다.

봄인가 싶었는데 날이 더워지더니 금방 가을이 왔다. 다방에는 또 새 아가씨가 왔다. 어젯밤도 안채에서 노름판이 있었다고 했다. 근수는 저녁을 먹고 장이 끝난 장터로 나가 보았다. 메리가 자주 오줌을 갈기던 기둥을 쳐다보았다. 높아진 하늘에는 은하수가 촘촘하

03   뿌리가 도라지처럼 희고 굵은 약재 식물. 아이들의 간식으로도 이용됐다.

게 반짝였다. 은하수 아래 깔린 적막 속에는 비릿하게 썩은 냄새가 온 동네를 흐르고 있었다. 근수는 좀 더 자란 몸에 힘을 주어 근육을 부풀려 보았다. 서늘한 밤공기와 썩은 비린내가 단단하게 달라붙었다. 근수는 알 수 있었다. 이제 때가 되었다.

근수는 점심나절부터 재훈이 집 마루에서 재훈이에게 방패연을 만들어 주고 있었다. 방패연은 손이 많이 가서 반나절을 꼬박 잡아먹었다. 시루봉을 넘어가는 해가 산 그림자를 길게 드리웠다. 갑자기 소란한 소리가 나서 뒤돌아보았다. 근수는 만수와 눈이 마주쳤다. 만수는 이상한 소리를 내며 뛰어다니다가 사랑채 앞에 벌렁 드러누웠다. 근수는 피식 웃음이 날 뻔한 것을 참았다. 만수가 김치를 먹었다. 하긴 누가 먹어도 상관없었다. 역할만 바뀔 뿐. 만수는 누운 채 거품을 물고 쉭쉭거리는 쇳소리를 냈다. 근수는 잠자코 그 모습을 지켜보았다. 재훈이는 다방 쪽으로 엄마를 부르러 갔다. 근수는 부릅뜬 만수의 눈을 계속 지켜보았다. 어차피 사라져야 할 목숨이다. 조금 빨리 보내 준 것뿐이다. 그러니 어서 빨리 가라. 종도가 비누를 푼 바가지를 들고 나타났다. 만수 입에 대고 부어 넣다가 자기가 꿀꺽꿀꺽 마시고 토하기를 반복했다. 역시 동창 간이라 사이가 끔찍하다.

만수야. 야 이노마야. 와 이라노. 내도 묵었는데. 니만 이라노. 이거 삼키라. 이거 묵고 토해야 산다. 야 임마.

어림없다. 막걸리에는 쥐약을 김치에는 싸이나[04]를 탔다. 꼴로 봐서 만수만 김치를 먹었다. 둘 다 먹는 것 보다 하나만 먹는 게 더 낫다. 싸이나는 종도가 지난번 꿩 덫을 놓을 때 쓰고 창고에 처박아 둔 걸 훔쳤다. 근수는 종도 옆으로 갔다.

아재요. 비눗물 더 타 올까요?

어? 어. 그래.

근수는 바가지를 받아들며 어수선한 틈을 타서 종도 점퍼 주머니에 싸이나 한 줌을 털어 넣었다. 종도는 만수의 뺨을 철썩철썩 때렸다.

야, 임마. 정신 채리라. 야.

입에 거품을 문 채로 팔다리를 부르르 떨고 있는 만수의 눈이 근수와 마주쳤다. 이제 거의 다 됐다. 곧

---

04   청산가리의 일본식 표현

눈동자가 뒤집히며 자잘한 숨이 멈출 것이다. 그때 누군가가 근수의 눈을 가렸다. 근수는 뒤돌아섰다. 지실댁이다. 그 뒤로 동네 사람들이 하나둘 몰려왔다.

개안나? 안 놀랬나?

개안타. 개 쥐약 묵은 거하고 똑같네 뭐.

야가 머라 카노. 빨리 집에 가라.

비눗물 타 가야 되는데.

지실댁은 근수에게 바가지를 뺏어서 수돗가로 던졌다.

시끄럽다. 빨리 안 오나.

뒤통수에서 종도가 다시 토하는 소리가 들렸다. 근수는 뒤돌아서 확인하고 싶었지만 지실댁을 따라갔다.

우짜노, 저 거품 봐라. 쥐약 묵었는갑다.

아이고, 만수는 벌써 눈 돌아삣네. 우짜꼬.

둘이 동창이라고 그리 싸고 돌더마. 이 뭔 일이고.

어제도 노름판에서 싸움이 났다. 동창끼리도 끗발 앞에서는 쌍심지를 켜고 쪼아 대다가 종도가 탈탈 털렸다. 홧김에 종도가 던진 맥주병이 벽에서 박살이 나고 돈 꼰 김에 부아가 난 노름꾼들이 옛날 버릇 나온다며 종도를 밟았다. 만수는 딴 돈에 불똥 튈까 신경 쓰느라 이러지도 저러지도 못하다가 돈만 챙겨 나왔다. 다음 날 종도가 만수에게 동창끼리 처신이 그렇냐고 지청구를 먹이고, 간밤 일이 맘에 걸린 만수가 술을 사는 것으로 동창의 정을 회복하기로 했다.

근수는 간밤에 종도가 노름꾼들에게 밟혔다는 소리를 듣고 바로 움직였다. 아침부터 대훈이 집을 기웃거리며 동창회가 열리기를 기다렸다. 점심나절부터 시작한 동창회는 해거름쯤 막걸리 닷 되가 넘어갔다. 얼근한 동창들이 사이좋게 오줌을 누러 간 사이 근수가 다녀갔다.

며칠 동안 지서에서 순경이 나오고 방송국에서 기자들도 다녀갔다. 근수와 지실댁은 저녁을 먹으며 뉴스를 봤다. 뉴스에 나온 종도는 도박으로 돈 잃고 매 맞은 것에 대해 앙심을 품고 보복 살인을 했다. 김치에 청산가리를 타고, 자신도 피해자 행세를 하려고 미량이지만 쥐약을 타서 마셨다. 죄질이 좋지 않고 과거에도 도박 전과가 있으며, 끝까지 자신의 죄를 인정하지 않아 가중 처벌을 받았다.

지실댁이 고등어자반을 뜯어서 근수 밥 위에 놓으며 말했다.

쌍놈의 새끼들. 지랄들을 한다.

근수는 고등어를 입에 넣고 씹었다. 짭짤하고 비릿
한 맛이 입속에 퍼졌다.

북소리와 웅웅거리는 응원 소리가 사라졌다. 눈을
떴다. 내비게이션은 길 안내를 하고 있고 라디오에서
DJ가 나긋하게 말을 이어가고 있다. 들어보니 DJ는 생
활과 꿈 사이에서 고민하는 K모 양의 사연을 읽고 있
었다. 하나 마나 한 염려와 위로가 길게 이어졌다. 택시
는 외곽 순환도로에 들어서자 속력을 높였다. 가르릉
거리는 엔진 진동음이 몸을 타고 들었다.

시계를 보니 두 시가 다 되어 간다. 지금쯤 실장이
몽롱한 상태로 깨어났을 것이다. 마침 전화를 받지 않
는 원장을 찾아온 남편이 그 광경을 발견하고 신고를
할 것이다. 남편이 실장을 몇 대쯤 두들겨 팼을 수도 있
다. 그러는 동안 경찰이 올 것이다.

손바닥을 펼쳐 보니 원장의 자잘하게 떨리던 숨 자
국이 아직 남아 있다. 목숨에 의미는 없다. 어차피 모든
목숨은 함부로 죽는다. 꼬리 떼어 낸 잠자리같이. 다리
떼어 낸 메뚜기같이. 함부로 먹고 먹히고 부서진다. 존

엄 따위는 인간이 만들어낸 방탄조끼 같은 것이다.

　마지막 신청곡이 나오고 자잘하게 떠들던 DJ가 작
별 인사를 했다. 안녕, 잘 자요. 음악은 후렴 부가 시작
되기 전에 끊기고 두 시를 알리는 시그널 음이 나왔다.
띠 띠 띠 띠— 근수는 길게 끌리는 마지막 음을 들으며
다시 눈을 감았다. 감은 눈 속의 근수는 아직도 텅 비고
적막한 백천식당에 있다. 4B 연필을 꼭꼭 눌러 가며 정
육면체의 음영을 새겨 넣으며 어서, 빨리, 지나가라고
중얼거리고 있다. 오후 네 시의 괘종시계가 먼 메아리
처럼 울린다. 댕 댕 댕 댕.

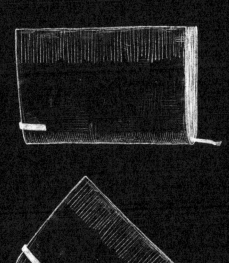

지하 생활자

바람이 사흘째 불고 있다. 레이첼은 창가에 앉아 밖을 하염없이 바라본다. 바람에 눈이 섞인 건지 눈 속을 바람이 지나가는 건지, 계속되는 눈보라에 창밖은 온통 하얗게 얼었다. 모니터 밖으로도 차가운 온도와 불안함이 흘러나온다. 낡은 오두막에 갇힌 사람들은 벽난로 앞에 모여 앉아 일렁이는 모닥불을 지켜보고 있다. 얼어붙은 마음을 추스르며 메이슨이 노래를 부른다. 존이 부스럭거리며 하모니카를 주머니에서 꺼내 문다. 이따금 그럴듯하게 화음을 넣는다. 노래는 길고 지루하다. 몇몇이 흥얼거리며 따라 불렀지만 노래를 분명히 아는 것은 메이슨 혼자다. 길고 뭉툭한 노래가 끝나자 사람들이 짧게 박수를 친다. 카메라는 천천히 고개를 돌려 창문을 롱테이크로 비춘다. 날이 저물기 시작하고 침침한 실내는 밤으로 변한다. 어둠은 사람들을 테이블로 모여들게 한다. 투박한 통나무 테이블에 네 명의 백인과 한 명의 흑인이 각기 다른 모양의 공포를 품고 옹기종기 모여 앉았다. 마지막으로 존이 앉자 레이첼이 말을 시작했다.

다시 한번 말한다. 난 미안하게 생각한다. 이 여행의 가이드로서. 하지만 이제는 그때다. 직시해야 한다.

현실을. 우리는 여기에 갇혀 있다, 삼 일째. 다행히 아직 남아 있다. 희망은. 하지만 여전히 연결되지 않고 있다. 무전이. 내일 다시 시도해 보겠다. 서쪽 봉우리에 올라가서. 지원자가 있는가? 같이 가 줄.

되돌려 보기를 거듭하며 짧은 영어 실력으로 레이첼의 말을 끼워 맞춰 이해했다. 그녀가 버릇처럼 말하는 but을 들으며 자막 파일을 찾아야겠다고 생각했다. 존이 짧게 손바닥을 펼치며 말했다.

오케이, 미. 내가 갈게.

고마워. 존. 그리고 문제가 더 있다. 부족하다. 식량이. 내 생각에는 모두 모아야 한다. 가지고 있는 음식을. 나눠 먹으며 버텨야 한다. 시간을. 나는 희망한다. 모두가 협조하기를.

레이첼의 말이 끝나자 여기저기서 '오케이! 슈어.'라고 대답했지만, 목소리는 창밖에 얼어붙은 히말라야 소나무만큼 흔들거렸다. 카메라 앵글은 다시 창밖을 비춘다. 어둠이 깊어지고 사람들은 벽난로 앞에 누워 잠을 청한다.

돈 워리. 내일이면 그칠 것이다. 눈이. 굿 나잇.

레이첼은 침낭 속으로 들어가며 모두를 위로했지

만, 위로는 바람 소리 속으로 빨려 들어가고 카메라는
일렁이는 모닥불을 롱테이크로 비추다가 테이크아웃
한다.

삑 삑, 소리를 내며 상황 램프가 깜빡거린다.

인터폰을 들었다. 김 대리가 받았다.
네. 관리사무숩니다.
대답에서 껌 씹는 소리가 묻어난다.
무슨 일이죠?
네, 박 기사님. 2005호요.
그러니까, 2005호 뭐요?
에이, 다 아시면서, 또 그 할아버지죠 뭐. 지금 사무
실에 저밖에 없어요. 일단 경보부터 좀 꺼 주시고요. 벌
써 민원 들어오네요. 부탁해요.
달칵, 전화가 끊겼다. 상황 램프가 켜질 때부터 예
상은 했다. 2005호 영감이 또 신문지에 불을 붙여 스프
링클러를 작동시켰을 것이다. 지금쯤 온몸에 비누를
칠하고 머리는 샴푸로 거품을 내고 있을 거였다. 나는
시설관리만 잘하면 되는 사람이다. 가끔 상가 화단에

물을 주거나 세대의 형광등을 갈아 주기도 하지만, 왜 치매 걸린 노인네 뒤치다꺼리까지 해야 한단 말인가. 그것도 번번이. 보나 마나 장 과장은 2층 휘트니스 센터를 얼쩡거리며 에어로빅 강사에게 농을 던지고 있을 것이고, 소장은 슬그머니 세탁소 백 씨에게 바둑을 청하러 갔을 것이다.

일단 20층에서 요란스럽게 따르릉거리고 있을 소방경보를 껐다. 캐비닛을 열고 우의와 공구함을 챙겨 들었다. 문을 열다 돌아보니 모니터에서 레이첼과 존이 물안경 같은 고글을 쓰고 오두막 문을 나서고 있다.

오케이, 미. 내가 간다. 가 준다. 씨발!

지하 3층의 기계실을 짧게 울린 '씨발'은 탈탈거리는 환풍기 속으로 빠져나갔다. 엘리베이터를 내려 2005호 쪽 복도를 바라보니 문 앞에 쫄딱 젖은 반백의 할머니가 서 있다. 나를 발견하자 겸연쩍게 웃었다.

번번이 미안하오.

나는 말없이 고개를 끄덕이며 할 일을 시작했다. 먼저 검수장치실 문을 열고 스프링클러로 연결된 밸브를 잠갔다. 문을 닫고 돌아서서 우의를 입었다. 현관문을 열자 익숙한 풍경이 펼쳐져 있다. 스프링클러에서는 남은 물이 뚝뚝 떨어지고 거실에는 부연 연기가 가득 차 있었다. 종이 탄 냄새와 진한 라벤더 향이 뒤섞여서 비극과 희극이 섞인 것 같은 냄새가 났다. 『리어왕』과 『한여름 밤의 꿈』을 한 장씩 섞어 읽으면 비슷한 느낌이 날까. 딴생각하는 사이, 딸을 잃은 리어왕이 알몸의 노인이 되어 거실로 뛰어나왔다. 사랑을 얻은 라이샌더처럼 환하게 웃으면서 바가지에 담긴 물을 뿌렸다. 나는 익숙하게 몸을 돌려 등으로 물을 맞았다. 아 씨발, 진짜 한여름 밤의 꿈이었으면, 그럼 깨고 나서 재밌는 꿈 꿨다고 웃을 수도 있을 텐데. 다시 일을 시작했다. 먼저 현관문 옆에 수도함을 열어 수도 밸브를 잠갔다. 밸브를 잠그면서 소방법이고 뭐고 이번에는 거실의 스프링클러도 막자고 마음먹었다. 언제까지 이 짓을 반복할 수는 없다. 이미 오래전에 안방과 작은방의 스프링클러는 막아 버렸다. 거실까지 막자니 소방법 운운하며 관리소장이 반대했다. 다시 등 뒤로 물바가지가 날아왔다. 나는 희극처럼 웃고 있는 리어왕의 얼굴과 비극처럼 쭈글쭈글한 나체를 무시하고 거실을 가로질렀다. 베란다 창을 활짝 열고 서늘한 바람이 거실로 들어오는 것을 확인했다. 돌아서서 곧장 욕실로 들

어갔다. 욕조에 라벤더 향 섬유유연제가 통째 담겨있
었다. 문을 잠그고 받아 놓은 욕조의 물을 모조리 흘려
보냈다. 리어왕이 바가지로 화장실 문을 두들기며 친
구를 불렀다.

판수야, 인제 비 아이 와. 날래 나오라. 큰물 보러 가
야지.

이제 리어왕의 친구가 되어 줄 차례다. 큰물이 뭔지
는 잘 모르지만 나는 판수다. 우의 모자를 벗고 심호흡
을 짧게 한 다음 욕실 문을 열었다.

기래, 비 그친네. 큰물 보러 가자고? 근데 니 그라고
갈 끼네? 춥지 않갔어?

되지도 않는 북한말을 하며 보니 리어왕의 고추가
잔뜩 오그라들어 있었다. 마침 할머니가 들어오며 장
단을 맞췄다.

그래. 니 그러고 나감 고뿔 걸린다. 날래 닦고 옷 닙
으라.

리어왕은 멀뚱히 서 있다가 할머니의 손에 끌려 큰
방으로 들어갔다. 나는 익숙하게 베란다로 나가 걸레
와 세숫대야를 들고 왔다. 다행히 22평 아파트 거실은
그리 넓지 않고 가구와 전자제품을 모두 방으로 옮겨

놓은 상태여서 휑하니 청소하기 편하다. 젖고 마르고를 반복한 덕분에 벽지에는 층층이 나이테가 새겨졌다. 드문드문 억새꽃 같은 곰팡이 꽃도 피어있다. 언뜻 보면 오래된 산수화 같기도 하다. 방에서는 엄마에게 빨리 나가자고 조르는 리어왕과 엄마가 된 할머니의 목소리가 드라이기 소리에 섞여 들려왔다. 아내였다가 어느 날 갑자기 엄마로 변신한 할머니의 목소리를 듣다가, 그녀의 말이 떠올랐다.

상황이 사람을 만들어내는 거야.

거울을 보며 드라이기로 머리를 말리다가 그녀가 말했다. 나는 침대에 누워 그녀의 오른쪽 옆구리에 난 사마귀 점을 쳐다보고 있었다.

뭔 소리야? 갑자기.

머리맡에 함부로 벗어 놓은 셔츠에서 포장마차에서 밴 고갈비 냄새가 스물스물 올라왔다. 그녀는 다시 머리를 말리다가 스위치를 껐다.

내 말은, 진화나 환경 적응같이 느리고 낭만적으로 일어나는 현상을 말하는 게 아냐. 그럴 수밖에 없는 상황 속에서 전투적이고 효율적으로 재조합되는 걸 말하는 거지. 순식간에 슉, 나라고 알고 믿었던 게 변해. 그 왜, 트랜스포머처럼. 후딱 뚝딱 내가 새롭게 만들어져. 내 말 이해해? 응?

거울에 비친 그녀의 입술은 말을 먹고 붉게 충혈되었다.

아니, 이해 안 되는데.

그녀는 한숨을 푹 쉬었다.

정말 이해 안 돼?

어, 안 돼.

그녀는 다시 한숨을 쉬고 드라이기를 켰다. 나는 드라이기가 꺼지기를 기다렸다.

그냥 내가 싫어졌다는 말 아냐?

아니야. 그건 분명해. 난 네가 싫은 게 아니라 너의 상황이 싫은 거야. 이기적이라고 생각할지 모르지만, 그게 나야.

그래서 뭐, 어쩌자고.

헤어지자고.

그녀가 마침표를 찍었다. 또 연기인가? 아니다. 그동안의 극적 패턴과는 달리 지극히 일상적 대사다. 그렇다면, 6년간의 극단 생활 중 4년 동안 연인이었고, 불과 30분 전까지만 해도 서로를 물고 빨던 사이였지만, 30분쯤 뒤에 모텔을 나가면 우리는 남남이다. 이제 같이 밥을 먹지도, 쓸데없는 농담이나 섹스도 하지 못한다. 아니, 지금 그런 걸 생각할 타이밍은 아니지. 막이 바뀌는 중요한 순간인데. 무대 위였다면 이런 생각은 방백으로 처리해야 되겠지? 여기까지 생각하다가 그녀와 눈이 마주쳤다. 그녀는 눈으로 내 대사의 타이밍을 질책하고 있었다. 아, 맞다 마침표. 일단 그 대사부터,

그래, 그러자.

냄비 밖으로 탈출한 팝콘같이 대답이 튀어나왔다. 얼결에 같이 마침표를 찍고 나니 내 마음도 선선히 물러났다. 일단 그렇게 생각되었다. 혹시 나는 이날을 기다려 온 걸까? 그녀는 잠시 머리를 더 말리다가 말했다.

다시 말하지만 네가 싫은 건 아냐. 그건 알아 줬으면 해.

그래서 뭐, 그걸 알아서 어쩌라고, 라고 생각되었지만 아무 말도 하지 않았다. 그녀는 그렇게 분명히 자기 의사를 밝히고 모텔을 나갔다. 극단도 그만두었다. 두

달 뒤에는 어느 세무사와 결혼했다. 세무사의 상황이 나보다 나은 것은 분명했지만 그녀가 말한 트랜스포머 같은 변신으로는 이해되지 않았다.

'상황이 사람을 만든다'라….

이제야 그녀의 말이 이해되는 것도 같다. 걸레로 물을 다 훔쳐내고 나니 거실의 연기도 다 빠져나갔다. 걸레와 대야를 베란다에 두고 창을 닫았다. 현관으로 나와 우의를 벗고 수도함을 열어 잠갔던 밸브를 열어 두었다. 마침 마른 옷으로 갈아입은 할머니가 방문을 열고 나왔다.

미안하오 총각, 내가 할 말이 없다.

주머니에서 만 원 지폐 한 장을 꺼내서 건넸다.

이거, 목욕이라도 하오.

아닙니다. 이제 이런 거 안 받겠습니다.

내 건조한 대답에 할머니는 지폐를 다시 주머니에 넣었다.

거실 스프링클러도 잠그는 게 좋겠습니다. 제가 계속 올 수도 없는 일이고, 상황이 그러니까요.

할머니는 대답 대신 나를 쳐다보다가 고개를 끄덕였다. 나는 눈을 마주치지 않고 마침표를 찍었다.

그럼 동의하신 거로 알고, 잠그겠습니다.

공구함에서 드라이버와 스패너를 꺼내고 식탁 의자 위로 올라섰다. 거실에 있는 두 개의 스프링클러를 풀어내고 24밀리 볼트에 테프론 테이프를 촘촘히 감아 볼트를 조였다. 일을 마치고 서둘러 공구를 챙겨 들고 현관문을 나섰다.

안녕히 계십시오.

수고했소.

할머니의 억양 없는 인사를 들으며 현관문을 닫았다. 뒤통수가 뜨뜻하긴 했지만 이제 경보음도 리어왕도 나를 괴롭히지 않을 것이다. 할머니도 리어왕도 싫은 건 아니다. 하지만 상황이 바뀌었다. 난 기계실로 돌아가서 보던 영화의 자막이나 찾으면 된다. 검수장치실로 가서 스프링클러 밸브를 열어 둔 다음 엘리베이터를 탔다. 기계실로 돌아와 시계를 보니 오후 세 시가 다 되어 간다. 상황 보고차 인터폰을 들었다. 김 대리는 아직도 껌을 씹고 있다.

소장님 좀 바꿔 주세요.

아, 네. 잠깐만요. 소장님? 기계실요.

어 난데, 2005호 갔다며? 수고했어. 점심은 먹었어?

소장의 목소리에는 느끼한 웃음이 배어 있다.

아니오, 이제 먹으려고요.

어, 그래? 배고프겠네. 어서 먹어.

예, 알겠습니다. 그리고 2005호 스프링클러 다 막았습니다.

소장은 잠시 대답이 없다가 느리게 말문을 열었다.

그거는… 소방법 때문에 놔둔 거 아니었나?

맞습니다. 그래서 입주민 동의 받고 막았습니다.

그래도… 그거는 그러면 안 될 텐데….

문제가 된다면 다시 설치해 놓겠습니다. 근데, 이제 저는 시설관리 이외의 문제로 2005호에 가지는 않겠습니다.

소장은 잠시 뜸을 들였다.

흠… 알았어. 말은 알겠는데, 혹 문제가 생기면 박 기사 책임인 건 알지?

또 나왔다. 소장은 버릇처럼 책임을 떠넘겼다. 이 새끼가… 열이 오르는 것을 꾹 참고 최대한 건조한 톤으로 대꾸했다.

제 책임이라면 지금 가서 다시 복구시켜 놓고 오겠습니다. 그리고 아까도 말씀드렸지만, 시설관리 이외의 문제로는 2005호에 대해 책임지지 않겠습니다.

수화기 너머에서 소장이 호통을 쳐야 할지 회유를 해야 할지 고민하는 게 느껴졌다.

허허, 박 기사도 참.

회유책이다.

알았어. 그대로 둬, 설마 무슨 일 있겠어? 어서 밥이나 먹어.

예, 알겠습니다.

수화기를 내려놓기 전에 '젊은 새끼가'가 새어 나왔다. 틀린 말은 아니다. 내가 더 젊으니까. 소장은 김 대리에게 당장 구인광고를 내라고 했을지도 모른다. 상관없다. 계약 기간은 두 달 남았다. 사고 치지 않는 이상 잘릴 일은 없다. 더군다나 사람을 구하기도 쉽지 않을 것이다. 박봉에 지하 3층에서 혼자 열두 시간을 보내는 일을 할 사람은 그리 많지 않다. 두 달 후에는 내 발로 나간다. 생활비를 번다는 핑계로 극단을 도망친 게 벌써 일 년이 다 되어 간다. 이제 슬슬 무대로 돌아가야 한다. 더 미루면 미련만 부풀리며 지하 3층에서 썩게 될 수도 있다.

다시 수화기를 들고 칠성각에 짜장면을 시켰다. 모니터 속에서는 레이첼이 두 사람을 이끌고 힘겹게 설산을 걷고 있다. 두 명이 보이지 않는다. 아마 죽었을 것이다. 영화를 멈추고 검색 창에 '로키산맥 자막'을 쳐넣었다. 관련 카테고리가 화면 가득 뜬다. '로키산맥. 북아메리카 서부에 위치. 캐나다의 브리시티 컬럼비아에서 미국의 뉴맥시코주까지 남북으로 4800km에 걸쳐 뻗어있음. 최고봉은 콜로라도 주의 엘버트산. 해발 4401m.' 4800km라니, 서울에서 부산의 열두 배다. 레이첼과 세 사람은 4800km의 어디에 있는 걸까. 너무 오래된 영화인지 한참을 더 찾아도 자막 파일은 찾을 수가 없다. 포기하고 라디오를 틀었다. 57분 교통정보가 끝나고 익숙한 영화음악이 흘러나왔다. 소파에 드러누워 눈을 감았다. 죽음을 눈앞에 둔 두 남자가 데킬라 한 병을 들고 바람이 거칠게 부는 해변에 서 있다. 마침내 도착한 바다는 하얀 포말이 가득하다. 한 모금 술을 나눠 마시고, 담배를 피워 문 남자의 동공이 비잉 돌아가며 몸이 눕는다. 그에 맞춰 비잉 전자기타가 울기 시작한다. 투둑투둑 드럼 소리가 따라가고 칼칼한 보컬의 목소리가 올라탄다. 카메라는 두 남자의 뒷모습을 롱테이크로 비추다가 층층 구름이 낀 푸른 하늘이 오버랩 된다. 전자기타 소리가 날카롭게 늘어지며 천국의 문을 두드린다.

짜장면요.

눈을 뜨자 칠성각 철가방이 서 있다. 얼굴에 짜증이 묻어 있다. 하긴 지하 3층에 짜장면 한 그릇이니.

아, 예. 거기 놔 주세요.

철가방이 돌아가고 짜장면을 비볐다. 음악은 마지막 부분으로 가고 있다. 짜장면은 양파가 줄고 더 짜졌다. 반쯤 먹었을 때 인터폰이 울렸다. 씹던 면을 삼키고 수화기를 들었다.

네, 기계실입니다.

아, 박 기사, 나야.

소장이다. 목소리에 힘이 좀 들어갔다.

2005호 말이야. 아무래도 찝찝해.

아, 네.

거실 스프링클러 다시 설치해 놔. 식사는 했나?

지금 먹고 있습니다.

그래? 그럼 다 먹고 다시 설치 좀 해 놔. 앞으로는 장

과장이 2005호 전담하기로 했으니까 그렇게 알고.

장 과장의 튀어나온 입이 더 튀어나왔을 것이다.

예, 알겠습니다.

그래, 수고 좀 해.

수화기를 내려놓고 남은 짜장면을 먹었다. 역시 말은 하고 봐야 한다. 그릇을 내다 놓고 커피도 한 잔 타서 마셨다. 느긋하게 장비를 챙겨 20층으로 올라갔다. 검수장치실에 가서 밸브를 잠그고 2005호 벨을 눌렀다. 지게차 후진 음 같은 조잡한 아드린느를 위한 발라드가 흘러나오다가 멈췄다. 다시 벨을 눌렀다. 현관문이 다시 후진하기 시작했다. 후진이 멈추었는데 할머니가 나오지 않았다. 외출인가? 돌아서려 하는데, 익숙하지만 뭔가 다른 냄새가 코로 들어왔다. 무언가가 타고 있었다. 머릿속에 억양 없던 할머니의 인사말이 떠오르고, 후딱 뚝딱 상황이 돌변했다. 벨을 다시 누르고 현관문을 두드렸다. 쾅 쾅 쾅 쾅. 소리와 함께 문은 다시 후진을 시작하고 나는 비상사태 매뉴얼이 적힌 책자의 표지를 떠올렸다. 매뉴얼대로 행동해야 하는데 내용이 기억나지 않는다. 씨발, 이거 뭐야. 씨발. 주먹으로 2005호의 현관문을 계속 두드렸다. 주먹과 함께 심장이 잔뜩 오그라들고 있었다. 문득 깨달음처럼 현관문을 당겼다. 문은 아무 저항 없이 열렸다. 비극이다. 문이 열리자 비극의 냄새가 온몸을 감싸며 코로 진격했다. 번개탄인가? 모기향인가? 둘 다인가? 집은 뿌연 연기와 가스로 가득 차 있었다. 서둘러 거실로 들어갔다. 숨이 턱 막히고 무언가 질척한 게 밟혔다. 몸이 먼저 반응하며 소름이 돋았다. 씨발, 뭐야. 자세히 보니 뿌연 연기 속으로 거실에 누운 두 사람이 보였다. 머리맡에 놓아 둔 화분 두 개에서는 아직도 번개탄 연기가 뿜어져 나오고 있었다. 리어왕은 반듯이 누워서 잠든 것처럼 보였다. 할머니는 모로 누워 누런 토사물에 얼굴을 반쯤 묻고 있었다. 그 얼굴 앞에 선명히 찍힌 내 발자국이 보였다. 씨발, 뭐야 이거. 눈물과 기침이 계속 나왔지만 망설일 틈이 없었다. 할머니를 서둘러 돌려 뉘었다. 입안에 밥알들이 남아 있었지만 약하게 숨을 쉬고 있었다. 기도를 확보하고 서둘러 거실 인터폰을 들었다. 관리실 버튼을 누르자 또 멜로디가 후진을 시작하고, 콧물과 눈물은 연기와 엉겨 붙어 헛구역질이 났다.

　예, 관리사무솝니다.

　김 대리의 목소리가 들렸다. 그녀의 목소리는 권태

로웠다. 뭐야? 라고 쳐다보다가 다시 잠드는 봄볕 속의 고양이처럼.

2005호, 응급상황이에요. 으급.

발음이 제대로 되지 않는다.

예? 뭐라고요? 응급요?

119 부러요.

잠깐만요. 소장님, 2005호 응급이라는데요? 어쩌죠?

수화기 너머로 의자가 넘어지고 권태가 무너지는 소리가 들렸다.

여보세요, 뭐라고? 무슨 일이야?

아, 씨발, 빨리 119 부르라고!

수화기를 던지고 베란다로 뛰어가 창을 열고 다시 리어왕에게 갔다. 맥을 짚어 보니 반응이 없다. 허리띠를 풀고 소방교육 때 배운 대로 흉부 압박을 시작했다. 바짝 마른 리어왕의 가슴에서 우둑우둑 소리가 났다. 갈비뼈가 내려앉을 것 같았지만 멈출 수가 없었다. 입을 열고 인공호흡을 하려 입을 벌리자 목 깊숙이에서 뭐라 설명할 수 없는 기운이 올라왔다. 비극이라고도 할 수 없는 무엇. 겁이 났다. 더 이상 손을 댈 수가 없었다. 북어처럼 입을 열고 있는 리어왕 옆에 앉아 멍하니 지켜보고 있다가 의식이 가물가물해졌다. 연기를 너무 마셨다. 아, 씨발. 화분에 번개탄부터 껐어야 했나? 아, 씨발 이게 뭐야. 몸이 기울어졌다. 현관문 열리는 소리와 함께 소장과 장 과장 목소리가 들려왔다. 아 씨발, 좀 빨리 오지. 사라져 가는 의식 속으로 불쑥 그녀의 말이 들려왔다.

난, 내가 여기에 없다는 걸, 말하고 싶어.

술잔을 비운 그녀는 무대 위에 있을 때처럼 정확한 호흡과 발음으로 말하려고 노력했다. 두 시간 전에 끝난 마지막 공연의 관객은 열한 명이었다. 내가 연출을 맡고 그녀가 주연을 맡은 모노드라마였다. 때아니게 세차게 내리는 겨울 빗소리와 고갈비 굽는 연기가 가득 찬 포장마차에서 그녀의 얼굴은 발갛게 달아올라 있었다. 분위기와 맞지 않게 아랫도리가 꿈틀 일어났다. 머릿속이 복잡해졌다.

뭘 말하고 싶다고?

사실 우리는 다 알고 있잖아. 서로 말하지 않았을

뿐이지. 왜냐면, 그걸 말해 버리면 우리가 없어져 버리거든.

나는 그녀의 말뜻을 모른 척했다.

무슨 말이야?

너도 알고 있잖아. 몰라? 정말? 그럼 넌 보지 않은 거지. 잘 봐 주위를. 나를, 너를, 그리고 우리를. 세상은 양가적인 것들로 가득해. 게으름이 파멸의 무기이자 존재를 증명해내는 토양이기도 한 것처럼. 존재로서의 독자성을 이야기하는 것은 굉장히 슬픈 일이야. 우리는 모두 훌륭한 판단체계를 가진 개체이고 싶지만, 사실 세포분열 이전의 삶에 동경을 가진 분열하는 다세포 생물인 셈이야.

알콜 섞인 열변을 토해내는 그녀의 입술은 말을 먹고 자라나 점점 붉게 부풀어 올랐다. 그와 함께 내 아랫도리에도 점점 힘이 들어갔다.

인간적이라는 것 속에 가득 찬 인간은 그저 편리한 모양이야. 우리는 여러 개의 것들에 동시에 속해 있지. 보려 하지 않으면 결코 볼 수 없어.

이제 그만해. 나 지금 하고 싶어.

편의점에서 들려오는 캐럴 사이에 낀 내 목소리가

그녀의 귀로 들어갔다. 그녀는 멀뚱히 쳐다보다가 피식 웃었다.

그래, 나도 좀 그래. 너나 나나 참….

그녀가 2막 끝에서 연기했던 톤으로 웃기 시작했다. 깔깔깔, 경박스러운 하이톤 웃음소리가 좁은 포장마차에 가득 찼다. 주인아주머니가 고개를 힐끗 돌아볼 뿐, 웃음소리는 세찬 빗소리에 금방 묻혔다. 내가 먼저 일어섰다.

가자.

그녀는 여전히 남은 웃음을 웃고 있었다. 웃음 속에 드러난 그녀의 이는 깍두기 덕분에 발갛고 지저분해 보였다.

앰뷸런스 소리가 요란하다.

또 어디서 사고가 났구나. 누군가 죽고 누군가는 더 힘들어지겠네. 어쩔 수 없지, 라고 생각하다가 머릿속이 찡 울려서 눈을 떴다. 구급차 안이다. 산소마스크가 씌워져 있고 주황색 유니폼을 입은 구급대원이 머리맡에 앉아 있다. 옆에는 누가 봐도 수습으로 보이는 젊은 여자 대원도 있다. 구급대원이 눈꺼풀을 까뒤집어 플래시를 비추며 말을 걸었다.

선생님, 선생님, 제 말 들립니까? 예? 들립니까?

예.

산소호흡기 때문에 대답을 못 들은 것 같다.

선생님, 들리시면 불빛 따라 눈동자 움직여 보세요. 아, 네 좋습니다. 잘하고 계시네요. 걱정하지 마세요. 괜찮습니다. 가스를 마셔서 어지러우실 겁니다. 천천히 깊게 호흡하세요.

시키는 대로 숨을 쉬기 시작하자 구급대원은 수습 대원 교육을 시작했다.

자, 이다음에는 어떻게 해야 되죠?

갑작스러운 질문에 수습 대원은 혈압계를 손에 쥐고 잠시 망설였다.

아, 예… 동공 확장 확인 후에, 과호흡 체크, 그리고 다시 혈압 체크를….

아니, 이럴 때는 의식 체크부터 해야지요. 잘 보세요. 선생님! 선생님!

다시 나를 부르기 시작했다. 내가 선생님이라는 호칭을 어색해하며 눈을 깜빡여 대답하자.

말씀하실 수 있으세요? 있으면 왼손 들어 보세요. 아, 네. 잘 드셨고요. 호흡은 괜찮으세요?

다시 왼손을 들자 산소마스크를 벗겼다.

선생님, 잠깐 질문 좀 할게요. 힘드시면 언제든지 산소마스크 달라고 하세요. 아셨죠?

예.

아, 말 잘하시네. 상태 좋습니다. 보세요. 이렇게 계속해서 말을 시켜서 의식을 확보하고 있어야 됩니다. 알겠죠? 선생님 성함이 뭡니까? 이름요. 생각나세요? 숨은 안 차시고?

수습 대원과 나에게 동시에 질문을 해대는 통에 언제 대답을 해야 하나 기다리다가 말했다.

박기혁입니다. 어지럽긴 한데, 괜찮은 것 같습니다.

아, 네. 선생님 다행입니다. 제가 봐도 상태가 좋은 것 같습니다. 그래도 일산화탄소를 많이 마신 상태라 병원 가서 고압 치료 받으셔야 됩니다. 맘 편히 누워 계십시오. 불편한 데 있으시면 말씀하시고. 알겠죠?

예.

미영 씨 환자분 안정된 것 같으니까 동공 체크, 혈압 체크 다시 한번 하고 기록해 두세요.

예, 알겠습니다.

수습이 내 눈을 까뒤집어 플래시를 비추고 팔에 혈압 측정 벨트를 감았다. 다시 산소마스크를 씌우려 할 때, 번뜩 북어처럼 입 벌리고 누워 있던 리어왕이 떠올랐다.

다른 사람들은, 할아버지 할머니는 어떻게 됐죠?

수습이 산소마스크를 씌우다 말고 옆 대원의 눈치를 살폈다. 둘의 눈빛이 빠르게 마주쳤다가 떨어졌다.

아, 네. 두 분 다 구급차로 병원으로 모시고 갔습니다. 근데 병원이 달라서 아직 자세한 경위는 모릅니다. 괜찮을 겁니다.

상체를 일으키려 힘을 주자 숙취처럼 머리가 지끈거렸다.

일어나면 안 됩니다. 걱정 마시고 선생님 나을 생각만 하세요. 미영 씨 마스크.

다시 산소마스크가 씌워졌다. 비극의 향이 가득 찬 2005호가 앰뷸런스 소리와 함께 머릿속에서 빙글빙글 돈다. 리어왕은 죽었을까? 그의 아내였다가 어머니이기도 했던 할머니는? 스프링클러를 잠그지 말았어야 했나? 지하로 숨지 말았어야 했을까? 애당초 그녀의 마침표에 동의하지 말았어야 했나? 아 참, 레이첼은 록키 산맥을 살아서 내려왔을까? 4800km라니, 도대체 얼마나 긴 거야. 상상도 안 되네. 자막도 찾아야 하는데, 세상이 빙글빙글 돈다. 라벤더 향도 없이 막이 바뀌고 있다. 후딱 뚝딱. 이제 어쩔 수 없다. 이번 막은 시끄러운 앰뷸런스 소리, 지끈거리는 머리, 자꾸 내 눈을 까뒤집고 플래시를 비추는 미영 씨. 씨발, 아, 씨발! 진짜. 제발, 눈 좀 그만 까뒤집어, 하고 독백하는 것으로 시작한다.

조 씨는 본격적으로 시작된 더위 탓에 일찍 장사를 접었다. 공원 입구 등나무 벤치에 앉아 땀을 닦으며 지 그시 눈을 감자, 건너편 갈참나무 위에서 참매미가 암 컷을 부르는 세레나데를 시작했다. 저주파로 시작해 서 점점 주파수를 올리며 절정을 향해 달려가는 맴 맴 속으로 불쑥 사람 목소리가 끼어들었다.

나는 장가요. 50년 범띠고.

색 바랜 와이셔츠, 해진 양복 바지에 구멍 난 운동 화를 신은 노인이 옆에 앉으며 말했다. 이런 접근 방식 은 처음 겪는 일이라 좀 당황스러웠지만 조 씨는 곧 대 처 매뉴얼을 떠올렸다. 대화의 기본은 수평과 수직 그 리고 동조다. 이럴 때는 수평을 맞춘다.

조가요. 거기랑 갑이요.

허허, 내 그럴 줄 알았지. 상이 범상이야. 초면에 뭣 하다만 장기 한판 두겠소?

장 씨 성을 가진 늙은이는 옆구리에 낀 장기판을 벌 써 펼치고 있다. 수직 같은 인간이다. 조 씨는 그냥 일어 설까 하다가 재미 삼아 동조하기로 마음먹고 몸을 비 틀어 앉았다. 장 씨는 하수를 자처하고 초나라 항우를 선택했다. 조 씨는 얼결에 한나라 유방이 되었다. 첫 번째 판은 스물한 수 만에 조 씨가 이겼다.

역시, 나보다 고수구만. 한 판 더 둡시다.

장 씨는 대답을 기다리지 않고 장기 알을 다시 놓았
다. 역시 수직이다. 어쩔 수 없이 조 씨도 장기 알을 놓
았다.

근데, 조 씨, 이름은 뭐요? 나는 판수요. 장판수.

도무지 예측할 수 없는 인간이다. 조 씨는 잠깐 고
민하다가 다시 수평을 맞춘다.

물주요. 조물주.

장 씨가 고개를 들어 쳐다봤다. 조 씨는 모른 척 장
기 알을 옮겨 놓았다.

참말이요?

조 씨는 빙긋 웃으며 고개를 끄덕였다.

허허, 참! 재미난 양반이네. 오늘 내가 제대로 만났
네. 조물주를 다 만나고. 어쨌든 반갑소. 이번 판은 커
피 내기로 합시다. 요 앞 매점에 천 원짜리 냉커피가
괜찮소.

조 씨는 못 해도 스물다섯 수 이내로 이길 수 있다
는 계산이 섰다.

그럽시다. 날도 더운데.

역시 범띠라 시원시원하네. 그럼 오늘 조물주가 사는 냉커피 한잔 얻어먹어 봐야겠다.

장 씨가 시원하게 졸(卒)을 옆으로 옮겼다. 조 씨도 병(兵)을 밀었다.

근데 그 책은 뭐요?

좌마(馬)를 밀어 올리고 포(包)를 옮기려 할 때 장 씨가 무심한 듯 물었다.

파는 거요.

책 장수요?

맞소, 책 장수.

병(兵)이 먹히고 상(象)은 발이 묶였다.

얼마나 했소?

한 천 년쯤 됐소.

장 씨가 다시 머리를 들고 쳐다보았다. 조 씨는 다시 빙긋 웃으며 대답했다.

조물주니까.

아하, 그랬지! 조물주치고는 얼마 안 됐구만.

초록색 차(車)가 전진하고 장 씨가 말했다.

그나저나, 장 받으소.

차가 한왕(漢王)의 왼쪽 옆구리에, 포는 정면에, 마

는 오른쪽 옆구리에 포진해 있었다. 열일곱 수다. 열일곱 수 외통에 당했다. 조 씨는 어이가 없어 물끄러미 장 씨를 쳐다보았다.

그럼, 조물주가 사는 냉커피 한잔 먹어 봅시다.

신기한 인간이다. 조 씨는 약이 오르다가 웃음이 났다.

잠깐 기다리시게.

조 씨는 천천히 걸어가서 냉커피 두 잔을 사 들고 왔다.

옜소.

아이고, 고맙소. 초면에 신세가 많소. 뭣하면 한 판 더 두시겠소?

오늘은 됐소. 다음에 또 둡시다.

그럽시다.

달달한 냉커피는 금세 바닥이 드러났다. 인스턴트 커피에 얼음을 탔지만 장 씨의 말대로 괜찮다. 이 더운 날 늙은 인간의 육체에는 활력이 된다. 장 씨가 빨대로 쪼르륵 쪼르륵 소리를 내다가 무심하게 물었다.

근데, 그 책 내용은 뭐요?

왜, 한 권 사실라고?

그건 아니고. 근데, 제목은 뭐요?

제목은 없소.

장 씨가 물고 있던 빨대를 놓고 빤히 쳐다보았다. 처진 눈꺼풀 속에서 눈동자가 까맣게 빛났다.

제목도 없는 책을 어떻게 판단 말이오?

다 방법이 있소.

거 싱겁기는. 그래, 그 방법이 뭐요?

알려 주면 한 권 사야 되는데, 괜찮겠소?

거참, 조물주라더니 사기꾼이구만. 아, 다음에 살 테니 구경이나 한번 합시다.

사지 않으면 못 보는 책이오.

거, 딱딱하기는.

장 씨가 바지를 털며 일어섰다.

해도 기울고, 집에 가야겠네. 커피 잘 마셨소. 다음에 또 봅시다.

그럽시다.

조 씨는 다음 날도 공원에 들렀다. 오랜만에 인간에 대한 호기심이 일었다. 장 씨는 언제나 공원 입구 벤치에서 장기를 두거나 주변을 얼쩡거리고 있었다. 두 번째 보던 날 말을 트고 세 번째 보는 날 밥 내기를 해서

졌다. 그 후로 엎치락뒤치락하며 밥을 사고 커피를 사고, 막걸리를 마셨다. 장마가 시작된 날 공원에 가니 드문드문 보이는 늙은이들 속에 장 씨가 보이지 않았다. 조 씨는 입구 매점에서 옥수수를 사서 한 알씩 비둘기에게 던져 주며 기다렸다. 그다음 날에도 장 씨는 오지 않았다. 사흘째 되는 날 부슬부슬 내리는 빗속에서 두 번째 옥수수를 사 와서 던져 주고 있을 때, 알파가 찾아왔다.

어떻게 되어 가고 있지?

알파는 언제나처럼 조 씨를 툭 툭 건드렸다.

꾹 꾸룩 꾸꾸. 수비둘기가 깃털을 잔뜩 부풀리고 농밀한 저주파를 내뱉으며 암컷을 유혹하고 있다. 암컷은 조 씨가 한 알씩 던지는 옥수수 알갱이를 쫓아 종종거릴 뿐, 부풀어진 번식욕 따위는 안중에 없다.

어떻게 되긴, 팔고 있지. 그걸 말이라고 해? 그냥 찔러 보지 마.

다급해진 수컷이 억지로 암컷의 등에 올라타려고 했다. 암컷은 귀찮은지 푸드득 날아올랐다. 하지만 곧 다시 옥수수 알을 쫓아 내려앉았다. 꾸루룩 꾸꾸. 수컷은 다시 깃털을 부풀린다. 알파는 때애 전 소매를 걷고 반짝이는 은색 시계를 한참 쳐다보다가 방귀를 터뜨렸다. 뿌욱. 시원한 느낌을 가지게 하는 주파수대다.

어때? 늙은 여자 인간에게 배운 기술이야. 시원한 느낌이 들지 않아?

정확히, 시원한 느낌은 든다. 하지만 알파의 말에 동의하기는 싫다.

시끄러, 그걸 어떻게 써먹어. 지속성이 없잖아.

알파는 고개를 두 번 끄덕이며 조 씨를 쳐다보았다.

나도 잔소리하기 싫지만 시간이 얼마 남지 않았어. 정확히, 지구 시간으로 124년 8일 남았어. 눈 깜짝할 사이지. 그 안에 할당량을 채우지 못하면 연구소에서 우리를 좌천시켜 버릴 거야. 너도 알다시피 그렇게 되면 우리가 키워 온 모든 성과가 사라지겠지. 그럼 우리는 어느 변두리 은하의 행성에 발령을 받거나, 배양실에서 미생물 관리나 해야 할 거야. 그럼 우리는 입사 동기들보다 만 년쯤 뒤처지게 될 것이고, 소장도 한번 못 해보고 시시하게 살다가 소멸하겠지.

난 소장 자리 따위 관심 없어.

조 씨가 무심하게 대답하자 알파가 벤치를 걷어차

며 말했다.

이런 쌍!

그러고는 씨익 웃었다.

어때? 십 대의 인간 같지 않아? 비슷하지?

닥쳐! 네 장난 따위 관심 없어.

조 씨가 그를 쏘아보며 대꾸했다.

어? 네가 훨씬 비슷하군. 정말 인간 같았어, 대단해.

알파는 고개를 끄덕거리며 담배를 꺼내 물었다. 낡아서 반들거리는 지포라이터를 켜서 불을 붙였다. 깊게 연기를 들이마신 뒤 길게 내뱉으며 다시 말했다.

어쨌든, 우리는 한 조야. 이 행성은 우리가 키워 왔잖아. 실패하면 너나 나나 좋을 건 없어. 그것만은 확실하잖아. 안 그래?

시끄러, 네가 일일이 말하지 않아도 알고 있어.

더 이상 대꾸하기 싫었지만, 알파는 다시 조 씨를 툭툭 건드렸다.

너는 지나친 경향이 있어. 인간에 대한 이해를 극대화한 연구 결과겠지만 도를 넘어서면 안 되지. 고집 피우지 말고 나처럼 해.

시끄럽다고 했지! 난 나대로 해. 너처럼 어설픈 방

법으로 엉성한 환상이나 심어 주는 게 통할 거라고 생각해? 인간들을 오히려 퇴행시킨다고. 넌 성과에 집착한 나머지 연구의 목적을 상실해 버렸어. 우리의 목적은 인간의 튜닝이 아니야, 인간 스스로 창조자가 되도록 진일보시키는 거란 말이야. 지난 몇 세기 동안 네가 저질러 놓은 게 안 보여? 어설픈 세뇌로 독재자나 만들어 사고나 쳤지, 네가 한 게 뭐 있어. 제발 제대로 하지 않으려면 때려치워. 심심하면 카센터라도 하나 차려서 튜닝이나 하면서 그냥 놀아.

카센터라고? 하하하하 하하하 하 하하하.

알파가 과장된 웃음에 저주파를 실어서 날리자 등나무 벤치에 앉아 커피를 마시던 젊은 연인 둘이 키스를 하기 시작했다.

튜닝이나 하라고? 헤헤헤 헤헤헤.

알파가 좀 더 낮고 빠른 저주파를 내뱉자 둘은 점점 더 농밀하게 서로를 더듬었다.

하여간, 요즘 젊은 것들은 부끄러운 줄도 모르고, 벌건 대낮에 물고 빨고, 쯧쯧….

장난치지 마!

조 씨가 벌컥 소리치자 두 연인은 화들짝 정신을 차

렸다. 그들은 멍하게 조 씨를 쳐다보다가 일어나서 황급히 걸어갔다.

이번 연구는 실패했어. 너도 그만 인정해. 인간은 달라지지 않아. 더 이상 신화도 종교도 그들에게 통하지 않아. 오히려 자기 식대로 이용만 해 먹고 있잖아. 먹고 싸고 차지하는 것 외에는 관심이 없어. 실패한 생물이야. 이대로라면 지구는 백 년도 버티지 못해. 솔직히, 이 행성에서 가장 해로운 생명체가 인간이야. 투자한 물과 햇볕이 아까울 지경이라고. 빨리 할당량이나 채우고 이 쓰레기 같은 행성을 뜨자고. 어차피 멸망할 행성 따위야 회사에서 뽑아먹을 만큼 뽑아먹은 다음에 알아서 처리하겠지. 우리는 연구실에 돌아가서 다시 시작하자. 그게 우리가 살길이야.

알파는 회의론에 빠진 환경운동가라도 된 양 지껄여댔다.

닥쳐. 실패한 건 너야. 난 아직 실패하지 않았어.

웃기고 있네. 너나 나나 뭐가 다르지? 너나 나나 말단 연구원일 뿐이야.

적어도 난 책임감을 가지고 있어. 너한텐 별 의미 없겠지만.

책임감? 그게 그리 대단해? 너는 나보다 많이 받냐? 도대체 뭘 위해서 이렇게 살아야 하지? 도대체 뭘 책임지고 싶은 거야? 책임질 수 있기는 하고? 아, 애초에 내가 어쩌다가 너하고 같은 조가 됐지? 에이 쌍!

알파는 결국 머리를 쥐어뜯으며 푸념을 늘어놓았다. 푸념을 늘어놓기 시작한 건 몇 년 되지 않았지만, 조 씨는 더 이상 그 꼴을 보기 싫었다.

귀찮게 자꾸 찾아오지나 마.

에이 쌍! 오늘부터 정확히 일 년이야. 그동안 결심해. 그때도 이럴 거면 나 혼자라도 뜰 테니까 그렇게 알아.

알파는 벌떡 일어나서 걸어갔다. 비둘기들이 푸드득 날아올랐다.

내 인생도 처음부터 이렇게 초라하지는 않았어.

비가 그치고 나흘 만에 나타난 장 씨가 웅얼거리듯 말했다. 조 씨는 오른손 검지와 중지 사이에 차(車)를 끼워 들고 놓을 자리를 찾고 있었다. 대꾸할까 하다가 입을 닫았다. 인생이니 초라함이니 이런 말에 대꾸했다가는 오늘 하루가 짜증으로 변하고 만다. 장기판을 계속 응시하며 차(車)를 한왕(漢王) 옆으로 옮겨 놓았다. 네 수만 더 두면 점심값이 굳는다. 이 늙은 인간의 입에서 나온 '초라한 인생' 따위는 네 수 뒤를 짚어 본 심리전일 수도 있다.

장군! 장이나 받아.

장 씨는 나무 그늘 사이로 내리쬐는 햇볕에 눈을 찡그리며 장기판과 조 씨를 번갈아 쳐다보았다. 표정으로 보아 그도 네 수 뒤를 짚어 보고 있었던 게 분명하다.

잔인하구만.

장 씨는 다시 웅얼거리며 장기판을 뚫어지게 응시하다가 한왕(漢王)을 장기판 밖으로 내려놓았다.

내가 졌네. 밥값으로 막걸리 어때?

장 씨가 영악한 유방처럼 차선책을 내놓았다. 괘씸한 생각이 들었지만 조 씨는 돈을 내지 않으니 우둔한 항우처럼 그의 뜻을 따르는 게 옳다. 조 씨는 고개를 끄덕이며 장기판을 접었다. 둘은 4호 매점을 향해 걸었다. 산책로 밖으로 빽빽이 들어찬 측백나무 숲속에서 고주파의 매미 소리가 지치지도 않고 흘러나왔다. 수원지의 오리들과 거위들은 한낮의 태양을 피해 그늘에 늘어져 있고, 앞서 걷는 장 씨의 와이셔츠는 땀으로 점점이 젖어 가고 있었다. 공원 입구에서 받은 플라스틱 부채를 신경질적으로 팔락여도 더위는 꿈쩍도 하지 않는다.

어이, 조 씨.

장 씨가 고개를 획 돌리며 말했다.

왜?

아까 한 말 말이야.

뭐?

내 인생 말이야.

조 씨는 늙다리 인간의 생 따위에 대해 듣고 싶지 않았다. 이 더운 여름 한낮에, 실속도 없는 전쟁을 마친 장수가 늙은 푸념 따위 들어 줄 여유가 있을 리 만무하다. 하지만 막걸릿값은 장 씨가 낸다.

그래, 그랬지.

장 씨는 빙긋 웃으며 손수건으로 이마와 목의 땀을 훔쳤다.

아냐, 한잔하면서 이야기하지.

불안하다. 저 웃음은, 천천히 질기게 자신의 화려했던 시절과 초라한 시절을 곱씹으며 이야기하고 싶어 하는 웃음이다. 긴긴 한여름의 낮을 채우고도 남을 푸넘과 우쭐을, 그리고 체념을 견뎌낼 수 있을까. 조 씨는 그냥 집으로 돌아갈까 생각했다. 하지만 너무 이른 시각이다. 집에는 찜통 같은 더위와 끔찍한 적막만 덩그러니 놓여 있을 게 뻔하다. 골짜기에서 바람이 내려와 호수에 자잘한 물비늘이 일어났다. 장마 덕에 아직 탁한 황토빛 물비늘은 물가의 오리나무 위로 옮겨 가다가 푸시시 꺼져 버렸다.

비가 오면 생각나는 그 사~람, 탁.

4호 매점에 도착하니 밀양댁이 노래를 부르면서 파리채를 휘두르고 있었다.

언제나 말이 없던 그 사~람, 탁. 사랑의 괴로~움을 몰래 감~추고, 탁.

왔소?

왔지. 저쪽으로 앉을까?

장 씨가 손을 가리키며 말했다. 막걸리와 파전을 시키고 늙은 물푸레나무 그늘에 있는 테이블에 앉았다. 파리가 계속 장 씨의 손등에 앉았다. 쫓아도 주위를 한 바퀴 빙 돌아 이내 손등 위에 내려앉았다.

이놈의 똥파리가 왜 자꾸 들러붙어, 내가 벌써 죽은

줄 아나?

밀양댁이 살얼음 낀 막걸리와 깍두기를 들고 왔다.
양은 주전자에는 송글송글 땀이 맺혀 있는데, 잔이 또
하나다.

그래, 오늘은 누가 이겼소?

조 씨, 그래서 내가 사러 왔지.

오늘은 조 씨가 얻어묵는 날이네?

또 잔이 하나네!

아이고, 내 정신 봐라. 둘이었제!

밀양댁이 막걸리 잔을 가지러 간 사이에 장 씨가 또
이죽거렸다.

명색이 조물준데, 가끔 제물도 받아먹고 해야지. 안
그래? 조 씨.

벌써 조 씨 성을 가진 물주가 되어 버렸던 터라 일
일이 반응하기도 귀찮았다. 조 씨는 잠자코 풍경으로
고개를 돌렸다. 물푸레나무 옆 무지개다리 밑에는 울
긋불긋한 비단잉어들이 수면 근처를 떠나지 않고 있
었다. 받아먹는 것에 익숙한 모양새가 인간과 닮았다.
모든 생물은 인간을 접하면 게을러지거나 약삭빨라진
다. 알파의 말대로 인간은 실패한 생물일까. 일 년 후에 알파와 함께 지구를 떠나는 게 옳을까. 잉어가 만들어 내는 수면의 파동 위로 잡생각이 일어났다.

한잔해.

어, 그래.

어느새 잔에는 막걸리가 찰랑거리게 차 있었다. 첫 잔을 단숨에 마셨다. 속이 시원해지면서 생각이 달아났다.

크… 좋네. 한 잔 더?

아니, 좀 있다.

조 씨가 손사래를 치자 장 씨는 잔을 채워서 한 잔을 더 마셨다. 밀양댁이 파전을 들고 왔다.

찬차이 드이소. 뭔 술을 그리 급히 묵노. 안주 들고, 모지라마 이야기하소.

술잔이 한 차례 더 오가자 장 씨의 얼굴이 불콰하게 달아올랐다.

내 인생 말이야.

응?

처음부터 이렇진 않았다고 했잖아.

드디어 시작할 모양이다.

그랬지.

지금은 홀아비지만 한때는 그런대로 재미나게 살았어. 마누라에 딸도 있었고, 부자는 아니었지만 촉망받는 제약회사 연구원으로 여기저기 강의에, 벌이도 꽤 괜찮았어. 그냥저냥 평화로운 날들이었단 말이야.

조 씨는 깍두기 국물에 들러붙은 파리를 쳐다보며 예의상 고개를 끄덕였다.

근데, 30년 전에 누가 찾아왔어.

장 씨는 막걸리를 한 잔 더 비웠다. 정말 본격적으로 시작할 모양이다. 조 씨는 등받이에 등을 기대고 오래 앉아 있어도 좋을 자세를 잡았다.

따뜻한 봄날 오후였어.

누가 현관문을 계속 두드리는 거야. 그것도 아주 주기적으로 리듬을 만들어 가면서.

탕탕 탕! 탕탕 탕! 탕탕 탕!

그날 나는 아침부터 볶아대는 마누라의 바가지에 못 이겨서 책장을 정리하다가, 일 년 전에 숨겨 놓은 비상금 오만 원을 찾아냈어. 그래서 기분이 좋아진 상태로 소파에 늘어져서 낮잠을 즐기고 있었지. 아내는 아이를 데리고 쇼핑을 갔고, 나는 일요일 오후의 기분 좋은 낮잠을 방해받고 싶지 않았어. 그런데 누가 계속해서 문을 두드려. 초인종도 버젓이 설치되어 있는데 말이야. 계속해서 손바닥으로 두드려.

탕탕 탕!

빌어먹을! 나는 참다못해 벌떡 일어나 현관문 앞으로 걸어 나갔어. 그리고 짜증이 잔뜩 묻은 목소리로 말했지.

누구세요?

…

누구냐니까요?

당신에게 도움이 되는 사람입니다.

예?

아마 도움이 될 겁니다.

이건 또 무슨 세일즈 방식이야! 나는 울컥 짜증이 나서 말했지.

됐습니다. 전 필요 없어요.

일단 문을 열어 보시죠. 안 그러면 삼십 년쯤 후에 후회하실지도 모릅니다.

이건 또 뭐야. 협박인가? 무엇에 대한 협박이지? 뭘 후회한다고?

나는 짜증과 궁금증을 견디지 못하고 문을 열어젖혔어. 그럴 수밖에 없었어. 지나고 나서 깨달은 거지만 일어난 모든 일들이 그렇듯이 그건 필연이었거든. 문을 여니까 키가 150센티미터가 될까 말까 하는 인간이 서서 나를 올려다보고 있었어. 덥수룩한 머리 아래 쥐 눈 같은 작고 까만 눈을 반짝이고, 턱에는 듬성듬성 수염이 뻗쳐 있었지. 그건 인간 모양의 인간 아닌 무엇이었어. 나는 확신할 수 있었지. 태초부터 있어 온 직감이 '이건 뭔가 위험해!' 하고 머릿속에서 외치고 있었어. 그런데도 나는 태초의 직감을 무시하고 일상의 말들로 상황을 모면하고자 했지.

뭡니까? 그 후회라는 게.

일단 들어가서 말씀드리죠. 말이 길어질 것 같으니까.

하고 말할 때, 나는 그가 인간이 아님을 다시 한번 확신했어. 왜냐면 그의 입이 말소리보다 조금 늦게 움직였거든. 거 왜, 마치 음향과 영상의 싱크가 맞지 않는 영화를 보는 것 같이 말이야. 하지만 그의 목소리는 싸락눈 내리는 대나무밭에 가득 찬 저주파처럼, 내 귀를 파고들어 마음을 허술하게 만들고 말았어. 그래도 나는 상식의 범위 내에서 약간의 저항을 표시하고자 노력했어. 하지만 그 저항은 내가 생각하기에도 겸연쩍었지.

아니, 그게 지금 집이 지저분해서… 그리고….

내 말에 그는 아주 신속하고 정확하게 자기 의사를 전달했어. 여전히 싱크가 맞지 않는 입으로 말이야.

저는 상관없습니다. 그럼.

하고는 작고 낡은 운동화를 재빠르게 벗고는 현관으로 들어섰어. 들어오기도 전에 신발을 벗고 말이야. 그 왜, 국민학교 시절 지각한 아침에 실내화 갈아 신을 때처럼 말이야. 신속하게. 나는 어정쩡하게 뒤통수를 긁다가 입술에는 어색한 미소까지 띠면서 따라 들어왔지. 그는 벌써 소파에 앉아서 가방을 열어젖히고 있었어. 나는 그 남자의 옆에 앉는 것이 어색하게 느껴져서 테이블을 사이에 두고 거실 바닥에 앉았어. 앉고 보니 이제 내가 그를 올려다보고 있었지.

당신은 인간을 어떻게 생각하십니까?

하고, 그가 느리고 낮은 음성으로 나에게 물었어. 갑작스레. 아무렇지도 않게. 나는 생각할 틈도 없이, 내가 속해 있는 인간이라는 종에 대해 어떠한 식으로든 판단을 내려야 하는 상황에 처하고 말았지.

'그게 뭐, 이기적이죠. 오만하기도 하고'라고 얼버무리고 싶었지만, 그가 요구하는 답은 더 근원적이고 복잡한 무엇일 거라고 생각됐어. 그러면 그럴수록 내 마음은 점점 더 그의 저주파 음성에 잠식당하고 말았지. 그는 그 순간을 놓치지 않았어. 나에게 말했지. 은근슬쩍 말까지 놓아 가면서.

사실은 내가 인간을 만들었습니다. 정확히 말하자면 우리지. 그래서 인간을 잘 알고 있어.

이쯤 되면 버럭 화를 내며 그를 미친놈으로 만들어서 내쫓아야 했겠지만, 이미 나는 그에게 대항할 여력이 없었어. 왜냐면 이미 나에게 그는 정말로 인간을 만든 남자였기 때문이야. 그래! 나는 갑자기 조물주와 대면하게 된 거야. 그 조물주는 나에게 일장 연설을 시작했어.

인간은 하나의 창문만을 필요로 해. 그 이상은 감당할 수 없지. 그래서 자기가 경험할 수 있는 만큼인 하나의 창만을 원해. 그 이상을 상상하려 하지만 그 상상조차도 그 하나의 창 속일 뿐이지. 거기서 벗어나지를 못해. 어떻게 확신하냐고? 그건 우리가 인간을 만들어냈기 때문이지. 너희 식대로 표현하면 인간은 미개해. 근데 그걸 절대 인정하지 않지. 그걸 인정하지 못하면 너희는 절대 제로 은하계로 돌아가지 못해. 아! 제로 은하계가 내가 사는 곳이야. 너희 인간들의 고향이기도 하지. 정확히 제로 은하계 4호 행성 96실험실. 뭐지? 그 의아해하는 눈빛은? 의심하지 마! 나, 아니, 우리가 너희 인간의 조물주야. 그게 그리 놀랄 일인가? 우리도 우리의 조물주가 있어. 우리는 그걸 인정하고 우리의 피조물들을 창조해내고 있지. 예상은 했지만 쉬운 일은 아니야. 피조물들은 공통적으로 자신의 미개함을 인정하기를 극도로 꺼리거든. 애석하지만 그런 피조물들은 다른 공간으로 나아가지 못해. 멸망하고 말지. 내가 오늘 여기에 온 이유도 너희의 멸망과 관련되어 있어. 난 마지막 기회를 제공하는 거야. 너희에게 새로운 공간을 열어 주고 시간을 선물하러 온 거지. 그러니까 이 책을 사. 그리고 읽어. 생명에 관한 내용이야. 그다음에 판단해. 멸망할지. 나아갈지. 물론 공짜는 아니야. 화폐라는 상상의 교환가치도 우리가 인간에게 전수했지. 그러니 당신은 나에게 그 상상력을 지불해야 해. 책값은 오만 원이야. 미래를 오만 원에 살 수 있어. 인간의 표현으로 하자면 파격적이지.

나는 조물주가 전지전능한 능력으로 마침 찾아낸 비상금을 알아채고, 나에게 미래를 선물하러 왔다고 생각하게 됐어. 결국 샀지. 제목도 없는 책을 말이야. 왜냐하면 난 인류를 대표해서 조물주에게 선택되었으니까. 그 책을 읽고 또 읽었어. 계속 읽다 보니까 그대로 살아야겠더라고. 그래서 그대로 살았지. 빌어먹을 인간들을 위해 연구소에 처박혀 연구를 하고 또 했어. 미개한 인간들에게 깨달음을 주어서 생명의 질량을 늘리고 재탄생시키는 위대한 조물주가 되어야 한다는 것. 나는 그게 가장 중요하다고 생각했어.

근데 아내와 딸에게는 별 의미가 없었어. 연구실에 처박힌 지 십 년이 되어 갈 무렵 아내하고 딸이 사라졌어. 그냥 슥 사라졌어. 쓰던 물건도 그대로 다 있는데 돌아오지 않았어. 계속 기다리고 또 기다렸는데, 결국 오지 않았어. 어느 날 나는 텅 빈 집 거실에 서서 깨달았어. 내 조물주와 내 조물주의 조물주, 그 위의 조물주들이 여기저기서 생명을 배양하고 키워냈을 거란 말이지. 잘 자라면 거두고, 아니면 밭을 갈아엎고. 그런 모양새가 계속 반복되어서 지금까지 온 거야. 그러니까 책에 쓰인 대로 조물주가 된다는 건, 뭐, 피라미드 회사 직원과 다를 바 없었지. 결국, 내가 만났던 조물주도 나 같은 반쪽짜리였던 거야.

장 씨는 잠시 숨을 고르고 막걸리를 한 모금 들이켰다.

그런데 말이야, 그 책이 자네가 파는 책이랑 똑같이 생겼어.

알파다.

의심의 여지가 없었다. 작은 키나 덥수룩한 머리, 듬성듬성 난 수염. 책을 파는 수법까지. 알파가 삼십 년 전 장 씨에게 책을 팔았다. 그렇게 경고를 했건만 저주파로 인간을 세뇌했다. 장 씨는 조물주가 되려고 노력하다가 끝내 피조물의 한계를 벗어나지 못하고 가족까지 잃은 반쪽짜리 늙은이였다. 그러다가 공원 벤치에서 쉬고 있는 조 씨와 책을 발견하고, 반쪽짜리 원망과 궁금증을 표출하기 위해, 일부러 말을 걸었다. 그리고 영악하게도 장기를 두면서 지켜보았다.

조 씨는 막걸리 잔을 만지작거리며 대처 매뉴얼을 생각했다. 매뉴얼대로라면 당장 분자 단위로 분해해서 폐기해야 하겠지만, 어차피 오래 살지도 못할 늙은 피조물이니 기억을 지우는 차원에서 끝내야겠다고 마음먹었다. 충혈된 눈으로 조 씨를 쏘아보던 장 씨가 다시 말했다. 목소리에는 잔뜩 힘이 들어가 있었다.

몇 가지 물어봐도 돼?

어차피 지울 기억, 잠시나마 궁금증 정도는 풀어 주어도 상관없다. 조 씨는 고개를 끄덕였다.

진짜 이름이 뭐야? 그런 게 있긴 있나?

우리 세계에서는 오메가라고 불러. 삼십 년 전에 당신이 만난 친구는 알파고.

허, 시작과 끝이군.

당연하지. 종교도 우리가 설계하고 만들었으니까. 곳곳에 우리 흔적들이 배어 있지.

좋아, 그럼 얼마나 오래 살았지?

지구 시간으로 하면 오만 년 정도 되지. 인간의 생체주기로 따지면 마흔쯤 되고.

허, 거참.

장 씨는 실소를 흘리다가 막걸리를 벌컥벌컥 마셨다.

좋아, 다 좋다 이거야. 근데 왜 나였지?

그건 알파의 선택이었어. 물론 알파의 방법에 잘못이 있었다는 건 인정해. 하지만 이제 와서 어쩔 수 없어. 당신은 우리의 피조물이고 알파는 당신에게서 가능성을 발견했던 거야. 비록 실패하긴 했지만.

허, 참. 뭐가 뭔지.

더 궁금한 건 없어?

장 씨는 쓴웃음을 짓다가 말했다.

이제 나를 어쩔 거지?

기억을 지울 거야. 나를 만나기 전까지로 돌릴 생각이야. 내일 아침 눈을 뜨면 그렇게 되어 있을 거야.

잠깐 멍한 표정으로 앉아 있던 장 씨가 말했다.

기왕 지울 거면 삼십 년 전으로 해 줘.

그건 안 돼. 당신은 너무 늙었어. 기억과 신체가 메울 간격이 너무 커. 아마 미쳐 버리게 될 거야.

그럼 삼십 년 전으로 돌려보내 줘.

시간은 거스를 수 있는 게 아냐. 너희 인간들은 시간에 대해 줄곧 착각하고 있어. 시간 속에 있거나 시간 위에서 살아가고 있다고 생각하는 생물은 인간밖에 없어. 모든 존재는 자신어치의 삶을 살고 소멸하는 거야. 시간도 마찬가지지. 시간은 그저 자신의 삶을 소모

하고 소멸하는 거야. 다른 존재들의 삶에 관여하지 않아. 그때 그 시간은 이미 소멸한 시간이야. 머릿속에 기억의 기준점으로 남아 있을 뿐이지.

장 씨가 벌떡 일어났다.

염병할, 이것도 안 된다, 저것도 안 된다. 그럼 네 맘대로 해. 어차피 그럴 거잖아.

조 씨는 잠자코 앉아 있었다. 막걸리 잔이 이마를 향해 날아왔다. 무심결에 피하자 양은 술잔은 머리 뒤로 날아가 돌과 부딪치며 깡 소리를 냈다.

술값은 네가 내. 난 못 내.

장 씨가 벌떡 일어서서 휘적휘적 걸어갔다. 조 씨도 자리에서 일어섰다. 밀양댁이 파리채를 들고 나와서 날아간 술잔과 조 씨를 번갈아 쳐다보았다.

또 누구랑 싸웠소?

아니, 장 씨가 술이 좀 과해서, 여기 얼마요?

오늘은 조 씨가 얻어묵는 거 아니었나? 거참, 당최 장 씬지 조 씬지 알 수가 있어야지.

내가 조 씨요.

알았소. 어쨌든 취한 거 같으니까 조심하소.

조 씨는 술값을 내고 앞서 걷고 있는 장 씨를 따라

나섰다. 마침 매점으로 밀양댁 며느리가 장바구니를 들고 들어섰다.

어머니, 저 어른은 누굽니까? 신에 구멍 났던데요.

모르겠다. 들어 보이 젊었을 때 똑똑했던 양반 같던데, 마누라하고 딸하고, 거 와 안 있나, 옛날에 무나진 백화점. 그때 찾지도 못하고 저리됐다 안 하나. 맨날 저래 헤헤거리고 웃다가 허공에 대고 누구하고 이야기하다가 싸우고 그란다. 이구! 저리될 줄 어예 알았겠노. 요새는 무슨 책을 판다는데, 누가 그걸 사나!

술값은요?

행색은 저래도 처신은 양반이다. 이구 무슨 팔자고. 참 나.

밀양댁은 파리채를 이리저리 휘저으며 다시 노래를 흥얼거리기 시작했다. 조 씨는 비틀비틀 걸으며 저주파를 쏘아 밀양댁과 장 씨의 기억을 지웠다.

헤헤헤헤 헤헤헤.

다리 밑에 잉어들은 아직도 수면 근처를 맴돌고 있다. 알파의 말이 옳은지도 모른다. 인간은 언제까지나 수면에 둥근 동심원만 그리다가 잠수하는 법을 잊을지도 모른다. 어쩌면 이미 잊었을 수도 있다. 미지근한

바람이 불어와서 늙은 물푸레나무를 쓰다듬으며 지나
갔다. 조 씨는 찜통 같은 더위와 끔찍한 적막만 덩그러
니 놓여 있을 집을 향해 휘적휘적 발길을 옮겼다.

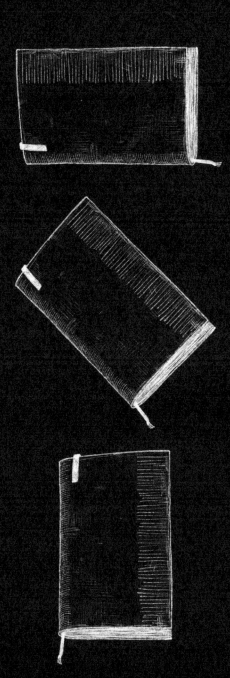

기록자들

오늘도 하나를 묻고 왔다. 묻는 일은 여전히 힘들었다. 굳은살 박인 손바닥에는 다시 물집이 잡혔고 속옷까지 땀으로 흠뻑 젖었다. 그래도 오늘 판 구덩이는 아주 탄탄하고 아름다웠다. 들판의 땅이 차지면서도 부드러워서 구덩이의 모양을 만들어내기가 좋았다. 먼저 중앙을 원추형으로 일 미터쯤 파고 가장자리를 깎아 가며 직사각형으로 모양을 만들어 갔다. 그 과정은 도자기를 빚는 것 같은 농밀한 느낌을 주었다. 빚어진 구덩이에 한 번도 제 손으로 논문을 써 보지 않은 교수를 오브제로 첨가하고, 그 위를 완벽한 들판으로 재구성했다. 흐르는 땀방울은 밀도 높은 어둠 속에 녹아들어 끈적한 충만함을 만들어 주었다. 집으로 돌아와서 입었던 옷을 태우고 꼼꼼이 샤워를 했다. 더운물로 깨끗이 비누를 씻어내고 다시 찬물을 틀어 몸을 식혔다. 체온은 빠르게 하수구로 빠져나갔지만 충만함의 온기는 물집 잡힌 손바닥에 남아 있다.

온기가 사라지기 전에 컴퓨터를 켠다. 브라우저에 주소를 쳐 넣고 엔터, 캄캄한 화면이 뜨고 삼십 초를 기다린다. 언제나 중요한 것은 시간이다. 캄캄한 화면을 쳐다보며 하나, 둘, 셋, 넷… 서른 번의 호흡이 끝나고 화면 모퉁이에 패스워드 입력란이 나타난다. 패스워드를 입력하고 다시 삼십 초를 기다린다. 모니터가 천천히 밝아지고 녹색 솔이끼가 끼어 있는 바위가 드러난다. 이끼 위로 광대버섯 모양 메뉴가 총총히 돋아난다.

'99의 기록' 클릭.

*

아버지는 언제나 집을 나서는 사람이었다. 46년을 살면서 원양어선을 10년 탔고 2년간 행방불명이었으며, 지리산에서 산장지기를 8년 했다. 덕분에 어머니와 난 가족의 부족분을 조용히 인내하며 지낼 수밖에 없었다. 다행히 어머니는 생활을 지켜낼 만한 능력이 있었고, 우리 모자는 조용하고 평화롭게 지낼 수 있었다.

내가 전역을 한 달 남겨 둔 겨울, 그러니까 아버지의 산장지기 생활 8년과 9년 사이의 겨울. 아버지는 산장에서 이백 미터 떨어진 절벽에서 실족사했다. 장례를 치른 어머니는

실족이라, 네 아버지와 잘 어울리는 말이다. 아주 어울리는 죽음이야.

라고 말했다. 한 달 후 전역을 했다. 집에 도착하자 어머니는 늦은 점심을 차려 주었다. 잡채와 갈비찜을 다 먹어 갈 즈음, 어머니는 바퀴가 달린 가방을 끌고 방에서 나왔다. 멀뚱히 쳐다보는 나에게

이제 너도 다 컸으니 나도 나대로 살아 봐야겠다.

라고 말하며 통장 하나와 낡은 감색 양장본 책 한 권을 내밀었다.

가게 처분했다. 반으로 나눴어.

통장에는 사천칠백만 원이 찍혀 있었다. 책은 펼쳐 보니 책이 아니라 노트였다. 표지 아랫부분에는 영문 이니셜이 적혀 있었다. 아버지의 것이었다.

그건 읽고 싶을 때 읽어 봐. 집은 네 앞으로 해 뒀어. 문서는 장롱에 있고. 가끔 보고 싶을 때는 보자.

말을 마치고 어머니는 집을 나섰다. 나는 멍하니 서 있다가 남은 갈비찜을 뜯어 먹었다. 간간이 오는 엽서 는 낯선 주소이거나 외국 우표가 붙어 있었다. 어머니 는 젊은 시절 못다 한 세계여행이라도 하는 것 같았다. 어쨌든, 나는 스물세 살의 나이에 사천칠백만 원의 현 금과 스물세 평의 아파트를 가진, 제법 그럴듯한 독립 을 했다. 하지만 얼결에 맞은 독립은 통장 속의 숫자들

처럼 비현실적 느낌과 함께 방향을 찾지 못했다. 어차
피 잘 다니지도 않았던 학교는 복학하지 않았다. 고아
이던 아버지와 어머니가 만든 세상에서 조용히 자라
난 나는 친구도 만들지 못했다. 중학 시절 겨우 생긴 친
구는 정신병원에 가 버렸고, 대학에서 처음 사귄 여자
친구는 뉴질랜드로 워킹을 가서 돌아오지 않았다. 그
뒤로 친구를 만들지 않았다. 굳이 일을 하고 싶지도 않
았다. 그저 흘러가는 시간을 지켜보며 하루하루를 보
냈다. 막연히 집 밖으로 나가서 세상을 만나야 한다고
생각됐지만, 하루 이틀 미루다 보니 굳이 애쓰지 않아
도 된다는 걸 깨달았다. 이대로도 아무 문제는 없었다.
인터넷으로 쇼핑을 하고 종일 게임을 하거나 텔레비
전을 보았다. 그도 지겨워지면 포르노를 보고 자위를
하거나 책을 읽었다. 배고프면 밥을 시켜 먹고 잠이 오
면 잤다. 한 달에 한 번 정도 대청소를 해서 성취감 비슷
한 것을 느끼기도 했다. 지루하고 따분한 일상의 연속
이었지만 시간이 지나자 나름의 리듬도 생겨났다. 리
듬이 주는 평화로움은 충분히 생활의 의욕이 되었다.

　지루함과 평화로움의 리듬을 만끽하며 시간을 흘
려보내던 중, 탁자 위에 너부러진 읽을 것 중 하나를 집

어 들고 화장실에 갔다. 바지를 내리고 변기에 앉고 보니 아버지의 노트였다. 첫 장을 넘기자 커피를 쏟은 듯한 얼룩이 어지럽게 묻어 있었다. 다음 장부터는 짧은 메모들이 띄엄띄엄 적혀 있었다. 예상은 했었지만, 아버지의 행방불명은 어머니와 나만의 걱정거리일 뿐이었다. 한 장 한 장 읽어 갈수록 그것은 점점 더 명확해져 갔다. 적어도 노트의 중간 정도를 읽을 때까지 아버지는 한 여인의 남편이거나 한 자식의 아버지가 아니었다. 오로지 자신을 끝없이 찾아 헤매는 철없는 몽상가일 뿐이었다. 5월의 메모 이후로는 그마저도 이해할 수 없는 이야기들이 적혀 있었다. 그것은 내가 한 번도 본 적 없는 도시와 풍광 이야기를 하고 있어서는 아니었다. 원질부터 다른 무언가가 그 이야기 속에서 꿈틀대고 있었다.

5월, 이스탄불.

동양의 끝. 서양의 시작. 낯설음과 익숙함이 뒤섞인 도시. 기묘한 음악들. 밀집되고 풀어져 끈적끈적한 골목들. 더 나아가야 할지 돌아가야 할지 고민 중이다. 70의 기록을 읽었다. 70은 은행에서 19년 동안 근무했다. 날마다 흩어졌다가 다시 합쳐지는 숫자와 숫자 사이에서 혼자가 되었다가 70이 되었다. 두 명의 은행장과 한 명의 정치인을 없애 버리고 평생 저축 따위는 하지 않았다.

이 나라에 온 후로 방에 들어가지 못했다. 아직은 이 끈적한 도시를 좀 더 보고 싶지만 내일은 떠나야겠다. 선택을 위해서는 서둘러야 한다.

뭐지? 선택을 한다고? 번호는 또 뭐야. 없애 버린다고? 죽인다는 건가? 방은 또 뭐지? 이렇게 시작한 의문은 별로 관심도 없던 아버지의 삶을 상상하도록 만들었다. 별달리 할 일도 없던 나는 노트의 내용에 빠져들었다.

8월, 니코시아.

북쪽으로 페디오스 강이 흐르고 철도가 관통한다. 기차마다 포도와 올리브, 밀이 넘쳐난다. 원형성벽에 남아 있는 뤼지냥가의 웅장함과 베네치아의 섬세함. 성 소피아 성당에는 이슬람의 향기와 술탄 셀림의 정신이 중첩되어 새겨져 있다. 투르크인과 대영 제국의 통치까지 받은 나라. 동방과 서방의 침략을 쉴 새 없이 받아 온 키프로스의 흥망성쇠를 온몸으로 드러내고 있다.

2주를 이곳에서 머물렀다. 78의 기록을 읽었다. 78은 트
럭 운전사였다. 루이 암스트롱을 닮은 미군 아버지와 양공주
어머니 사이에서 태어난 그는, 열여덟 살 때부터 운전을 시작
했다. 서른이 되어서 언제나 길 위에 혼자 앉아 있는 자기를 발
견했다. 그리고 78이 되었다. 그는 말을 싫어했다. 입 밖으로
튀어나온 말들이 꼬리를 물고 만들어내는 의미들에 환멸을 느
꼈다. 78이 된 이후 죽을 때까지 입으로는 한마디도 하지 않
았다. 하지만 그는 말이 없는 사람이 아니었다. 이제까지의 기
록 중 78의 분량이 가장 많다. 그는 79를 위해 방의 유지 시
스템을 자세히 기록해 놓았다. 덕분에 시스템을 온전히 이해
하게 되었다. 하지만 그가 남긴 마지막 말은 아직 이해할 수
없다.

'혼자를 알기 위해서는 시간이 필요하다. 당신은 알고 있
다. 적당히 남에게 보여 주고 싶은 혼자를 말하는 것이 아니
다. 아스팔트 위의 중앙선처럼, 될 수 있는 대로 중앙으로, 할
수 있는 만큼 가지런하게, 끝없이 이어지며 내버려 둘 수 있는
혼자. 말 그대로 그대로의 혼자.'

아버지는 이해할 수 없다고 말하고 있었지만 나는

78의 말을 이해할 수 있었다. 혼자와 시간에 관한 것이었다. 나는 이미 거기에 속해 있는 것처럼 느껴졌다. 고지서밖에 도착하지 않는 우편함과 한 달 동안 한 번도 울리지 않는 전화를 쳐다보며, 나는 미지의 방으로 가는 길을 알아내고 싶었다. 방에 다다른다는 것의 의미도 모른 채 아버지의 노트에 적힌 다른 메모들을 온전히 읽어내려고 애쓰기 시작했다.

10월, 수에즈.

인간이 수십 년에 걸쳐 만들어낸 물길. 시간과 자본이 통과한다. 건너편이 빤히 들여다보이는 365미터 폭의 운하를 가로지르는 다리 앞에 섰다. '인간이란 얼마나 탐욕스러운가!' 62의 기록은 이렇게 시작했다. 굴착 엔지니어였던 그는 15년간 터널을 팠다. 산을 뚫고 지하를 뚫고 해저를 파내다가 시지프스가 되었다. 그리고 3년 뒤 62가 되었다. 그는 무너진 다리와 건물들을 만든 건축가와 허가해 준 공무원 넷을 묻었다.

12월, 카이로.

모래와 바람의 도시다. 아프리카로 들어가는 중에 발이 묶였다. 말 많던 곱슬머리 택시기사가 파라오의 저주라고 말했던 열병을 나흘간 앓았다. 기력을 찾는 데 일주일이 더 걸렸다. 냉방이 되지 않는 호텔에 눕다시피 앉아 85의 기록을 읽었다. 그는 17년 동안 열아홉 명의 사상범을 납치하고, 세 명의 정치인과 한 명의 여인을 암살하는 임무를 수행했다. 버려진 후 2년을 숨어 살다가 2년을 떠돌아다녔다. 그리고 85가 되었다. 85가 된 후 그는 군인 네 명과 한 명의 정치인을 없애 버렸다. 85의 행동은 아주 사적인 참회처럼 꾸며졌지만 그건 오해다. 적어도 기록을 읽은 자들은 안다.

6월, 산티아고.

산마리아노 언덕을 오르니 멀리 눈 덮인 안데스산맥이 보인다. 산맥 너머에서 불어온 바람이 구름을 밀어 올리고 있다. 90은 선원이었다. 세계의 바다에서 25년간 떠다니던 그는 끝없이 펼쳐진 수평선과 무수한 파도 위에서 혼자가 되었다. 그는 가장 충실한 기록자였다. 25년 만에 육지에 내려앉은 그는 오로지 기록에 몰두했다. 분류하고 정리하고 다시 기록해서 방을 인터넷으로 옮겼다. 그는 아무도 없애지 않은 유일한 기록자다. 자신처럼 낡은 배를 타고 불어오는 태풍 속으로 사라지는 그날까지 기록을 남기는 것에만 집중했다.

읽어 갈수록 놀라운 것은, 기록으로 남은 사람들의 외로움이다. 그들은 그 깊은 고독들을 어떻게 견뎌 왔을까. 숭고하다고까지 느껴지는 혼자의 시간과 실천. 얼마나 긴 시간 동안 이 방은 존재해 왔는가. 어둠 속에서 얼마나 많은 해악을 없애 왔는가. 이들이야말로 삶의 실천가요 인류의 조율사다.

이때쯤, 아버지는 이미 마음을 먹었으리라 생각된다. 뒤의 메모들은 아카풀코에서의 것을 제외하면, 여행에 대한 메모가 전부였다. 아버지는 완결된 혼자가 되기 위해 꼭짓점이 있을 만한 세계의 높은 곳들을 찾아다녔다. 킬리만자로와 히말라야, 몽골을 거쳐 마추 픽추와 그랜드캐니언, 백두산과 지리산을 거쳐서 집으로 돌아왔다.

그쯤 어머니와 나는 2년 가까이 연락이 되지 않는 아버지의 제사를 지내야 한다고 생각하고 있었다. 구체적인 언급은 없었지만, 그해 9월 9일을 첫 제삿날로 해야겠다고 암묵적인 동의를 하고 있었다. 하지만 아버지는 그해 8월의 마지막 일요일 아침, 매미 소리와 함께 현관문을 열고 들어섰다. 아버지의 모습은 바짝 마른 북어같이 볼품없었지만 어딘지 모르게 단단해 보였다. 작은 배낭 하나에 낡은 운동화를 신은 차림새

만큼 단출한 인사로 어머니와 나에게 인사를 했다.

나 왔어. 밥 좀 있어?

아버지는 된장 뚝배기와 밥 두 공기를 깨끗이 비운 다음 꼬박 하루를 잤다. 단잠을 자는 모습은 말 그대로 달게 보였다. 덕분에 어머니와 나는 조용히 숨을 죽이고 일요일을 보냈다. 다음 날 아침에 눈을 뜨자 부엌 쪽에서 어머니와 아버지가 무언가 이야기하는 소리가 들렸다. 방문을 열고 나가니 아버지가 어제와 똑같은 차림새로 걸어왔다. 아버지는 내 어깨를 가볍게 두 번 쳤다.

이제 좀 자주 올게.

그리고 현관문을 열고 나갔다. 어머니는 지리산으로 갔다고 덤덤하게 말했다. 아침부터 매미가 시끄럽게 울고 있었다.

11월, 아카풀코.

메마른 더위는 여전히 낯설다. 습도가 낮은 더위는 그늘의 가치를 더욱 높인다. 따가운 햇볕과 높은 열기도 그늘 속에 들어서면 순식간에 사라진다. 그늘에서 모히토를 마시고 있자니 96이 생각난다. 그는 종교인 두 명과 무너져 가는 건물에 안

전 허가를 내준 공무원을 묻어 버렸다. 공무원을 묻어 버린 날 나를 찾아왔다. 우리는 '지중해'라는 바에서 만났다. 모히토를 시킨 후 그가 재밌는 이야기를 해 준다며 입을 열었다.

책 장수 이야기야.

나는 잠자코 고개를 끄덕였다.

따뜻한 봄날, 일요일 오후야. 누군가 당신의 현관문을 반복해서 두드리고 있어. 그것도 아주 주기적인 리듬을 만들어 가면서.

탕탕 탕! 탕탕 탕! 탕탕 탕!

당신은 오랜만에 책장을 정리하다가 일 년 전에 숨겨 놓은 비상금 오만 원을 찾아냈어. 그래서 기분이 좋아진 상태로 소파에 늘어져서 낮잠을 즐기고 있었지. 햇볕은 따뜻하고, 당신은 일요일 오후의 기분 좋은 낮잠을 방해받고 싶지 않아. 하지만 저 빌어먹을 놈이 계속해서 문을 두드리는 거야. 초인종도 버젓이 설치되어 있는데 말이야. 계속해서 손바닥으로 두드려.

탕탕 탕!

빌어먹을! 당신은 참다못해 벌떡 일어나 현관문 앞으로 걸어 나가. 그리고 짜증이 잔뜩 묻은 목소리로 말하지.

누구세요?

…

누구냐니까요?

당신에게 도움이 되는 사람입니다.

예? 뭐라고요?

아마 도움이 될 겁니다.

이건 또 무슨 세일즈 방식인가! 당신은 울컥 짜증을 내며 말하지.

됐습니다. 전 필요 없어요.

일단 문을 열어 보시죠. 안 그러면 30년쯤 후에 후회하실 지도 모릅니다.

이건 또 뭐야. 협박인가? 무엇에 대한 협박이지? 뭘 후회 한다고?

여기서 당신은 짜증과 궁금증을 견디지 못하고 문을 열어 젖혔어. 그럴 수밖에 없었지. 그건 일어난 모든 일들이 그렇듯 이 필연이거든. 문밖에는 키가 150센티미터가 될까 말까 하는 인간 모양의 무엇이 당신을 올려다보고 있어. 덥수룩한 머리카 락 아래 쥐눈 같은 작고 까만 눈을 반짝이고, 턱에는 듬성듬 성 수염이 뻗쳐 있지.

그래! 그건 인간 모양의 인간 아닌 무엇이야. 당신은 확신 할 수 있어. 태초부터 있어 온 직감이 '이건 뭔가 위험해!' 하고 머릿속에서 외치고 있거든. 그런데도 당신은 끝내 태초의 직감을 무시하고 일상의 말들로 상황을 모면하고자 해.

뭡니까? 그 후회라는 게.

일단 들어가서 말씀드리죠. 말이 길어질 것 같으니까.

하고, 인간 아닌 그 무엇인 남자가 말하면, 당신은 그 남자가 인간이 아님을 다시 한번 확신하게 돼. 왜냐면 그 남자의 입은 말소리보다 조금 늦게 움직이거든. 거 왜, 마치 음향과 영상의 싱크가 맞지 않는 영화를 보는 것같이 말이야. 하지만 그 남자의 음성은 싸락눈 내리는 대나무밭에 가득 찬 저주파처럼, 당신의 귀를 파고들어 마음을 허술하게 만들고 말지. 그래도 당신은 상식의 범위 내에서 약간의 저항을 표시하고자 노력해. 하지만 그 저항은 당신이 생각하기에도 겸연쩍지.

아니, 그게 지금 집이 지저분해서…. 그리고….

당신의 말에 남자는 아주 신속하고 정확하게 자신의 의사를 전해. 여전히 싱크가 맞지 않는 입으로 말이야.

저는 상관없습니다. 그럼.

하고는 작고 낡은 구두를 재빠르게 벗고 현관으로 들어서지. 들어오기도 전에 구두를 벗고 말이야. 그 왜, 초등학교 시절 지각한 아침에 실내화 갈아 신을 때처럼 말이야. 신속하게. 당신은 어정쩡하게 구두를 쳐다보다 뒤통수를 긁으며, 입술에는 어색한 미소까지 띠면서 따라 들어와. 남자는 벌써 소파에 앉아서 자신의 가방을 열어젖히고 있어. 당신은 그 남자의 옆에 앉는 것이 어색하게 느껴져 테이블을 사이에 두고 거실 바닥에 앉아. 이제는 당신이 그 남자를 올려다보게 됐지.

당신은 인간을 어떻게 생각하십니까?

하고, 그 남자는 낮고 느린 저주파의 음성으로 당신에게 물어. 갑작스레, 아무렇지도 않게. 당신은 생각할 틈도 없이, 자신이 속해 있는 인간이라는 종에 대해 어떠한 식으로든 판단을 내려야 하는 상황에 처하고 말지.

그게 뭐… 이기적이죠. 오만하기도 하고, 라고 얼버무리고 싶었지만, 당신은 눈앞의 남자가 요구하는 답은 더 근원적이고 복잡한 무엇일 거라고 생각하게 돼. 그러면 그럴수록 당신의 마음은 점점 더 그 남자의 저주파에 잠식당하게 돼. 그리고 그 남자는 결코 그 순간을 놓치지 않아. 당신에게 말해. 은근슬쩍 말까지 놓아 가면서.

사실은 내가 인간을 만들었어. 정확히 말하자면 우리지. 그래서 인간을 잘 알고 있어.

이쯤 되면 당신은 버럭 화를 내며 그 남자를 미친놈으로 만들어서 내쫓아야 하겠지만, 이미 당신은 그 남자의 저주파 공격에 대항할 여력이 없어. 왜냐면 이미 당신에게 그 남자는 정말로 인간을 만든 남자이기 때문이지.

그래! 당신은 갑자기 자신의 조물주와 대면하게 된 거야. 그리고 그 조물주는 당신에게 일장 연설을 시작해.

인간은 하나의 창만을 필요로 해. 두 개 이상은 감당할 수 없지. 그래서 자기가 경험할 수 있는 만큼인 하나의 창만을 원해. 그 이상을 상상하려 하지만 그 상상조차도 그 하나의 창 속일 뿐이지. 거기서 벗어나지를 못해. 어떻게 확신하냐고? 그 건 우리가 인간을 만들어냈기 때문이지. 너희 식대로 표현하면 인간은 미개해. 근데 그걸 절대 인정하지 않지. 그걸 인정하지 못하면 너희는 절대 제로 은하계로 돌아가지 못해. 아! 제로 은하계가 내가 살고 있는 곳이야. 너희 인간들의 고향이기도 하지. 정확히 제로 은하계 9호 행성 96실험실. 뭐지? 그 의아해하는 눈빛은? 의심하지 마! 나, 아니 우리가 너희 인간의 조물주야. 알파이자 오메가라고. 그게 그리 놀랄 일인가? 우리도 우리의 조물주가 있어. 우리는 그걸 인정하고 우리의 피조물들을 창조해내고 있지. 예상은 했지만 쉬운 일은 아니야. 피조물들은 공통적으로 자신의 미개함을 인정하기를 극도로 꺼려거든. 애석하지만 그런 피조물들은 다른 공간으로 나아가지 못해. 멸망하고 말지. 내가 여기에 온 이유도 너희의 멸망과 관련되어 있어. 너희에게 마지막 기회를 제공하는 거야. 나는 너희에게 새로운 공간을 열어 주고 시간을 선물하러 온 거야. 그러니까 이 책을 어서 사. 그리고 읽어. 그다음에 판단해. 멸망할지. 나아갈지. 물론 공짜는 아니야. 화폐라는 상상의 교환가치도 우리가 너희에게 전수했지. 그러니 너희는 우리에게 그 상상력을 지불해야 해. 책값은 오만 원이야. 미래를 오만 원에 살 수 있어. 너희 식의 표현으로 하자면, 파격적이지.

이쯤 되면, 당신은 눈앞에 앉아 있는 조물주가 전지전능한 능력으로 책 속에서 찾아낸 비상금을 알아채고, 당신에게 미래를 선물하러 왔다고 생각하게 돼.

모히토를 홀짝이며 들은 이야기는 판소리 사설 같은 느낌이 들었다. 책 장수 이야기가 아니라 기묘한 조물주의 이야기였다. '책을 파는 조물주라. 재미있군.' 하고 생각할 즈음, 96이 끝! 하고 이야기를 끝냈다. 물음표를 만들고 있는 내 얼굴에 대고 다시 말했다.

나는 이제 할 일을 다 마쳤어. 당신이라면 알게 될 거야. 그래서 이제까지 당신을 만났으니까. 자, 받아.

96이 내민 종이에는 인터넷 주소가 적혀 있었다.

오만 원은 됐어. 힌트는 30초, 그리고 필연이야. 준비되면 나를 찾아.

말을 마친 그는 술잔을 단숨에 비우고 벌떡 일어나서 가 버렸다. 그 뒤로 96을 만나지 못했다. 이제야 깨달았다. 그와 내가 만났던 것은 필연이었다. 나는 그를 찾아야 한다.

노트를 덮은 나는 다시 의문에 휩싸였다. 번호로 명 명되는 그들은 도대체 누구지? 아버지는 97이 되었을 까? 그럼 아버지 다음인 98이 존재한다면? 그렇다면 아 버지의 죽음은 실족사가 아닌 게 되는가? 타살? 아니, 이건 단순한 타살의 개념이 아니다. 그들의 논리대로 라면 순교에 가깝다. 앞선 사람을 없애 버리고 자신 또 한 사라지는 것. 그것이 방의 룰인가? 그렇다면 무엇을 위해서? 나는 며칠을 방에 대한 의문들과 의심으로 전 전긍긍했다. 꼬리를 물고 떠오르는 의문들이 잠을 잡 아먹기도 했다. 어떻게 해야 그 방에 들어갈 수 있을까. 하지만 나로서는 아무리 고민을 해도 별도리가 없었 다. 며칠을 더 고민한 끝에 포기하기로 마음먹었다. 생 각해 보면 지금껏 아버지의 삶 따위야 언제나 멀리 있 었다. 이제 와 그 속으로 들어가려 애쓰는 것도 우스운 일이었다. 깨끗이 잊기로 했다.

나는 다시 조용한 생활의 리듬 속으로 파고들었다.

느리게 지나가는 시간과 빠르게 바뀌는 계절을 지켜보며 하루하루를 흘려보냈다. 밥을 먹고 잠을 자고 책을 읽고 텔레비전을 봤다. 인터넷 쇼핑을 하고 게임을 하고 자위를 하고 가끔 여자를 샀다. 베짱이 수컷으로 빈둥거리며 나는 점차 모든 것에 심드렁해져 갔다. 점점 더 아무것도 하고 싶지 않았지만, 마냥 그럴 수는 없었다. 통장이 비어 가고 있었다.

할 수 없이 직업이 필요했다. 직업을 훈련시켜 주는 직업훈련원을 일 년간 다녔다. 자격증을 따고 34층 주상복합빌딩의 시설관리 직원이 되었다. 박봉이었지만 나에겐 안성맞춤인 일자리였다. 가끔 있는 소방점검을 빼면 조용한 날들을 유지할 수 있었다. 2교대로 집과 기계실을 오가는 사이 낮과 밤, 오전과 오후가 뒤섞이다가 차례로 사라져 갔다. 다른 직원들은 시간이 사라지는 것을 잘 견디지 못했다. 덕분에 사람이 자주 바뀌었고, 삼 년을 넘긴 기사는 나밖에 없었다. 나는 관리 소장에게 야간 당직만을 전담하게 해 달라고 부탁했다. 야간 당직은 새로 들어온 박 기사도, 관리실 장 과장도 좋아하지 않아서 모두가 흔쾌히 승낙했다.

밤이 깊어지면 지하 3층의 당직실에 누워 천장을

가득 메운 파이프 속을 지나가는 물소리를 들었다. 계속 소리를 듣고 있으면 어느새 나도 파이프 속을 흘러가곤 했다. 더 아래로, 더 지하로, 미로 같은 하수구 속을 흐르고 멈추기를 반복하다가 어느 개천으로 흘러들어 강을 지나 바다로 나갔다. 지저분한 항구를 지나 더 아래로 내려가면 대륙붕이 나오고 더 가면 해연에 도착했다. 거기서 조금 더 미끄러져 내려가면 칠흑의 심연에 다다랐다. 심연에 조용히 웅크리고 앉아 농밀한 어둠의 골짜기를 유영하는 심해어들을 구경했다. 그마저 지겨워지면 왔던 길을 천천히 돌아와서 파이프를 거슬러 올라갔다. 1층의 상가 세탁소에서 고스톱판을 구경하기도 하고, 사우나 이발소에서 사람들이 썩어 빠진 정치 이야기를 하는 걸 엿듣기도 했다. 206호의 새댁이 팬티 바람으로 빨래를 하며 부르는 노래를 엿듣기도 하고, 1209호의 중년 부부가 질펀한 섹스를 즐기고 있는 걸 구경하기도 했다. 2005호 베란다에는 치매 걸린 할아버지가 창밖으로 오줌을 갈기고 있었고, 2310호의 거실 소파에서는 고양이가 늘어지게 자고 있었다. 모든 층을 다 둘러보고 나면 옥상에 있는 물탱크를 빠져나와 구름이 되었다가 성층권 오존층을 지나, 달로 우주로 안드로메다까지 날아가곤 했다.

파이프를 타고 세상을 떠도는 사이 지상에서는 대통령과 국회의원이 바뀌었다. 바다에서는 배가 가라앉고 하늘에서는 비행기가 떨어졌다. 사람들이 많이 죽거나 자주 실종되었지만 계절은 계속 바뀌었다. 파이프의 세계에서는 시간도 하나의 존재로 여겨졌다. 다른 여타의 존재들처럼 자신어치의 삶을 소모하고 소멸할 뿐, 내 삶에 관여하지 않았다. 나는 가끔 시간 속에 있거나 시간 위에서 살아가고 있다고 착각했지만, 파이프 속은 그런 내 착각과는 아무런 상관없이 늘 컴컴했고 늘 평화로웠다. 나는 점점 더 파이프의 세계 속으로 가라앉았다. 그리고 점점 더 혼자가 되어 갔다.

일 년이 더 지나고 나는 어머니가 행방불명이 되었다는 사실을 깨달았다. 파이프를 떠돌다 문득 생각해 보니, 명절이나 생일이 되면 어머니가 보내 주던 엽서가 끊긴 지도 이 년이 넘어 있었다. 그걸 깨달은 후부터 북어같이 깡마른 아버지의 모습과 무덤덤한 어머니의 얼굴이 자주 꿈속에 등장했다. 꿈을 꾼 날이면 '나도 행방불명이나 되어 버릴까' 하고 생각했지만, 행방불명도 나를 기다리는 사람이 있어야만 가능했다. 어머니

를 찾아야겠다는 생각이 들었지만 어디서부터 뭘 해
야 할지 엄두가 나지 않았다. 별 뾰족한 수가 없었다. 나
는 계속해서 파이프 속을 떠돌아다녔다. 파이프는 어
디로나 연결되어 있었고 쉬어 가거나 잠들 곳은 언제
나 마련되어 있었다. 어느 날, 503호와 403호의 하수도
파이프가 만나는 지점에서 잠시 쉬다가 깜빡 잠들고
말았다. 그리고 아버지를 만났다.

　아버지는 끝없이 펼쳐져서 황량한 기운을 뿜어내
는 해변에 앉아 있었다. 손에는 초록색 라임 조각이 꽂
힌 모히토 두 잔을 들고 있었다. 아카풀코! 라고 나는 생
각했다. 아버지는 고개를 끄덕이며 웃었다. 웃음은 깡
마른 아버지의 얼굴에 자글자글한 주름을 만들어냈
다. 주름과 주름이 만들어내는 골을 따라 짙은 음영이
생겼다가 사라졌다. 아버지는 잔 하나를 건넸다. 나는
잔을 받으며 옆에 앉았다. 바다를 바라보니 멀리서부
터 파도가 바람에 날리며 해변으로 밀려오고 있었다.
그런데 우리가 앉아 있는 해변에는 바람 한 점 불지 않
았다. 아버지가 모히토를 삼키는 소리가 꼴깍 났다. 따
라 마셔 보니 모히토는 시큼하고 썼다. 아버지는 길게

한숨을 내쉬었다. 한숨에서 시큼한 라임 냄새가 났다. 아버지가 잔을 비우고 일어섰다. 아카풀코의 강렬한 태양과 아버지의 볼우물이 만들어내는 깊은 그늘을 보고 있는데 물 흐르는 소리가 들려왔다.

눈을 뜨니 지하 3층의 당직실에는 파이프를 흐르는 무거운 물소리가 울려 퍼지고 있었다. 책 장수와 아카풀코, 아버지의 노트와 그 속의 사람들이 다시 떠올랐다. 없애 버리고 사라져 버리는 사람들. 생각해 보니 어머니도 사라져 버렸다. 나는 아버지의 방으로 가는 방법이 의외로 가까운 곳에 있다는 사실을 깨달았다. 처음 방에 대한 힌트를 제공한 사람, 아버지의 노트를 내게 준 사람은 어머니였다. 그렇다면 아직 나와 어머니를 이어 주고 있는 가느다란 끈은 아버지의 방으로 연결되어 있을 것 같았다. 퇴근 후 서둘러 집으로 향했다. 먼지 쌓인 감색 양장본 노트를 다시 펼쳤다. 한참을 뒤적이다가 방으로 이어진 끈을 찾아냈다. 방의 주소는 노트 첫 장에 어지럽게 묻어 있던 커피 얼룩이었다.

*

컴퓨터를 켠다. 브라우저에 주소를 쳐 넣고 엔터. 캄캄한 화면이 뜨면 삼십 초를 기다린다. 언제나 중요한 것은 시간이다. 화면 모퉁이에 패스워드 입력란이 나타난다. 패스워드 입력. 엔터. 다시 삼십 초를 기다린다. 서른 번의 호흡이 끝나면 모니터가 천천히 밝아지고, 녹색 솔이끼가 촘촘히 끼어 있는 바위가 드러난다. 바위 위로 광대버섯 모양 메뉴가 돋아난다. '99의 기록' 클릭.

기록을 시작한다.

일곱 시 삼십 분. 교대 시간이 삼십 분 남았다. 편의
점은 지나치게 밝은 어항 같아서 이 시간이 되면 늘 눈
이 아프다. 오늘은 운이 좋다. 유통기한이 네 시간 지난
삼각김밥 다섯 개와 샌드위치 두 개가 남았다. 삼각김
밥 세 개와 샌드위치 하나를 챙겼다. 나머지는 아침 알
바를 위해 남겨 두었다. 야간 알바 야식 비용만큼 컵라
면과 김치, 우유도 가방에 함께 넣었다. 라디오에서는
익숙한 여자 아나운서의 오늘의 영어 한마디가 시작
됐다. 유니폼을 미리 갈아입었다. 오늘의 영어 한마디
가 끝나고 지나치게 해맑아서 부담스러운 Have a nice
day 인사도 끝났다.

일곱 시 오십삼 분, 짤그랑 종소리와 함께 아침 알
바가 들어왔다. 들어오자마자 시선은 냉장 가판대에
잠깐 머물렀다. 눈동자가 살짝 흔들렸다. 지난밤의 매
출과 잔액을 확인시키고 수고하라는 말과 함께 가방
을 둘러멨다. 문을 열고 나섰다. 날이 쩽하니 맑다. 학교
앞 개나리와 벚나무 들이 당장이라도 꽃망울을 터뜨
릴 것 같다. 그래도 아침 공기는 아직 차다. 점퍼 지퍼를
끝까지 올리고 먼지의 방을 향해 서둘러 걸었다.

학생회관 309-1호는 먼지의 영역이다. 309호인 교지 편집부실에 딸린 채, 자잘한 동아리들이 생겨나고 없어지고를 반복하는 삼십여 년 동안 굳건히 그 자리를 지키고 있다. 오각형의 구조로 지어진 학생회관 건물의 각이 꺾이는 자리에 있는 탓에 어정쩡한 사다리꼴이다. 그 속에는 캠퍼스에 미처 뿌려지지 못한 목소리들과 잡동사니들이 아무렇게나 쌓여 있고, 언제나 두꺼운 먼지가 덮여 있었다. 몇 년째 신입이 들어오지 않는 교지 편집부를 삼 년 동안 혼자 지켜 온 나조차, 일 년에 한두 번 남은 교지들을 쌓아 두기 위해 들어가 보았을 뿐이다. 커다란 건물 속에 하나쯤 있지만 아무도 신경 쓰지 않는 먼지의 방.

나는 그 먼지의 영역에 살기로 했다. 이유는 개인적인 불행에서 기인된 선택이었다. 오래 앓던 김 여사가 죽었다. 작은댁이었던 김 여사의 장례식은 고적하게 치러졌다. 남은 것은 김 여사의 병원비와 학자금 대출을 합친 숫자, 12년 동안 살고 있던 열아홉 평의 아파트뿐이었다. 고민 끝에 일단 휴학을 하고 아파트를 팔기로 결정했다. 집은 금방 팔렸다. 집값으로 빌린 숫자의 팔 할을 지우고 먼지의 방으로 이사했다.

두 평 남짓한 사다리꼴 공간에는 팔절 캔버스만 한 창이 있고, 낡긴 했지만 벽걸이형 선풍기와 폭이 좁고 긴 사무실용 테이블도 있었다. 잡동사니와 쌓인 먼지를 몰아내고 내가 가져온 잡동사니를 다시 채워 넣었다. 제일 먼저 컴퓨터를 옮겨 왔다. 인터넷을 연결한 다음 소형 냉장고와 접이식 침대, H형 행어를 주문했다. 이틀에 걸쳐 옷가지와 커피포트, 전자레인지를 옮겨 놓았다. 다 옮겨 놓고 보니 먼지의 방은 그런대로 안락한 집이 되었다.

이사를 마치고 은행에 매달 갚아야 할 숫자들과 아버지가 매달 보내 주는 숫자들의 차액을 계산했다. 다달이 나에게 허락된 금액은 이십만 원이 좀 넘었다. 담뱃값과 전화 요금을 제외하면 빠듯하기는 하지만 버틸 만큼의 숫자는 됐다. 일단 일을 하지 않기로 마음먹었다. 내 스펙 따위로 취직도 힘들겠지만, 무엇보다 취직이 되면 아버지는 더 이상 내 통장에 숫자를 보태 주지 않을 게 틀림없다. 아직은 아버지에게서 무엇이든 좀 더 받아내고 싶다.

초등학교에 입학한 지 얼마 되지 않아 아버지가 집

에 오지 않았다. 엄마는 아버지가 자기 집으로 돌아갔다고 했다. 얼마 후 학교 교문을 나서는 내 앞에 말쑥하게 양복을 차려입은 아버지가 나타났다. 손에는 생일에 사 주기로 했던 천체망원경과 종이봉투 하나가 들려 있었다. 양복을 입은 아버지는 왠지 낯설어서 말이 잘 나오지 않았다. 집에 돌아와 봉투를 비워 보니 내 이름이 찍힌 통장과 도장이 들어 있었다. 매달 오십만 원의 숫자가 그 통장으로 들어왔다. 그즈음부터 엄마는 버릇처럼 긴 한숨을 지었다. 자주 술을 마셨고 가끔 울었다. 엄마가 술 냄새 나는 푸념을 시작하면 나는 천체망원경으로 창문 밖 가로등에 모여든 나방과 풍뎅이를 관찰했다. 조리개를 이리저리 돌려 가며 나방의 안테나 모양 더듬이와 짙은 초록과 푸른빛이 반들거리는 풍뎅이의 등껍질을 살펴보았다. 가끔은 어지러운 그림자를 만들며 박쥐가 날아들어 나방을 물고 어둠 속으로 사라졌다. 가로등 밝은 빛에 눈이 충혈되어 자주 눈물이 났다. 시간이 흐르면서 나는 박쥐가 곤충을 잡아먹는다는 것과 아버지가 출장을 자주 떠났던 이유를 알게 되었고, 큰댁과 작은댁의 차이는 크기가 아니라 순서라는 것을 이해하게 되었다.

학교를 마치면 서둘러 집으로 돌아왔다. 책가방은 덜거덕거리고 땀 난 이마에는 머리 올이 달라붙었다. 숨이 끝까지 차서 목이 따끔거렸지만 늘 집까지 단숨에 달렸다. 낡은 미닫이문을 열고 부엌에 놓인 엄마의 신발을 확인하기 전까지는 멈출 수가 없었다. 방문을 열면 엄마는 나를 물끄러미 쳐다보다가 요구르트를 건넸다. 헐떡이는 숨이 잦아들면 뜨개질을 하거나 술을 마시는 엄마 옆에 들러붙어 숙제를 했다.

몇 달이 지나도록 여전히 당신의 다리에 찰싹 들러붙어 있는 나를 물끄러미 쳐다보던 엄마가 갑자기 화장을 했다. 오랜만에 외출을 한 엄마는 한복집을 하는 이모에게 가서 미싱 한 대를 빌려 왔다. 그리고 시장 끝자락에 옷 수선 가게를 차렸다. 가게 이름은 내 이름 중간 자와 엄마 이름의 끝 자를 합쳐 '수재 옷 수선'이라고 지었다. 생선가게와 과일가게 사이에 낀 엄마의 가게에서는 언제나 달콤한 과일 향과 생선 비린내가 섞여서 났다. 조촐하게 개업 떡을 돌린 엄마는 나를 쳐다보며 말했다.

이제 뛰어오지 마라. 그래도 괜찮다.

그 말이 정확히 무슨 뜻인지는 몰랐지만 나는 더 이

상 뛰지 않았다. 그래도 괜찮을 것 같았다. 다행히 엄마의 가게는 인기가 있었다. 리폼이나 맞춤 주문이 하나둘 들어왔다. 한 번 왔던 손님들은 대부분 다시 엄마를 찾았고 단골도 늘어 갔다. 그와 함께 미싱의 종류도 늘어났다. 이즈음부터 가게 이름은 '수재 의상실'로 바뀌었고 엄마는 김 여사가 되었다. 덕분에 김 여사는 드르륵 드르륵거리며 생활을 박음질해 갔다.

장사에 이력이 붙은 김 여사는 한 가지 기지를 발휘했다. 맞춤 정장이나 수선한 교복 안쪽 단에 황금색 실로 머리 수(首) 자나 재상 재(宰) 자를 마크로 박아 주었다. 시간이 지나자 황금색 글자를 박은 수많은 사람 중몇몇은 실제로 의사나 국회의원이 되었다. 그리고 몇몇 학생들은 유명한 대학에 입학했다. 소문이 퍼지자 김 여사는 바빠졌다. 자식이 首나 宰가 되기를 꿈꾸는 몇몇 왕성한 부모들은 천 리 길도 마다하지 않았다. 아들딸에게 황금색 실로 부적을 박아 넣은 교복을 입히기 위해서, 비린내와 과일 향이 끊이지 않는 가게 앞에서 줄을 서기도 했다. 덕분에 과일가게 정 씨와 생선가게 모산댁도, 건너편 떡볶이 할매까지 덩달아 손님이 늘어 김 여사를 살갑게 대했다. 장사가 잘되자 김 여사

의 한숨도 잦아들었다. 그즈음부터 아버지가 준 통장
에는 오십만 원이 들어오지 않았다.

중학생이 되었을 때, 우리는 단칸 셋방에서 열아홉
평 아파트로 이사했다. 집이 생기자 김 여사는 베란다
에 밭을 만들었다. 스티로폼 상자 다섯 개를 붙여 만든
밭이었지만 푸른 푸성귀들이 넘쳐났다. 고추와 토마
토, 상추, 대파, 가지를 심었다. 매년 종류가 조금씩 달
라지기는 했지만 가지는 늘 빠지지 않았다. 김 여사는
에나멜 구두같이 반짝이는 가지를 옷소매에 슥 닦아
생으로 먹는 걸 좋아했다. 그즈음 우리의 생활은 그런
대로 평온했지만, 반짝이면서 푸석한 가지처럼 쉽게
부러졌다.

고등학생이 되자 김 여사가 쓰러졌다. 급성당뇨였
다. 의사는 합병증으로 백내장과 신부전증이 진행되
고 있다고 했다. 김 여사는 병원과 가게를 오가며 치료
와 일을 번갈아 했다. 내가 고등학교를 졸업할 때까지
김 여사의 몸은 풍선처럼 부풀다가 빠지기를 반복했
다. 대학을 가고 군대를 간 동안, 김 여사는 가게를 정
리하고 두 번의 백내장 수술과 세 번의 혈관 수술을 받
았다. 전역을 하고 복학을 한 후, 이 년을 더 혈관염을

동반한 신부전증과 씨름을 했다. 덕분에 대학 생활 내내 병원과 집을 오가며 김 여사를 간호했다. 간간이 녹슬어 가는 교지 편집실에 들러 멍하니 시간을 보내며 내 생활도 간호했다. 아들 졸업은 꼭 보고 죽겠다고 버릇처럼 말하던 김 여사는, 4학년 1학기가 시작되는 날 아버지에게 욕을 퍼붓고 죽었다. 나는 그전까지 한 번도 김 여사가 욕하는 모습을 보지 못했다. 보이지도 않는 시선을 허공에 고정한 채 입에 거품을 물며 평생 치의 욕을 다 해 버리는 모습은, 무섭고 후련하다가 서글펐다. 아버지는 잠자코 서서 욕을 듣고 있었다. '씨부랄 놈!'을 마지막으로 후련한 듯 숨을 내쉬고 김 여사의 심장은 멈췄다. 다음 달부터 통장에는 다시 오십만 원이 들어왔다.

이사를 마치자 시간이 너무 남아돌았다. 생각해 보니 김 여사를 간호하던 시간이 오롯이 생활에 보태진 결과였다. 좀 낯선 느낌이 들기도 했지만 곧 빈둥거림에 익숙해졌다. 도서관에 들러 책장 사이를 어슬렁거리거나 종일 게임을 했다. 컴퓨터 속에는 캐내야 할 미네랄과 사냥해야 할 몬스터들이 언제나 넘쳐났다. 그마저도 지겨워지면 침대에 누워 벽의 못 자국과 천장 텍스에 박힌 나사못을 셌다. 셀 때마다 숫자가 달라지기도 했지만 못 자국은 스물두 개, 나사못은 이백열네 개였다.

시간이 지나자 생활도 가닥이 잡혔다. 방은 더웠다. 낮 동안 햇볕을 받은 벽은 밤이 늦도록 식지 않았다. 그 열기 때문인지 내 피 냄새에 이끌린 것인지 모기가 많았다. 통기타 동아리에서 종일 불러대는 노랫소리와 복도에 신입생을 줄 세워 놓고 할아버지 같은 훈계를 하는 미식축구부원들의 꼴값은 보기 싫었지만, 그런 대로 익숙해졌다. 샤워장은 마음에 들었다. 밤에는 거의 아무도 사용하지 않았고 언제나 더운물이 나왔다. 매일 자정 무렵이면 샤워장을 찾았다. 텅 비고 축축하게 울리는 공간 속에 내 몸과 물줄기가 부딪쳐 일으키는 소음들을 들으며 느긋하게 샤워를 하고 있노라면, 평생 여기서 살아도 좋겠다는 생각마저 들었다.

하지만 빈둥거림은 오래가지 못했다. 생활비가 모자랐다. 다시 찾아온 허기 때문이었다. 허기는 입대하기 전까지 알레르기처럼 간간이 반복되었지만, 어쩐 일인지 입대를 하자 그 증상이 나타나지 않았다. 타인이 계획한 시간과 정해진 음식으로 살아가는 생활 중에 허기는 거짓말처럼 사라져 버렸다. 전역하고 난 이후에도 우려와 달리 별다른 증상은 나타나지 않았다. 하지만 먼지의 방에서 빈둥거린 지 두 달이 되어 갈 무렵, 또다시 허기가 배어 나왔다. 멀쩡히 있다가도 통장에 남은 잔액을 보면 허기가 졌다. 아버지가 불쑥 나타나 통장을 건네고 간 초등학교 교문 앞에서부터 시작된 것인지, 김 여사가 버릇처럼 한숨을 쉬기 시작한 때부터였는지도 모른다. 허기는 매달 통장에 오십만 원이 찍히기 일주일 전쯤 되면 식탐으로 변했다. 특별히 배가 고픈 건 아니었지만 온몸으로 허기가 졌다. 그럴 때면 서둘러 통장의 숫자들을 음식으로 바꾸어 먹어 치웠다. 마지막 며칠은 제정신이 아닐 때가 많았다. 문득 정신을 차려 보면 편의점에서 김밥을 입에 쑤셔 넣고 있거나, 마트의 시식 코너 앞에서 하염없이 서 있기도 했다. 사라졌던 무좀이 재발하듯이 매달 통장에 돈이 들어올 때쯤이면, 어김없이 허기가 스멀거리며 피어올랐다.

책상 위에는 담배 두 갑과 컵라면 네 개, 삼각김밥 두 개가 놓여 있다. 커피포트에 물을 끓이고 전자레인

지에 밥을 데웠다. 채 불지 않은 컵라면 두 개와 김밥 두
개를 정신없이 밀어 넣었다. 먹고 나자 포만감 위로 짜
증과 자괴감이 부글부글 솟아올랐다. 자괴감을 누르
며 담배를 피워 물었다. 이제 슬슬 아르바이트라도 구
해 봐야 하나 하는 생각을 하며 연기를 깊이 들이쉬었
다. 위장의 불쾌한 포만감 위로 빡빡한 연기의 밀도가
느껴졌다. 연기는 폐를 뚫고 뒤통수를 거쳐 콧구멍으
로 흘러나오며 몽롱한 쾌감을 주었다. 스르륵 저절로
눈이 감겼다. 이 정도의 쾌감도 당분간은 절제해야 한
다고 생각을 하니 다시 짜증이 난다. 눈을 뜨자 초록의
삼각형이 눈에 들어왔다. 환각인가? 담배 연기를 너무
깊게 빨아들였나? 다시 천천히 눈앞을 살펴보았다. 환
각은 아니었다. 팔절 캔버스만 한 창밖으로 머리를 들
이밀었다. 초록색 삼각형은 도서관과 학생회관 건물,
삼삼 오피스텔 빌딩 틈에 끼어 있다. 세 건물의 경계가
만들어낸 삼각형의 공간에 삼각자 모양의 텃밭이 자
리 잡고 있었다. 구석에 쌓아 둔 가방을 뒤져 천체망원
경을 끄집어냈다. 한쪽 눈을 감고 조리개를 돌려 가며
삼각자 모양의 텃밭을 관찰했다.

넓이는 대략 서너 평. 밭은 작지만 잘 정돈된 서랍

장 같았다. 삼각자의 직각 부분에는 작은 이랑들 위로 고추 모종이 여러 개 줄지어 심겨 있고, 막 자라기 시작한 부추가 네 줄, 그리고 상추가 두 줄. 좁아지는 삼각자 끝으로는 노랗게 꽃이 핀 유채와 막 무성해지기 시작한 방아풀, 이제 막 꽃이 터진 보랏빛 가지 모종 몇 포기가 자라고 있다. 보랏빛 가지 꽃을 보고 있자니 다 늘어진 티셔츠를 입고 베란다 텃밭에 물을 주던 김 여사의 뒷모습이 겹쳐졌다. 들고 나기도 어려울 것 같은 저 장소에 누가 밭을 일궜을까? 거대한 빌딩들 틈에 낀 초록의 밭은 신비로운 느낌이 들었다. 자세히 살펴보니 도서관 서쪽 모퉁이와 삼삼 오피스텔 동쪽 모퉁이 사이로 희미한 오솔길이 있다. 자주 다니지 않아 흙이 드러나지는 않았지만 풀들이 모로 누워 있었다. 누군가 커다란 세 개의 빌딩 사이에서 걸어 나와 호미와 괭이로 땅을 골라 씨앗을 뿌리고, 고추 모종을 심고 지지대를 세워 주었을 것이다. 밭 주인이 누구인지 궁금했다.

밭을 발견한 그날부터 버릇처럼 창밖을 관찰하기 시작했다. 아버지가 보내 주는 생활비를 기다리는 일 외에 별달리 할 일도 없었으므로, 도서관으로 피서를 가는 한낮 시간을 빼고는 게임을 하거나 컵라면을 먹거나 담배를 피우거나 커피를 마시면서 삼각형 텃밭 살펴보았다. 하루하루가 다르게 부추가 자라나고 상추가 고슬고슬 땅을 뚫고 올라와 연두와 적갈색을 진하게 드러냈다. 하얗게 고추 꽃이 피고 보랏빛 가지도 열렸다. 간간이 벌과 나비가 찾아들고, 지나가던 고양이가 똥을 누기도 했다. 며칠 후, 나는 뜻밖의 장소에서 밭의 주인을 발견했다.

오전 내내 창가에 앉아 조리개를 돌리며 삼각자 텃밭을 살펴보고 있었다. 비가 그치고 아침부터 뙤약볕이 내리기 시작했다. 꽃이 떨어진 자리에 갓 열리기 시작한 고추 위로 무당벌레가 들러붙어 있고 상추는 비를 먹고 그사이 웃자랐다. 곧이어 두꺼비 한 마리가 엉금엉금 기어서 지나가고 축축하던 땅은 금방 말라 갔다. 한낮이 되어 가자 점점 달아오른 벽이 열기를 뿜어내기 시작했다. 서둘러 도서관으로 향했다. 한국문학과 일본문학이 꽂힌 책장 사이에서 어슬렁거리다가 책장에 붙어 있는 노란색 전단을 발견했다. '어제 오후두 시경. 도서관 8층에서 은색 태블릿 PC 분실했습니다. 산 지 일주일밖에 안 됐어요. ㅠㅠ 아래 CCTV 화면

속의 도둑을 알거나 목격하신 분은 꼭 연락 바랍니다.'

　나름 절박한 마음으로 썼을 텐데 글씨가 엽서체다. 사진 속의 남자는 열람실 문을 나오고 있었다. 모자를 쓰고 고개를 반쯤 숙였다. 은색 태블릿은 보이지 않는다. 왜 도둑인지는 모르겠지만 그 남자가 도둑이다. 책장 사이를 몇 바퀴 돌자 전단은 열람실 책상과 책장들에 골고루 붙어있다. 슬슬 짜증이 난다. 열람실을 포기하고 새로 들어온 신간 목록을 살피러 입구 쪽으로 걸어 나갔다. 대출창구 데스크 앞면에도 엽서체가 붙어있다. 발길을 돌려 책더미가 수북이 쌓여 있는 반납창구 앞을 지나다가 뭔가 반짝이는 것이 눈에 들어왔다. 책더미 속에서 무언가가 물비늘처럼 반짝였다. '대한민국 원주민'[01] 일곱 개의 은색 글자가 주홍색 바탕 위에서 반짝거리고 있었다. 책을 집어 들었다. 대한민국에 원주민이라니? 반납계의 여직원이 쉴 새 없이 바코드 기계 위로 책을 옮기며 힐끗거렸지만 못 본 척했다.

　책은 백 페이지도 되지 않았지만 무거운 편이다. 표지를 넘기니 컬러판 만화책이다. 첫 페이지를 넘기자 층층이 조각난 작은 밭들과 그 속에 자라는 토마토며

01　최규석의 만화책 『대한민국 원주민』에서 차용

오이며 온갖 푸성귀들이 두 페이지에 걸쳐 그려져 있었다. 초록색 푸성귀들 사이로 잘 익은 토마토가 주렁주렁 매달려 있다. 발갛게 익은 토마토를 보고 있자니 달아오른 아스팔트 위로 피어오르는 아지랑이처럼 몽롱한 느낌이 일어났다. 한 장을 더 넘겼다. 초록의 배경 속에 주인공이 등장했다. 원주민이었다. 원주민이라면 검은 피부에 전투화장을 하고, 창과 방패를 치켜들고, 불거진 광대뼈에 번쩍이는 안광을 내뿜으며 총과 대포를 향해 뛰어드는 아메리카 인디언이거나, 늘어진 젖가슴과 뚫어 놓은 턱과 코가 미의 기준이 되는 열대 밀림 속의 사람들을 상상하기가 십상이다. 하지만 대한민국 원주민은 그것과는 확연히 달랐다. 원주민은 머리에 하얀 수건을 쪽지어 쓰고 있었다. 한 손에는 호미를 들고 한 손에는 방금 캐낸 감자를 들고서 밭이랑 사이에 쪼그리고 앉아 있었다. 검게 그을리고 자글자글 주름진 얼굴을 보고 있자니 다시 머릿속에 아지랑이가 피어올랐다.

책을 빌렸다. 먼지의 방으로 돌아와 남아도는 시간을 때우며 반복해서 읽었다. 읽는 횟수가 반복될수록 점점 책에 빠져들었다. 침대 위로 쏟아지는 미지근한 선풍기 바람 속에서 꼼꼼하게 대한민국 원주민을 탐구했다. 그림체와 색감, 인물의 수, 인물들이 내뱉는 대사와 휴지, 그림의 구도와 레이아웃까지 꼼꼼히 살피며 계속해서 읽었다. 3차 교정을 보는 원고처럼 반드시 뭔가를 찾아내야 한다는 알 수 없는 생각이 머리를 맴돌았다.

원주민들은 끝없이 자신의 영토를 구축했다. 도시의 버려진 땅속에서 돌을 골라내고 축대와 경계를 쌓았다. 고른 땅 위로는 바람과 비가 잘 지나도록 이랑을 세우고 햇볕이 골고루 내리쬐도록 식물들의 자리를 안배했다. 그들은 먹을 수 있는 식물만을 길렀다. 통통하게 살이 오른 대파와 함부로 자라나서 먹음직스러운 초록의 푸성귀들이 그들의 육체와 정신을 평화롭게 했다. 그들의 영토에는 언제나 철 지난 겨울초나 쑥갓이 노란 꽃을 피웠으며 대파가 축포처럼 꽃을 터뜨리기도 했다. 원주민들은 언제 어디에나 존재했다. 시멘트와 아스팔트로 채워진 도시에도, 비탈진 산기슭의 돌무더기 사이에도, 다리 밑이나 빌딩들 속 조각난 땅에조차 원주민은 있었다. 그들은 우리가 잃어버린 무언가를 가지고 있었고, 작가는 그 무언가를 전하고 싶어 했다.

하지만 내가 그 책을 여러 번 읽고 난 후에 깨달은 것은 작가의 것과는 좀 다른 것이었다. 내가 깨달은 그 무언가는 원주민들이 어디에서나 먹을 것들을 자라나게 할 수 있다는 것이었다. 그들은 어디에서나 초록의 생명을 키워내는 정원사들이었다. 조각나고 파헤쳐져 버려진 땅속에서 언제나 훌륭한 식량을 탄생시켰다. 그들의 영토는 나에게 채소를, 부족한 미네랄과 비타민 A, B, C 등등을 제공할 수 있을 것 같았다. 결국, 내가 느꼈던 아지랑이 같은 끌림은 내 안의 채워지지 않는 허기와 관련된 것이었다.

나는 곧 행동에 들어갔다. 주변에는 삼각자 텃밭만 있는 건 아니었다. 구석구석마다 원주민이 일구어 놓은 초록의 땅이 숨어 있었다. 캠퍼스 주변을 돌며 원주민의 영토를 파악하기 시작했다. 그들의 영토는 학교를 벗어나 산기슭에 가까워질수록 넓이와 기르는 작물들의 종류가 늘어나는 경향을 보였다. 나는 내 행동 반경을 기준으로 적정거리의 텃밭 일곱 개를 이용하기로 마음먹었다. 일곱 개의 텃밭에 번호를 매기고 요일별로 들르는 계획을 세웠다. 제일 처음 해야 할 것은 원주민들의 등장 시간을 파악하는 것이었다.

원주민들은 대부분 이른 새벽에 움직였다. 덕분에 나는 한 달 넘게 꼭두새벽마다 학교 주위를 산책했다. 새벽 다섯 시 반에서 여덟 시 사이에 밭을 관리하는 원주민이 가장 많았고, 몇몇은 해가 질 무렵에 자신의 영토에 들렀다. 일곱 명 원주민의 등장 시간 파악을 마친 나는, 주로 늦은 밤이나 한낮을 이용해서 반찬 겸 미네랄과 비타민을 채취했다. 처음 몇 번은 빠른 심장 박동수와 긴장감을 경험했지만, 곧 자기 밭인 양 태연하게 고추를 딸 만큼 익숙해졌다. 나는 부족한 생활비와 허기를 원주민들의 영토를 통해 메워 나갔다. 얼마 동안은 아무런 문제도 발생하지 않았다. 적어도 표면적으로는 그랬다.

추석을 이틀 남겨 놓은 일요일 오후. 북적이던 캠퍼스는 정적에 휩싸였다. 타인의 시선을 의식할 필요가 없는 나의 텃밭 순례는 비교적 자유로웠다. 한낮의 따가운 햇볕 아래 휘파람을 불며 7번 밭으로 향했다. 7번 밭은 공과대학 뒤 약수터 옆에 있었다. 그 밭은 긴 사다리꼴 모양의 이 층 구조로 되어 있었다. 일층 밭에서 저녁 반찬용 고추와 상추를 땄다. 이미 여러 번 드나든 까닭에 이 시각에는 원주민이 오지 않는다는 것을 알고 있었다. 한 손 가득 상추와 고추를 쥐고 이 층의 고구마밭으로 올라가던 때였다. 나는 아무런 긴장감도 없이 이 층 밭으로 뛰어오르다가 우뚝 멈춰 섰다. 원주민이 눈앞에 서 있었다. 원주민은 책에서 금방 걸어 나온 것 같았다. 책에서와 똑같이 머리에는 흰 수건을 쪽지어 매고 한 손에는 호미를 들었다. 나는 점점 빨라지는 심장박동 수를 느끼며 그대로 얼음이 되었다. 자글자글 주름진 얼굴 속에서 새까만 눈동자 두 개가 반짝이며 나를 쳐다보고 있었다. 도망을 칠까? 적당한 변명을 하며 돌려줄까? 고민하고 있었지만, 다리와 입은 쉽게 움직여 주지 않았다. 그러고 있는 사이 원주민이 내 앞으로 걸어왔다. 나는 체념 섞인 한숨을 쉬며 어떤 식이든 처분을 기다렸다. 하지만 원주민은 나 따위의 존재는 관심도 없는 듯 나를 스쳐 지나 거침없이 밭고랑 속으로 걸어 들어갔다. 그러고는 밟혀 무너진 이랑을 호미로 다독이고 넘어진 고춧대를 세우기 시작했다. 멍하니 그 광경을 지켜보던 내가 슬그머니 돌아서려 할 때, 원주민은 여전히 호미질을 멈추지 않으며 말했다.

도동놈도 추석은 시야지! 시상에 쪼매난 도동놈 아
인 놈 어데 있나!

늙은이의 음성이라고는 믿어지지 않게 목소리에
서 카랑카랑한 힘이 느껴졌다. 나는 멍하니 서서 그 말
을 이해하려 애썼다. 그리고 내가 들은 말을 잠시 의심
했다. 그 말은 마치, 너희 중에 죄 없는 사람이 먼저 저
여인에게 돌을 던지라고 말하던 예수의 말처럼 느껴
졌다. 나는 돌팔매를 맞고 있던 창녀처럼 늙은 원주민
을 바라보았다. 원주민이 고개를 돌려 나를 쳐다보았
다. 나는 움찔 눈을 내렸다.

그래도, 한꺼분에 마이 따지 말고, 밭이랑 밟찌 말
고, 고랑으로 살살 댕기미 쪼매씩 따다 무라. 서둘르지
말고!

얼결에 예, 하고 대답한 것도 같고, 감사합니다, 하
고 꾸벅 인사를 한 것도 같다. 어떻게 왔는지도 모르게
허둥지둥 먼지의 방으로 돌아왔다. 테이블 위에 고추
와 상추를 내려놓자 너무 세게 쥐어서 상추가 짓물러
져 있었다. 나는 물러진 상추를 한참 동안 내려보고 서
있었다. 머릿속에서는 '서둘르지 말고!'가 맴돌았다. 귀
뒤와 뺨을 타고 계속해서 땀이 흘러내렸다. 땀방울은

심장 박동만큼이나 빠르게 턱 끝으로 모여들어 떨어
져 내렸다. 떨어져 내린 땀방울들은 탁자 위에서 다시
합쳐지고 있었다. 나는 합쳐지는 땀방울을 지켜보며
원주민에 대해 생각했다. 주름투성이의 원주민이 나
에게 미네랄과 비타민을 나누어 주었다. 어쩌면 다른
여섯 개 밭의 원주민들도 마찬가지일 수 있다. 그들이
나를 보호하고 있었다. 부끄러움인지 흥분인지 구분
할 수 없는 감정들이 머리와 가슴에서 뒤엉키며 자라
나서 정신이 몽롱해졌다. '대한민국 원주민'을 펼쳐 읽
기 시작했다. 심장의 박동 수는 점차 가라앉았지만 계
속해서 땀이 흘렀다. 끼니도 잊은 채 반복해서 읽어 나
갔다. 분명히 내가 알지 못하는 원주민의 비밀이 그 책
속에 더 있을 것 같은 생각이 들었다.

한참을 읽다가 고개를 돌려 창밖을 쳐다보니 어느
새 어둠이 내려 있었다. 불 꺼진 빌딩들 사이에 끼인 삼
각자 텃밭 위로 희미하게 달빛이 비치고 있었다. 침대
에 쓰러지듯 누웠다. 간지러운 선풍기 회전 소리를 들
으며 침대 속으로 몸이 빠져들다가 깊고 혼곤한 바닥
으로 끝없이 가라앉았다.

종례를 마친 나는 서둘러 김 여사의 가게를 향해 뛰고 있었다. 등에서 덜거덕거리는 가방. 땀 때문에 자꾸만 이마에 들러붙는 머리카락. 금방이라도 벗겨질 것 같은 한 치수 큰 메칸더브이 운동화. 목이 따끔거릴 정도로 숨이 찼지만, 나는 멈추지 않았다. 가게에 도착하기 전까지는 멈출 수 없었다. 헉헉거리며 향긋한 딸기 향과 고등어 비린내가 나는 가게 앞에 도착했다. 문을 열고 들어서자 김 여사는 재봉틀 앞에 앉아 있었다. 하얀 수건에 황금색 실로 무언가를 새기고 있다. 얼굴과 몸의 부기는 깨끗이 빠져 있었다. 나는 김 여사 옆에 의자를 끌어다 앉고 산수 숙제를 시작했다. 드르륵 드르륵 재봉틀 소리를 들으며 곱셈을 끝내고 나눗셈으로 넘어가려 할 때, 김 여사가 수건을 내밀며 빙긋 웃었다. 수건에는 큼지막한 황금색 酋자가 새겨져 있다. 나는 금방 그 수건의 주인이 떠올랐다. 원주민!

수건을 받아들자 김 여사는 일어나서 미싱을 닦았다. 기름걸레로 천천히 정성스럽게, 다시 마른걸레로 한참을 닦았다. 미싱을 다 닦자 이번에는 옷에 묻은 실오라기와 먼지를 꼼꼼히 떨어냈다. 마지막 실오라기를 떨어내고 김 여사는 내 머리에 잠깐 손을 올려놓았다. 가벼운 무게와 건조한 느낌이 머리 위로 전해졌다. 머리가 가벼워지며 키가 자라는 느낌이 들었다. 알 수 없이 눈물이 났다. 김 여사는 나를 잠깐 지켜보다가 돌아서서 문을 열고 나갔다. 찰칵, 하고 가게 문이 닫히는 소리가 났다.

눈을 뜨자 희뿌연 창 너머로 타닥타닥 빗소리가 들렸다. 눈물을 닦으며 일어나 창밖을 내다보았다. 어둑한 날씨 덕분에 새벽인지 저녁인지 가늠할 수가 없다. 삼각형 텃밭에 원주민이 나와 있었다. 그가 나와 있으니 새벽이다. 꼬박 열두 시간 정도를 잤다. 원주민은 우의를 입고 물고랑을 내고 있었다.

배가 고프다. 몸이 에너지를 달라고 신호를 보내고 있었다. 전자레인지에 밥을 넣고 데웠다. 물러진 상추와 고추를 반찬 삼아 밥을 먹었다. 밥과 고추와 상추가 몸속을 채워 가는 것이 느껴졌다. 천천히 배가 불러 오고 포만감이 발끝까지 전해져 왔다. 포만감에 트림이 꺽 나왔다. 싱싱한 초록의 향이 방 안을 둥둥 떠다녔다.

밥을 먹고 오랫동안 샤워를 했다. 머리에서부터 발가락까지 꼼꼼하게 비누칠을 하고, 언젠가 에나멜 구두처럼 반짝이는 가지와 초록의 채소를 기르는 밭을 가꿔야겠다고 생각했다. 따뜻한 물에 한참 동안 몸을 헹궜다. 방으로 돌아와 컴퓨터를 켜고 아버지에게 편지를 썼다. 할 수 있는 만큼 짧고 건조한 어조를 유지하려 애썼다. 이제 돈은 필요 없다고, 건강하시라고 담담하게 결별을 선언했다. 편지를 출력해서 봉투에 넣고 혹시 모를 후회가 몰려오기 전에 단단히 풀칠했다. 비 오는 텅 빈 캠퍼스 속을 뛰어 우체국으로 갔다. 우체국 앞에 비를 흠뻑 맞고 있는 빨간 우체통 속으로 편지가 빨려 들어가자, 몸이 조금 가벼워지는 기분이 들었다. 비를 맞으며 천천히 걸어서 먼지의 방으로 돌아왔다. 머리카락에 맺힌 빗물을 닦고 컴퓨터 앞에 다시 앉았다. 창밖을 쳐다보니 초록의 삼각형이 비를 먹고 훌쩍 자랐다. 숨을 한껏 들이쉬고 이력서를 쓰기 시작했다.

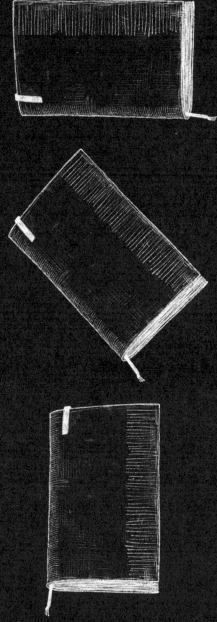

지코촌은 뒤로는 산, 앞으로는 바다밖에 없다. 왜정 때 파 놓은 방공호를 어부들이 창고(じょうこ:지요우코)로 사용하던 곳이었는데, 전쟁통에 온갖 종류의 부랑자들이 모여들어 판잣집을 짓고 살게 되어 촌(村)이 되었다. 항구에서 코끼리 언덕을 향해 집들이 늘어서 있다. 왜정 시절부터 덧지어진 적산가옥들은 모두가 다닥다닥 붙어 있어서 어느 하나가 무너지면 다 같이 무너질 것처럼 위태로웠다. 언젠가 불이 나서 동네 반이 불탔고, 태풍에 파도가 넘어와 또 동네 반이 사라지기도 했다. 하지만 집은 다시 지어지고 잃을 것 없는 사람들은 꾸역꾸역 모여들었다.

마을 입구에는 작부들이 장사를 하고 2층에서 살림을 살았다. 손님은 뜨내기 선원이거나 어부, 피난살이가 서러운 취객들이다. 자주 싸움이 일어나고 가끔 사람이 죽었다. 작부 거리를 지나면 두부 가게와 식재를 파는 집이 몇 있고, 그 뒤에는 모두가 고만고만한 가난뱅이들이 판잣집을 짓고 산다. 그중에서도 코끼리 절벽에 가까운 집일수록 더 가난하다. 절벽 끝에 이르면 왜놈들이 포를 숨겨 놓았던 굴이 있는데, 그 굴에는 맹순이와 선녀가 산다.

*

    선녀는 웅웅거리는 바람 소리에 눈을 떴다. 바람이 터졌나? 끝자락이긴 하지만 아직 가을인데 굴 안으로 찬 기운이 파고들었다. 어멍은 벌써부터 아침 물질을 갔다. 이불 밖을 나서고 싶지 않았지만, 배에서 천둥소리가 났다. 아침에 먹을 고구마는 어제저녁에 먹어치워서 진작 보리방귀처럼 사라졌다. 일어나서 밖을 내다보니 하늘이 잿빛으로 내려앉아 있었다. 어젯밤 미역바위 근처서 굿을 했으니 뭔가 먹을 게 남아 있을 수도 있다. 마침 어멍도 물질 끝나면 그쪽으로 나올 테니 없어도 그만이다. 선녀는 물을 한 바가지 꿀꺽꿀꺽 마시고 굴을 나섰다. 바닷가로 내려오니 코끼리 언덕 덕분에 바람이 잠잠했다. 선녀는 미역바위 근처를 살살이 뒤졌지만 남은 거라고는 타다 남은 초와 검게 거슬린 몽돌무지밖에 없었다. 마른 입맛을 다시다가 선녀는 불턱으로 향했다. 물질 전에 어멍이 피워 놓은 불이 불씨만 남아 있었다. 잔가지를 꺾어 넣고 불을 살렸다. 멀리서 휘이~ 하고 어멍의 숨비소리가 들렸다. 해안가를 따라 눈으로 살피니 멀리 코끼리 바위 아래쪽에 테왁이 떠 있었다. 어멍이 나오려면 한참은 더 있어야 될 것이다. 선녀도 내년이면 열셋이니 어멍 따라 물질을 시작해야 한다. 막막하기는 하지만 닥치고 나서 고민할 일이다. 지금은 배가 고프다. 자자. 자면 배도 덜 고프다. 선녀는 눈을 감았다. 좌르륵 좌르륵 파도에 휩쓸리는 몽돌 소리를 들으며 잠을 청하고 있는데 돌 밟히는 발소리가 났다. 선녀는 눈을 뜨고 발소리가 나는 쪽으로 귀를 기울였다. 발소리는 점점 가까워졌다. 고개를 들어 빠끔히 불턱 밖을 내다보자 덕수가 미역바위 쪽으로 걸어가고 있었다. 점퍼 앞을 잔뜩 여미고 오는 꼴로 봐서 미제할매 장롱에서 뭔가 훔쳐 온 게 분명했다. 선녀는 마른침을 삼켰다.

덕수는 선녀를 발견하지 못하고 미역바위 아래 있는 작은 그늘로 들어가 자리를 잡았다. 할매가 빨래 너는 틈을 노려 꺼내 온 양키 소시지를 하나 까서 베어 물었다. 가지만 한 고깃덩어리를 씹자 짭조름한 기름기가 입안 가득 퍼지며 웃음이 나왔다. 누가 어깨를 툭 쳐서 놀란 눈으로 돌아보니 선녀가 서 있었다. 보나 마나 물질 나간 맹순이를 마중 나왔을 것이었다. 선녀는 덕수보다 두 살 위였지만 학교에 가지 않았다. 부산 말과

제주도 말을 섞어 쓰고, 약아빠지기로 아이들 사이에
소문이 나 있었다.

　머꼬!

　덕수는 품속에 남은 소시지를 의식하며 선녀를 쏘
아보았다.

　니, 이 씨가 빨갱이 장교인 거 아나?

　선녀는 툭하니 말을 뱉어 놓고 야릇한 표정을 지었
다. 덕수는 고개를 가로저었다. 이 씨는 일 년 열두 달
낡은 군야상에 워커를 신고 다리를 절며 다녔다. 언제
나 몇 개 남지 않은 이를 드러내고 웃으며 누구 집 똥을
푸거나 잔칫집 돼지를 잡거나 누구 집 지붕을 고쳤다.
동네의 허드렛일은 이 씨가 도맡아 했다. 일이 없을 땐
낡은 리어카를 끌고 고물을 주우러 다녔다. 게다가 이
씨는 벙어리였다. 동네 각다귀들이 따라다니며 벙어
리라 노래를 불러도 짜증 한번 낸 적 없다. 그런 이 씨가
빨갱이 장교라니. 이 얍삽한 가시나가 양키 소시지를
노리고 있다는 건 알았지만, 빨갱이라는 말이 주는 두
려움과 혹시 이 씨가 위장 간첩이 아닐까 하는 생각에
덕수는 얼어붙고 말았다. 끌고 다니는 고물 리어카에
서 무전기 같은 걸 본 것 같기도 했다.

이거는 비밀인데….

선녀는 이야기를 끊고 덕수 손에 들린 소시지를 쳐다보았다. 덕수는 반을 잘라 내밀었다. 게 눈 감추듯 먹어치운 선녀가 손가락을 빨며 말했다.

니, 이거 아무한테도 말하믄 안 된다. 알안?

덕수가 고개를 끄덕이자 선녀가 말을 이었다.

이 씨 벙어리 아니다. 내 접때 이 씨가 술 마이 묵고 울 어멍한테 이야기하는 거 다 들었다. 전쟁 때 폭격 맞앙 다리 빙신 돼서 도망도 못 가고 산에 숨어 살았댄 하더라. 전쟁 끝나고 우리 동네로 슬그머니 들왔다 하데. 그때부터 벙어리 행세했다 안 햄나. 입 열믄 빨갱이 냄새 새 나간다꼬.

이야기를 멈춘 선녀가 덕수를 노려보았다.

니, 양키 더 이서?

덕수가 눈치를 보다가 품에서 남은 하나를 꺼냈다. 또 반을 잘라 건넸다. 선녀는 이번에는 천천히 아껴 씹으면서 말했다.

빨갱이 장교들은 넘한테 피해 주면 안 된다고, 그리 교육받는다 카데. 전쟁 때도 빨갱이들은 양반이었다 카더라. 양석도 소도 값 딱 치렁 가주가고.

선녀가 손가락에 묻은 기름까지 핥으며 뒷맛을 다시고 있을 때, 멀리 맹순이가 망사리[01]를 둘러메고 물 밖으로 걸어 나오고 있었다. 자갈 밟히는 소리에 고개를 획 돌려 본 선녀가 덕수 쪽으로 다시 고개를 돌렸다.

니, 이거 절대 말하믄 안 된다. 알안? 니, 말하면 양키 훔친 거 다 일라 줄 끼다! 그라고, 말해도 사람들이 믿지도 않을 끼다. 니만 혼나고.

맞는 말이었다. 동네 사람들은 이도 없이 맨날 헤헤 웃고 다니는 이 씨를 빨갱이라고 믿을 것 같지 않았다. 선녀는 덕수를 향해 한번 씩 웃고는 횡하니 제 어멍에게로 달려갔다.

맹순은 기진한 몸을 끌고 뭍으로 올랐다. 사릿물 때라 물살이 너무 빠르고 물속도 어두웠다. 망사리를 반도 못 채웠다. 엎친 데 덮친 격으로 뭍으로 나오자마자 지긋지긋한 두통이 찾아왔다. 날카로운 신경 너머로 돌 밟히는 소리가 났다. 돌아보니 선녀가 미역바위 쪽에서 뛰어오고 있었다. 배가 고파 못 참고 제수 음식이라도 주워 먹으러 나왔을 것이 분명했다. 전쟁통에 죽은 아귀가 붙었는지 먹성이 유별났다. 맹순은 두붓집

---

01   테왁에 달린 그물망

하고 대폿집에 들러 잡은 걸 보리쌀로 바꿔야겠다고 생각했다. 벌써 다가온 선녀가 망사리를 뺏어 들었다.

어멍, 오늘 별거 어싱게?

거 시끄럽게, 어영 불턱 강 불이나 살리라게.

맹순은 빗창[02]을 망사리에 담으며 자잘하게 역정을 냈다. 선녀는 입을 비죽 내밀고 앞장서서 걸었다. 하늘이 더 낮게 내려온다 싶더니 희뜩하니 눈발이 흩날리기 시작했다. 흩날리는 눈을 타고 지긋지긋하게 맹순을 따라다니는 두통과 함께 그날이 머리 위로 내려왔다.

*

낮부터 눈이 내리더니 밤에는 얼추 한 뼘이나 쌓였다. 닳아 빠진 대빗자루로 마당을 쓸던 몽돌은 다랑쉬골 끄실이 집 사랑을 떠올렸다. 올봄 만세절 기념식 날 읍내에서 난리가 나서 사람이 여럿 죽었다. 그 후로 흉한 소문이 하루걸러 들려왔다. 몽돌은 그때부터 밤마실을 끊었다. 벌써 몇 달이나 지났지만 오늘도 끄실이

---

02   해녀들이 사용하는 갈고리 모양의 채집 도구

네 사랑에서는 투전판이 벌어졌을 것이다. 끄실이 놈이 빌려 간 오십 원도 되받아야 하고, 마누라밖에 모르는 꽁생원이라 입방아를 찧어댈 놈들을 생각하면 한 번은 가야 하는데, '되웁소, 것핏하면(걸핏하면) 사람 죽는 소문이 뒤숭숭한데 어디 밤마실을 납수꽈.' 밤마실을 간다 하면 마누라 끝분이 그 큰 눈망울을 데굴데굴 굴리며 이리 말할 것이 틀림없었다. 제풀에 뭣해진 몽돌은 대빗자루를 던져 버리고 궐련을 말아 물었다. 엄동을 재촉하는 눈은 하염없이 내려 쌓이고 있었다. 마당 끝 두엄 위로 둥그마니 쌓인 눈을 보니 끝분의 실팍한 젖가슴 같다. 아랫도리가 근질근질하였다. 몽돌은 부엌에서 저녁을 짓고 있는 끝분을 향해 큼큼~ 하고 소리를 내었다.

끝분은 그 소리에 얼굴이 달아올랐다. 서둘러 저녁상을 차렸다. 시집온 지 한 해가 넘었는데 태기가 없었다. 이름 따라 둥글둥글한 몽돌은 별 표를 내지 않았지만 끝분은 죄스러운 마음을 어쩔 수 없었다. 생각 끝에 사흘 전부터 감나무 밑에 정안수를 떠 놓고 물할망께 아침저녁으로 치성을 드리고 있었다. 요즈음은 투전판에도 발길을 끊어 기특하게 생각하고 있었는데, 계집 마음도 알아주니 끝분은 더 흐뭇하였다. 아침 물질 때 잡은 전복도 한 마리 구수하게 굽고, 낮에 받아 놓은 막걸리도 한 사발 밥상에 올렸다. 상을 물린 끝분은 몽돌이 궐련을 말아 피우는 동안 이부자리를 펴고 호롱불을 껐다. 호롱을 껐는데도 달빛 먹은 눈이 문종이를 뚫고 들어 방 안이 환했다. 끝분의 저고리를 풀자 두엄 위에 쌓인 눈처럼 보름달이 둥그렇게 떴다.

허, 각시 젖은 언제 봐도 허영한 둠비(하얀두부) 같앙.

끝분은 얼굴을 붉히며 고개를 옆으로 돌렸다. 시집 오기 전에 어멍이 한 말이 떠올랐다. '넌 나 달망 젖도 많이 나고 해서 서방도 조앙할 꺼라.' 몽돌의 숨소리가 커지며 끝분의 두둑한 가슴팍을 움켜쥐었을 때, 문밖에서 인기척이 나는 듯싶다가 난데없이 방문이 벌컥 열렸다. 엉겁결에 몽돌을 밀쳐내고 앞섶을 여미던 끝분은 자신의 맨살을 훑고 지나가는 그림자에 소름이 돋았다. 문 앞에는 시커먼 그림자가 둘 서 있었다. 몽돌도 얼결에 바지를 추스르며 말했다.

뭐, 뭡수까.

이 빨갱이 종갓나, 초저녁부터 오입질이네?

신도 벗지 않고 내처 들어온 그림자가 몽돌을 내리

쳤다. 몽돌은 '억' 소리를 내며 엎어졌다. 몇 번 더 발길질이 오갔다. 끝분이 고함을 지르며 말리려 들자 끝분의 배에도 발길질이 들어왔다.

입 닥치라우, 이 빨갱이 여편네.

끝분은 그대로 꼬꾸라져 숨이 쉬어지지 않았다. 그 와중에 새벽에 샘에서 상할망이 한 말을 떠올렸다.

요새 다랑쉬골 젊은 놈 몇이 이북 사람 몇하고 청년단인가 먼가 한단다. 군인들 등에 업고 빨갱이 소탕작전인가 한댕 하멍 밤이영 낮이영 가리지도 않고, 맘 안드는 집들 몬딱(모조리) 들쑤시고. 쯧쯧, 왜정 때부터 노름질에 한량 짓이나 하던 놈들이, 그런 놈들이 뭘 소탕한댕 말고. 똥 묻은 놈이 겨 묻은 놈 나무란댕 하더니, 그 꼴 아님시냐?

아이고, 할망 말조심합서. 이러다 난리 나쿠다. 며칠 전에 다랑쉬굴서 수도 없이 사람 죽었댕 안 합니까게.

옆에 있던 점례가 목소리를 한껏 낮춰 할망을 말렸다.

끝분은 한참 만에 숨을 내쉬었다. 고개를 돌려보니 몽돌은 손발이 묶여 있고 입에는 재갈이 물려 있었다.

깨진 정수리에서는 피가 흘러내렸다. 부들부들 떨고 있는 몽돌의 눈에서는 분노와 안타까움이 눈물이 되어 흘러내리고 있었다.

저기, 뭘 잘못 알앙 와수다. 저흰 빨갱이 아니마심. 무슨 오해가 이성 이렇게 된 거 같수다게.

미처 말을 다 잇기 전에 끝분의 눈앞이 번쩍했다. 정신이 희미하게 돌아오자 울음소리가 들렸다. 그냥 울음이 아니라 입을 닫고 울부짖는 것처럼 들렸다. 몽돌이었다. 정신이 돌아올수록 그 소리는 몽돌이 내는 소리라는 걸 알 수 있었다. 어서 몽돌에게 가야겠다고 눈을 뜨자 눈앞에 웬 낯선 사내의 얼굴이 보였다. 들썩이며 번들거리는 눈빛을 올려다보며 끝분은 이건 꿈이라고 생각했다. 꿈이라도 이런 지독한 꿈은 빨리 벗어나고 싶어 고함을 치고 거부하려 해도 소용없었다. 목소리가 나오지도 팔다리가 움직여지지도 않았다. 꿈은 한참 동안 계속되었다. 끝났다 싶다가 다른 눈빛이 다시 번들거렸다. 몽돌에게 빨리 가야 하는데, 이 지독한 악몽은 끝나지 않았다.

다시 눈을 뜨자 가슴께가 묵직했다. 풀어 헤쳐진 옷자락 위로 이불과 시렁이 떨어져 얹혀 있었다. 일어나

앉으려 힘을 주니 온몸에서 바늘 같은 통증이 일었다. 어디가 성한지 구분을 할 수 없었다. 억지로 몸을 일으켜 앉으니 활짝 열린 방문 밖으로 하얗게 달을 품은 눈이 마당 가득 보였다. 그 위로 어지럽게 찍힌 발자국들이 정낭(대문)을 나서고 있었다. 끝분은 무거운 손을 들어 아랫도리를 만져 보았다. 손끝으로 쓰라린 통증과 엉긴 피가 느껴졌다. 악몽이 아니었다. '이럴 때는 바당에 들어가야 하는데.' 끝분은 이런 순간에도 바다를 떠올렸다. 물질을 시작한 열셋 이후로 끝분에게 바다는 어망의 약손 같은 것이었다. 상할망이 가르쳐 준 대로 물할망께 정성스레 빌고 바다에 들어가 물질을 하면, 날카롭게 머리를 쑤셔대던 두통도, 웬만한 몸살도 저절로 나았다.

끝분은 자기도 모르게 흐르던 눈물이 터진 입술에 닿자 쓰라린 통증과 함께 정신이 들었다. 입술을 앙다물었다. 어떻게든 몽돌을 살려야 했다. 옷매무새를 여몄다. 일어서니 다리가 부들부들 떨렸다. 뜨락을 내려서서 눈을 한 움큼 쥐어 얼굴에 비볐다. 푹신하고 차가운 온도가 마음을 어느 정도 진정시켰다. 끝분은 다시 눈을 한 움큼 쥐어 입속으로 욱여넣었다. 입을 앙다

물고 눈이 녹기를 기다렸다가 삼켰다. 다행히 삼키는
데 불편함은 없었다. 달이 감나무 가지 끝에 걸린 걸 보
니 날이 밝으려면 아직 한참 남았다. 그렇다고 마냥 앉
아 있을 수는 없었다. 끝분은 정낭 밖으로 난 발자국들
을 따라 걸었다. 다리를 옮길 때마다 사타구니에 바늘
같은 통증이 일었지만 이를 악물고 걸었다. 발자국은
동네를 빠져 나와 굼부리(화산 분화구) 쪽으로 향하고 있
었다. 굼부리로 오르는 초입부터는 여기저기서 내달
아 온 발자국들이 여럿 엉켜 있었다. 가쁜 숨을 몰아쉬
며 한참을 올랐을 때 어딘가에서 울음소리가 들려왔
다. 끝분의 심장이 요동치기 시작했다. 서둘러 발자국
을 따라 오르다가 우거진 산죽림을 헤치고 나서자마
자 끝분은 주저앉고 말았다. 휘영청 밝은 달빛을 먹은
눈밭에 지슬(감자)자루마냥 주검들이 널브러져 있었다.
그 앞에 한 여인이 숨죽여 울고 있었다. 끝분은 엉금엉
금 눈밭을 기어 다니며 주검들을 뒤집어 보았다. 몽돌
을 찾아야 하는데 몽돌이 여기 있으면 절대로 안 된다
는 생각이 들었다. '이녁은 여기 어실 거여. 암, 그렇고
말고.' 하지만 네 번째 주검을 뒤집자, 검은빛으로 퉁퉁
부은 얼굴의 귀밑 사마귀 점이 눈에 들어왔다. 끝분은

숨이 막혔다.

어, 어, 아, 어….

정신이 없어 말을 더듬는 사이 누가 어깨에 손을 얹었다. 깜짝 놀라 돌아보니 상할망이었다. 상할망이 끝분의 손을 잡자 그제야 눈물이 왈칵 나왔다.

할망, 어 허 어어….

내 이럴 줄 알아서. 밤중 내내 삽작 밖이 소란스라 방 내다봐신디, 굼부리로 올라가는 뒷꼭지가 딱 분이너랑 닮아서라. 아이고, 이게 무신 일이냐. 정신 채리라게. 지금 정신 안 챙기면 너도 죽어, 알아들엄서?

상할망이 끝분의 뺨을 철썩 갈겼다. 끝분은 울다가 어안이 벙벙해서 할망을 쳐다보았다.

빨갱이 마누라로 몰리믄 너도 죽은 거. 저 잡놈들이 살인귀가 씌엉 탐라 사람 모조리 빨갱이로 몰앙 죽이려는 건디, 정신 차령 내 말대로 해라. 그래야 산다, 내 말 알아들어 지커냐!

끝분은 온몸이 떨려 왔다.

너 혼저(빨리) 집에 강 중한 것만 챙겨 오라게, 용바위 알멘? 그 밑에 굴에 꼼짝 말앙 숨어 이서. 해 지고 우리 아방이 발동선 끌고 갈 거니까. 그거 탕(타고) 육지로 가라.

부들부들 떨며 연신 고개를 끄덕이는 끝분의 눈이 다시 몽돌에게로 옮겨 갔다.

저엉(저리) 두고 어떵 가랜…(어떻게 가라고…).

몽돌이는 내가 묻어 줄 테니 걱정 말앙 가라게, 일단 산 사람이라도 살아야 안 되커냐. 어영 가, 어영!

끝분은 상할망의 채근에 정신 차릴 틈도 없이 집으로 내달았다. 휘적휘적 집으로 들자 달이 감나무 가지에서 한참 갔다. 곧 날이 밝을 것이었다. 상할망의 말이 맞다. 일단은 살아야 한다. 그러려면 정신을 바짝 차려야 했다. 끝분은 서둘러 부엌으로 들어갔다. 솥에 남은 숭늉을 모두 들이켰다. 살아야 하고, 살려면 먹어야 했다. 어제 잡아 놓은 전복 두 마리도 생으로 씹어 삼키면서 망사리에 빗창과 물적삼[03]을 말아 넣었다. '어딜 가든 바당만 있으면 살아진다.' 끝분은 왜정 때도 상할망을 따라 육지 바다로 물질을 다녀 본 경험이 있었다.

이는 어려도 상군[04]이어서 상할망이 육지 바다로 물

---

03   해녀들이 물질할 때 입던 윗옷

04   해녀 중에 잠수 실력과 채집 능력이 가장 뛰어난 사람. '상군, 중군, 하군, 똥군'으로 구분.

질 갈 때면 끝분을 살뜰히 챙겨서 데리고 갔다. 방으로 들어가 먼저 장 속에 숨겨 놓은 지전을 찾아 버선 속에 쩔러 넣었다. 보자기를 펴고 망사리와 옷가지들, 지슬과 쌀을 담아 꼭꼭 여며 묶었다. 밖을 보니 날이 희끄무레하게 밝아 오고 있었다. 끝분은 보자기를 이고 발자국이 어지러운 정낭을 나섰다. 몽돌의 시커멓게 부어오른 얼굴이 떠올랐지만 입을 앙다물고 용바위를 향해 뛰다시피 걸었다.

해가 막 바다 위로 올라올 때 끝분은 용바위에 도착했다. 바위 아래 굴에서 쪼그리고 앉아 꼼짝 않고 해가 지기를 기다렸다. 불안에 온몸이 떨리면서도 자꾸 눈이 감겼다. 눈을 감으면 몽돌의 검게 부푼 얼굴이 떠올라 소스라치게 놀라 눈을 떴다. 반복되는 파도 소리를 들으며 수도 없이 눈을 떴다 감았다 하는 사이에 해가 수평선 아래로 내려갔다. 그러고도 한참이 지나서 푸르륵거리는 발동선 엔진 소리가 들렸다. 소리는 점점 다가오다가 이내 멈췄다. 끝분이 굴 밖으로 얼굴을 내밀자 달빛이 바다에 길을 내고 있었다. 정신을 가다듬고 보니 달빛 속에 배가 조용히 떠 있었다. 배 위에 구부정한 그림자 하나가 이쪽을 바라보고 있었다. 하르방이 조용히 기다리고 있었다. 끝분은 보자기에서 물적 삼과 물소중이[05]를 꺼내 서둘러 갈아입었다. 다시 보자기를 여며 목에 둘러 묶고 바다로 뛰어들었다. 겨울 바다의 차가운 온도에 몸이 움츠러들었지만 마음은 푸근해지고 떨리던 몸이 가라앉았다. 손발을 뻗어 헤엄쳐 나가자 굳었던 몸이 살아나기 시작했다. 눈부시게 잔잔한 바닷길이 너무 고와서 끝분은 이 길 따라 물할망 곁으로 가는 것도 좋겠다 싶었다. 달과 바다와 물할망이 끝분을 품어서 배로 인도했다. 하루방의 손에 끌려 배에 오르자 다시 온몸이 떨려 왔다.

이 뭔 일이고, 나도 멜락 앉앙(힘이 빠져서 주저앉아) 배도 못 몰 커라게.(것 같다.)

하르방의 한탄에 대꾸할 기력이 없었다.

절로 드러강 이시라게. 어영, 적삼도 벗고.

하르방이 가리킨 곳은 엔진실이었다. 끝분은 엉금엉금 기어가서 낯선 그림자에 놀라 멈췄다. 웬 남자 하나가 갑판 위에 앉아 있었다.

아, 분아. 걱정 말앙. 저도 육지 강 거.(저 사람도 육지 가는 거야). 별방(구좌읍 하도리) 고 씨 집 아들, 소리꾼이 뭔 빨

---

05   해녀들이 물질할 때 입던 하의

갱이랜, 집 식구들 다 몰앙. 이구, 혼이 나가서라. 너는 걱정 말앙 어영 들어강 이시라게.

하르방 말을 듣고 다시 보니, 솜이불을 두르고 앉은 남자는 그림자만 남은 사람 같았다. 끝분은 엔진실 쪽 문을 열고 들어갔다. 엔진 옆 누에고치 같은 공간에 솜 이불이 깔려 있었다. 타다 남은 기름 냄새와 함께 훈기 가 가득했다. 끝분은 쪼그리고 앉아 물적삼을 벗었다. 젖은 옷을 열기가 나는 쪽을 향해 널어 두고 솜이불을 몸에 감고 누웠다. 푸르륵거리며 엔진이 돌기 시작하 고 배가 움직였다. 시끄러운 기계음이 캄캄한 고치 속 에 가득 찼다. 떨림은 점점 수그러들었다. 큰 바다에 나 왔는지 배가 더 요동치기 시작했다. 파도의 울렁거림 과 꽉 찬 기계음이 몸속으로 스며들어 와 물처럼 출렁 대었다. 끝분은 울렁거리는 잠 속으로 천천히 가라앉 았다.

눈을 뜨니 시끄러운 엔진음이 멈춰 있었다. 엔진실 쪽 문 틈으로 빛이 새어 들어왔다. 날이 밝았다. 끝분은 보자기를 끌러 옷을 걸치고 널어놓은 물적삼을 말아 넣었다. 문을 열고 나서자 낯선 바다 냄새와 함께 찬바 람이 얼굴을 쓸고 지나갔다.

일어나시믄 요기부터 햄서.

하르방이 삶은 지슬 두 개와 조롱박을 내밀었다. 끝분은 잠자코 물을 마시고 지슬을 씹어 삼켰다. 주위를 둘러보니 작은 항구에 닿아 있었다. 항구를 따라 왜정 때 지은 건물들이 줄지어 있다. 아직 인적이 없는 갯가를 따라 눈을 옮기자 멀리로 낯익은 언덕이 보였다.

지코촌이다. 몇 해 전 장에 잠깐 들렀던 기억 남시냐?

지코촌이라면 예전에 동해로 출가를 떠날 때 쌀하고 소금을 사러 들른 적이 있다. 하르방 말로는 왜정 때 파 놓은 방공호를 어부들이 창고로 사용하던 곳이었는데, 해방 후에 온갖 종류의 부랑자들이 모여들어 촌이 되었다고 했다.

여기가 떠돌이가 많앙 숨어 지내기 좋을 거라, 어떵하든 살아야 되메. 살당 보믄 세상이 달라질 거난. 그때 집에 다시 갈 생각도 하고 이.

어제 그 사람은….

갸는 벌써 갔다. 배 대자마자 쏜살같이 내달았어.

끝분은 고개를 끄덕이며 보자기를 품에 안았다. 떨

리는 다리를 추스르며 배에서 내려서자 하르방이 솜
이불을 가져와서 보자기에 같이 묶었다.

일단 잠잘 델 먼저 차장댕겨. 넌 상군이라 어디 바
당만 이시믄 살아진다게. 잡은 거는 장 서믄 여기 왕 팔
면 되고, 그러믄 끼니 걱정 안 해도 되메. 정신 차령 잘
버텽이서, 알아 지커냐?

끝분은 다시 고개를 끄덕였다. 하르방이 돌아서다
말고 지전 몇 장을 손에 쥐여 주었다. 발동선에 시동이
걸렸다. 하르방의 구부정한 뒷모습과 요란한 발동선
소리가 바다 너머로 완전히 사라질 때까지 그 자리에
서 있었다. 발동선이 점처럼 사라지자 끝분은 보자기
를 머리에 이고 코끼리 언덕을 바라보며 무작정 걸었
다. 다닥다닥 지어진 일본식 이층집들을 지나, 더운 김
이 무럭무럭 올라오는 두붓집을 지나고, 웃으며 물지
게를 지고 가는 여인들을 지나, 판자촌 끝 모퉁이를 돌
아서 한참을 걸었다.

바다 건너에서는 사람이 죽어 가는데 육지에서는
아무 일 없이 하루가 시작되고 있었다. 끝분은 사람이
없는 곳까지 걸었다. 길은 코끼리 언덕 아래에서 끝났
다. 끝나는 곳에 휑하니 뚫린 굴이 있었다. 끝분은 굴로

들어갔다. 굴은 오래전에 버려진 것으로 보였다. 여기저기 생선 박스와 낡은 그물, 녹슨 드럼통 들이 널려 있었다. 그래도 넓고 시멘트로 다져진 바닥이 평평했다. 끝분은 굴에서 살기로 마음을 정했다. 빨갱이 여편네 딱지가 붙은 마당에 동네에 붙어살아서 좋을 게 없었다. 자칫 빨갱이 냄새라도 날라치면 무슨 일을 당할지 모른다. 무엇보다도 바다가 훤하게 잘 보였다. 비탈을 바로 내려가면 바다도 가깝다. 끝분은 생선 상자를 주워 모아 누울 자리를 만들고 그 위에 솜이불을 깔았다. 드럼통들을 굴려서 굴 입구에 세우고 그 위로 그물이며 나무판자며 다른 잡동사니들을 쌓아 올렸다. 엉성했지만 어느 정도 바람막이는 되었다.

끝분은 이불 위에 던져 놓은 보자기를 베고 누웠다. 생선 상자에 옅게 남아 있는 비린내가 처음 물질을 배우던 할망바다[06]처럼 몸을 감쌌다. 긴 하루였다. 몽돌을 잃고 집을 잃었다. 하루 만에 모든 걸 잃고 낯선 땅, 낯선 굴 속으로 도망 와 누워 있다. 빨갱이는 참말로 무서운 것이다. 그게 뭔지도 모르지만 마마처럼 들

06　늙은 해녀를 배려하기 위해 젊은 해녀가 물질을 하지 않는 얕은 바다

러붙어 몽돌을 죽였다. 몽돌의 죽음에 뭐라 하소연할 새도 없이 끝분에게도 들러붙었다. 혹 빨갱이 냄새라도 새어 나가면 이번에는 자기가 죽을지도 몰랐다. 끝분은 이름을 바꿔야겠다고 생각했다. 들러붙은 빨갱이 여편네 냄새가 가려져야 했다. 누가 들어도 우스운 이름이어야 한다. 끝분은 점례 동생 순이를 떠올렸다. 이름은 순이였지만 맹한 구석이 있어 동네 사람들이 맹순이로 불렀다. 끝분은 맹순이가 되기로 했다. '그래, 이제부터 고향으로 돌아갈 때까지 나는 맹순이다. 일단 버텨 보자. 상할망 말대로 정신 바짝 차리고 맹순이로 살아 보자.' 끝분은 다짐을 하고 눈을 감았다. 어두운 굴속에는 빈 드럼통 속에 갇힌 바람이 웅웅거리며 울었다.

맹순은 다음 날부터 부지런하게 움직였다. 가만히 있으면 그 밤의 번들거리는 눈빛들이 떠오르고 몽돌의 신음 섞인 울음소리가 들려왔다. 생각을 지우고 끊임없이 몸을 움직였다. 먼저 바닷가로 내려가 물질하기 적당한 곳을 고르고 돌을 쌓아 불턱을 만들었다. 죽은 몽돌처럼 둥글둥글한 돌들을 쌓고 있으면 다시 그

밤이 떠올랐지만, 그럴수록 더 열심히 몸을 놀렸다. 불을 피우고, 물때 맞춰 하루 두 번 물질을 하고, 잡은 걸 손질해서 말렸다. 굴과 바다를 오갈 때마다 돌을 주워와 굴 입구에 바람벽을 쌓았다. 그래도 시간이 남으면 코끼리 산에 올라 갈비며 나뭇가지를 주워다가 불턱에 쌓아 두었다.

장이 서는 날에는 말린 물건들을 망사리에 가득 담아 팔러 나갔다. 장이 열린 포구 모퉁이에 가만히 앉아 말린 미역이며 전복, 해삼을 늘어놓았다. 간간이 사람들이 값을 물었지만 맹순은 그저 맹하니 앉아 있었다. 주는 대로 돈을 받거나 보리쌀, 콩을 받기도 했다. 그렇게 번 돈으로 필요한 것을 샀다. 흥정은 하지 않았다. 맹한 표정으로 달라는 대로 값을 치렀다. 될 수 있으면 동네 사람들과 마주치지 않으려고 애를 썼다. 우물에 물을 뜨러 갈 때도 아무도 없는 이른 새벽에 갔다. 할 수 없이 사람들과 마주칠 때는 맹순이로 행동했다. 다행히 겨울이 지나도 맹순이를 빨갱이로 의심하는 사람은 없었다.

하지만 봄이 막 시작될 무렵 맹순은 몸이 이상해지는 걸 느꼈다. 유난히 몸이 무겁고 물질이 힘들었다. 정신없이 몸을 놀리느라 그러려니 했는데, 곰곰이 생각해보니 달거리를 두 번 쉬었다. 맹순은 덜컥 겁이 났다. 그토록 기다리던 아이였는데 이렇게 올 줄은 몰랐다. 더군다나 누구의 씨인지도 알 수가 없었다. 그날 밤 번들거리는 눈빛들이 떠오르고 몽돌의 충혈된 눈빛이 맹순을 노려보고 있는 것 같았다. 귀신의 씨인지도 모를 아이를 낳을 수는 없었다. 그렇다고 몽돌의 아이가 아니라고 생각하고 싶지도 않았다. 그런 아이를 낳으면 고향으로 돌아갈 수도 없다. 온 동네가 수군댈 것이다. 맹순은 이러지도 저러지도 못하고 생각을 없애려 더 부지런히 몸을 움직였다. 그날도 아침부터 부지런히 물질을 하고 불턱에 와서 잠깐 몸을 녹이다가 까무룩 잠이 들었다.

맹순은 따뜻한 고향 바당 속을 헤엄치고 있었다. 반가운 마음에 느긋하게 바당을 유영하는 물고기처럼 물길을 따라 흘러갔다. 어디로 가는지는 중요하지 않았다. 언제나 그랬듯이 물할망이 길을 가르쳐 줄 것이다. 흔들리는 미역들 사이를 헤치고 그저 앞으로 헤엄치면 그만이다. 맹순은 아래로 더 아래로, 아무것도 보이지 않는 곳에서 별처럼 떠가는 빛을 따라 계속 헤엄쳤다. 아득하고 아늑하여서 그대로 가라앉고 싶을 때, 물할망이 빗창을 들고 나타났다. 너울거리는 도포에 왕방울만 한 눈을 부라리고 노기를 띤 얼굴로 맹순을 노려보고 있었다. 맹순은 무섭기도 하고 그립기도 한 이상한 기분에 사로잡혔다. 물할망이 자기를 데리러 온 건지 벌하러 온 건지 알 수 없어 그저 두 손을 비비며 빌었다. 물할망님 용서합서. 그저 용서만 합서. 맹순은 뭘 잘못했는지도 몰랐지만 끝도 없이 용서를 빌었다. 가만히 노려보던 물할망이 손에 든 빗창을 맹순의 손에 쥐여 주었다. 그러자 맹순의 배가 부풀어 오르기 시작했다. 점점 부풀어 올라서 테왁보다 커지다가 몸 전체가 커다란 공기방울이 되어 떠오르기 시작했다. 위로 올라갈수록 주위가 밝아지고 공기방울도 그에 따라 점점 커졌다. 맹순은 수면에 다다르면 터져 버릴 것 같은 두려움에 자맥질을 해 보았지만, 공기방울이 된 몸뚱이는 버둥거리며 떠오를 뿐이었다. 그저 다가오는 수면을 지켜보며 마지막을 기다리는 수밖에 없었다. 마침내 눈부신 수면 위로 떠오르자 끝분은 눈을 질끈 감으며 버릇처럼 숨을 내뱉었다.

맹순은 깜빡 잠에서 깨어났다. 손에 빗창이 들려 있었다. 예사 꿈이 아니었다. 맹순은 아랫배를 쓰다듬어 보았다. 더 이상 고민할 필요는 없었다. 물할망이 길을 가르쳐 주었다. 그 길로 열심히 헤엄치면 그만이다. 맹순은 고향을 떠나온 후 처음으로 편안한 마음이 되었다. 맹순은 배가 더 부르기 전에 부지런히 물질을 해서 몇 달 치 양식을 모았다. 점점 더 배가 불러 오고 뜨거운 여름이 시작되었을 때 전쟁이 터졌다는 소문이 들렸다. 빨갱이들이 밀려 내려온다고도 하고, 양키들이 밀고 올라간다고도 했다. 지코촌에도 피난민들이 모여들어 판자촌이 점점 불어났다. 다행히 맹순의 굴 근처까지 오지는 않았다. 더위가 한풀 꺾였을 때 맹순은 혼자 아이를 낳았다. 딸이었다. 자기처럼 빨갱이 냄새를 없애 줄 이름이 필요했다. 물할망이 점지해 주시고 누가 들어도 피식 웃음이 나는 이름, 맹순은 딸 이름을 선녀로 지었다.

*

불턱에 먼저 도착한 선녀는 남은 불씨에 갈비와 잔

가지를 더 넣었다. 연기가 오르다가 불이 붙었다. 눈발이 점점 굵어지고 있었다. 선녀는 나무를 더 넣고 불을 크게 키웠다. 불땀이 활활 오를 때쯤 맹순이 이마를 부여잡고 불턱에 들어섰다.

어멍, 또 머리 아프멘?

맹순은 대꾸 없이 불 앞에 앉아 물적삼을 벗었다. 광목 수건으로 대충 몸을 닦고 불을 쬐었다. 곱은 손과 몸이 녹아도 좀처럼 두통이 가라앉지 않았다.

어멍, 날도 추운데, 쉬었다 봄 되믄 나랑 같이 합서.

그럼 어떵 살아질 거냐! 두렁청한(뜬금없는) 소리하고는.

선녀는 입이 비죽 나왔다. 맹순은 돌 밑에 숨겨 둔 고구마 두 개를 꺼내 하나를 선녀에게 내밀었다.

이리 왕, 이거나 머경.

되수다. 어멍 먹읍서. 난 뭐 먹어수다.

웬일로 선녀가 먹을 걸 사양했다.

머 먹어신디?

어멍, 덕수 알아지쿠강? 헬로할매 손자.

맹순이 고개를 끄덕였다.

가가 양키 소세지 쪼금 마심.(줬어.)

보나마나 어리숙한 덕수에게 공갈을 쳤을 것이다.
맹순은 피식 웃으며 고구마를 베어 물었다.

경해도, 하나 먹엄시라.

선녀는 배시시 웃으며 고구마를 받아 들었다.

어멍, 오늘은 고만합서게.

맹순은 묵묵히 바다로 눈길을 옮겼다. 눈꺼풀 속에
서 눈동자가 검게 빛났다. 눈발이 코끼리 언덕을 휘감
고 넘어가는 거로 봐서, 오후에는 동쪽에서 샛바람이
터질 모양이다.

오후에 샛바람 터질 건디, 딱 반 망시리만 더 행 오켜.

맹순은 망사리에 담긴 성게며 소라를 물통에 부었
다.

넌 이거 들고 집에 강 이시라.

눈도 오는데 오늘은 그만합서, 옹?

선녀의 만류에도 맹순은 빗창을 망사리에 담아 어
깨에 둘러멨다.

아, 혼저 강 이시라게!

선녀는 다시 입술을 비죽이며 물통을 들었다. 코끼
리 바위가 눈 속을 뚫고 가는 모녀를 하릴없이 내려다
보고 있다.

아내가 죽었다

아내가 죽었다. 아니, 아내였었던 그녀가 죽었다. 아내와 그녀를 분리해서 생각해 보니, 같은 사람임에도 불구하고 그 차이는 분명하다. 나는 장례식장 구석에 앉아서 어떤 모양의 슬픔을 내비쳐야 할지 고민하고 있었다.

미미는 그런 나를 아까부터 외면하고 있다. 제 키보다 좀 짧은 상복을 입고 입술을 앙다문 채 제 어미의 사진에서 눈을 떼지 않는다. 아내에게 약속했었다. 미미를 이해하기로. 그리고 다 자랄 때까지 견디기로. 굳이 약속이 없었더라도 혼자 된 딸을 외면할 만큼 모진 아비는 아니지만, 미미는 몇 해 전부터 나에게 노골적인 거부감을 드러내고 있다. 거기다 이제 제 어미의 죽음에 내가 어떤 식으로든 이유를 제공했을 것이라 생각할 게 분명하다.

그녀에게 무슨 일이 있었을까?

아내는 눈에 들어오는 풍경에 의식을 빼앗기곤 했다. 가끔 마음을 무방비로 내버려 둔 채 외부의 것들에 집중했다. 운전할 때도 창밖의 풍광들에 시선을 빼앗

길 때가 있었다. 나는 그럴 때마다 조수석에 앉아 막연히 생각하곤 했다. 언젠가 가로수를 들이받거나 사람을 칠 수도 있겠다고, 그로 인해 그녀의 의식에 펑크가 날지도 모른다고. 나의 막연한 걱정은 얼마 후 현실로 나타났다. 개를 치었다. 갈색 푸들은 눈물을 흘리며 허공에 발을 버둥거리다 죽었다. 나는 아직 온기가 남아 있는 푸들의 다리를 잡고 가로수 아래로 끌어다 놓았다. 아내의 눈은 한참 동안 배가 터진 푸들에 고정되어있었다. 이후로 그녀는 운전대를 잡으면 시선을 앞으로 고정했다. 느리게, 그리고 철저히 교통 신호를 지켰다. 더 이상 사고 상황 같은 건 만들어낼 수 없어 보였다.

그런 아내가 철원까지 달려갔다. 경찰의 설명에 의하면 그녀의 낡은 차는 눈 덮인 철원평야를 달리다가 수로에 바퀴가 빠지고서야 멈췄다. 300km가 넘는 거리를 시선을 고정한 채, 천천히 달렸다. 차에서 200미터쯤 떨어진 들판에서 아내의 옷가지들과 수면제 몇 알이 발견되었다. 겨울 철새들에게 먹이를 주러 온 군청 관계자가 새까맣게 몰려든 독수리와 까마귀 속에서 그녀를 발견했다고 한다. 시신은 두개골과 큰 뼈 몇 개만 남았다고 했다. 차에 있던 유서의 내용은 간단했다. '나를 기

넘하지 마. 미미를 부탁해.'

나는 장례식장 안의 어수선한 풍경을 바라보다가 아내와 마지막으로 만났던 날을 떠올렸다.

이혼 확정이 있는 날이었다.

한 달 전에 만났던 판사와 네 쌍의 부부들이 다시 만나 확실히 마침표를 찍는 날이었다. 문을 열고 들어서자 젊은 부부가 먼저 와 있었다. 자리에 앉자 곧 아내가 들어와 앉았다. 우리는 눈인사를 교환하고 말 많던 중년 부부와 조용했던 노부부를 기다렸다. 아내는 한 달 전처럼 눈물을 흘리지 않았다. 평소처럼 담담한 표정을 짓고 있는 아내는 평온해 보이기까지 했다. 노부부는 끝내 나타나지 않았다. 곧 판사의 사무적인 질문이 시작되었고 우리는 기계적으로 대답을 했다. 곧 이혼을 확정한다는 판결이 내려졌다. 로비를 걸어 나오자 아내가 말했다.

잘살아, 이제 불편한 거 견디지 말고.

내가 어색한 웃음과 함께 고개를 끄덕이자 아내도 빙긋 웃었다.

시간 될 때, 미미 데리고 국밥 먹으러 가.

아내는 자기 차를 몰고 갔고, 난 지하철을 타고 집으로 돌아왔다. 그 뒤로 두 달이 지났다. 미미는 그동안 내 전화를 받지 않았다. 덕분에 난 이혼에 대해 해명할 기회를 갖지 못하고 있었다. 그래도 약간의 시간과 노력이 더해지면 미미와의 관계는 언제든 좋아질 거라고 낙관하고 있었다. 하지만 이제 많은 시간과 노력으로도 좋은 아버지가 되기는 쉽지 않을 거라는 생각이 든다. 미미는 여전히 고개를 숙인 채 핸드폰을 만지작거리고 있다. 숙인 얼굴 옆선이 아내를 빼다 박았다. 하염없이 눈물이 흘러내리던 그날 아내의 옆얼굴이 생각났다.

지방법원 가정과 207호.

사무용 테이블 세 개를 붙여 놓은 기다란 방에는 우리를 포함한 네 부부가 앉아 있었다. 테이블 중앙에는 백만 번쯤 이혼 판결을 내려 본 듯한, 중년의 판사가 부부들에게 번갈아 가며 질문을 던졌다. 나는 미미의 양육권과 친권에 대한 판사의 질문에 짧게 대답한 후, 네

명의 예비 이혼녀들의 얼굴을 살피고 있었다. 세상이 온통 마음에 들지 않는다는 듯 잔뜩 찌푸린 표정과 침묵으로 일관하는 20대의 여자 한 명과, 끊임없이 자신의 억울함과 남편의 잘못을 판사에게, 심지어 옆 사람들에게도 말하는 50대의 여자. 그리고 의자에 앉을 때부터 지금까지 단 한순간도 쉬지 않고 눈물을 흘리는 60대와 40대의 여자.

아내는 눈물 흘리는 40대 여자였다. 아내가 눈물이 많은 여자였던가? 아내는 이제껏 내 앞에서 눈물을 보인 적이 없었다. 내가 아는 아내는 자존심과 재능이 뭉쳐져서 만들어진 에너지바 같은 사람이었다. 언제나 부지런히 그림을 그려내고 간간이 전시를 했다. 가끔은 없는 시간을 쪼개서 혼자 여행도 갔다. 그런 아내가 무덤덤했던 우리 결혼 생활의 마침표를 찍는 자리에서, 그것도 두 시간 남짓을 쉬지 않고 눈물 흘리는 것은 상상할 수 없는 일이었다. 뒤늦게 위자료라도 생각이 난 걸까? 갑자기 인생에 대한 회의가 쓰나미처럼 몰려온 것일까? 이도 저도 아니면 언젠가는 우리도 드라마 같은 화목한 가정을 꾸리게 될 거라고 믿었던 걸까? 나는 테이블 중앙에 놓인 티슈 통을 통째 그녀들 앞에 밀어 놓으며, 눈물을 그치지 않는 할머니의 새하얀 귀밑머리를 지켜보았다. 흘리는 눈물만큼 머리카락에서 색소가 빠져나가는 건 아닐까? 늙어도 눈물의 양은 줄지 않는 걸까? 저 나이에 하는 이혼이란 어떤 것일까? 잡다한 생각을 하고 있을 때 판사가 말했다.

한 달 뒤 이 자리에서 최종 이혼 확정이 있습니다. 그날까지 서로의 관계에 대해 다시 생각해 보는 시간을 가지세요.

같은 말을 백만 번쯤 반복했을 것 같은 판사의 말을 들으며, 나는 거짓말처럼 눈물을 흘리고 있는 아내의 손을 슬며시 잡았다. 아내는 가만히 있었다.

그럼, 한 달 뒤에 여기서 다시 만나 뵙지 않기를 바랍니다.

판사가 돌아가도 좋다고 말했다. 지방법원의 로비를 나서자 따가운 오월의 햇살 아래 사다리꼴로 넓어지는 대리석 계단이 펼쳐졌다.

밥 먹자.

아내가 눈가를 훔치며 말했다. 옆으로 20대의 예비 이혼녀가 신경질적으로 구두 소리를 내며 계단을 내려갔다. 그 뒤를 덤덤한 표정의 남편이 따라 내려갔다.

아내의 얼굴을 보니 눈물이 멈춰 있었다.

국밥 먹을까? 내장 많이 주는 그 집 갈까?

내 목소리에서 과장된 떨림이 묻어났다. 아내는 핏발이 덜 가신 눈으로 나를 쳐다보며 빙긋 웃었다. 오랜만에 보는 아내의 웃음, 오른쪽 입꼬리가 살짝 올라가며 짓는 웃음은 언제나 통찰과 체념이 뒤섞인 것 같은 복잡한 느낌을 주었다. 아내는 손수건으로 눈 주위를 깨끗이 훔쳤다. 눈 밑의 근육이 가늘게 떨렸지만 목소리에 힘을 주어 대답했다.

그래, 국밥 먹자.

아내의 전시가 끝나면 우리는 국밥을 먹으러 갔다. 대개 늦은 밤이었지만 아내는 교통 신호를 철저히 지키며 운전했다. 그리고 국밥집에 도착하기 전까지 묵언 수행을 방금 마친 수행자처럼 필요 없는 말들을 늘어놓았다.

그림 따위가 돈을 벌어 주다니. 신기하지 않아? 사실, 그림 따위는 있어도 그만 없어도 그만이잖아. 그런데도 사람들은 그걸 돈 주고 사잖아? 뭐 덕분에 나는 좋

지만. 미술의 신이 있다면 나를 용서하지 않겠지? 아,
그리고 나는 화가라는 말보다 환쟁이라는 말이 더 맘
에 들어. 뭔가 매니악하고 겸손한 느낌이 있잖아? 안 그
래? 난 다음에 태어나면 대머리독수리가 될래. 몽골의
황량하고 높은 절벽 위에서 한없이 기다리는 거야. 할
일이 그것밖에 없는 거지. 바람이 올 때까지 기다려. 못
생긴 대머리 속에 크고 맑은 눈을 깜박이면서 기다려.
그 반전이 멋지지 않아? 어쨌든 계속 기다려. 바람이 오
면 절벽 위에서 훌쩍 뛰어내리는 거야. 2미터가 넘는
날개를 쭉 펴고 바람에 몸을 맡기고 까마득하게 하늘
로 올라가는 거야. 드넓은 초원과 계곡 위를 둥둥 떠다
녀. 그 맑은 눈으로 썩은 고기를 찾으면서 계속 둥둥 떠
다녀. 아무도 해치지 않고. 좋겠지? 비가 오면 좋겠다.
비가 와야 국밥이 더 맛있잖아. 안 그래? 내장국밥 먹을
까? 그냥 국밥 먹을까? 아님, 순대국밥? 다 먹어 버릴까?
　나는 아무 대꾸도 하지 않았다. 아내도 대답을 원하
고 한 말들은 아니었다.
　어느 날 저녁, 양치하던 아내가 치약 거품을 튀기면
서 팔릴 만한 그림이 어떤 것인지를 알아채게 되었다
고 말했다. 말 그대로 뭔가를 알아챈 표정으로. 나는 말

도 안 되는 소리라고 코웃음을 쳤지만, 얼마 후 아내의 그림은 정말로 팔리기 시작했다. 어떤 날은 미미를 등에 업고 하루에 두 장의 그림을 그려내는 날도 있었다. 아내는 친구가 운영하는 화랑에 그림을 내놓았다. 아내의 동의 하에 저렴한 가격을 책정했다. 그림은 간간이 팔려 나갔다. 시간이 지나자 아내는 실력을 갖추고도 오만하지 않으며 예술의 대중화에 앞장서고 있다는 평가를 받았다.

우리는 텅 비고 캄캄한 8차선 도로의 건널목 앞에서 보행자 신호가 끝나기를 끈질기게 기다렸다. 옆으로 택시가 신호를 무시하고 달려갔다. 아내는 앞을 보며 계속 중얼거렸다. 조수석에 멍하니 앉아 있던 나는 싸움의 기술[01]에 나온 백윤식의 대사가 생각났다.

'먹어 둬, 골병든 데는 내장이 좋아.'

대낮에 보는 국밥집 간판은 낯선 느낌이 들었다.

점심때가 지난 국밥집에 들어서자 주인 할머니가 창가에 앉아 꾸벅이며 졸고 있었다. 아내가 의자를 드

---

01   신한솔 감독의 2006년 영화

르륵 빼고 앉자 할머니는 금방 일어나 인사를 했다.

아이고, 밥 먹고 깜빡 졸았네. 오랜만이네. 어째, 오늘은 낮에 왔네?

아내가 머리를 꾸벅 숙이며 인사를 했다. 나도 따라 꾸벅 인사를 했다.

뭐 줄까? 먹던 거?

예. 내장 많이 주세요.

아내가 내장에 힘을 주어 말했다. 내 머릿속에서는 말풍선처럼 백윤식의 대사가 떠올랐다. '골병든 데는….' 할머니는 알았다고 말하며 물잔을 내려놓고 주방으로 들어갔다. 물을 한 모금 마신 아내가 주방 쪽을 물끄러미 쳐다보며 말했다.

어머니가 저 할머니만큼만 친절했다면 우리 상황이 달라졌을까?

나는 묵묵히 물잔을 쳐다보았다. '이번에는 확실히 끝내라.' 오늘 아침 집을 나서기 전에 어머니가 했던 말이 물잔 속에 둥둥 떠다니고 있었다. 나는 물수건으로 손가락을 닦으며 천천히 대답했다.

못 믿겠지만, 어머니는 다른 사람들에게는 친절해. 단지 당신이 내 아내여서 그렇게 된 거야. 그러니까 어차피 결과는 비슷했을 거야. 결국은 내가 문제야. 그건 당신도 알고 나도 알고 있잖아.

아내는 나를 빤히 쳐다보다가 고개를 끄덕이며 말했다.

역시, 대답은 맘에 들어. 음… 이럴 때는 당신이 참 괜찮은 사람 같아.

나는 어떤 표정을 지어야 할지 몰라 어색하게 웃으며 숟가락과 젓가락을 만지작거렸다.

내가 어머니의 집으로 돌아간 후부터 어머니는 며느리를 그 여자라고 불렀다. 언젠가는 누이에게 당신의 손녀딸이 나를 닮지 않았다고 말하며 며느리의 부도덕을 만들어내기도 했다. 처음에는 누이도 어머니를 나무랐지만, 반복되는 올케의 입바른 말대꾸 때문인지 어느새 어머니 편이 되어 있었다. 도무지 비현실적으로 느껴지는 누이와 어머니와의 언쟁에 질린 나는 대화를 포기하고 말았다. 무엇이 어머니를 저렇게 만들었을까. 아버지의 부재? 외아들에 대한 지나친 기대? 아니면 며느리의 도도하다 할 만큼 올곧은 태도? 모두 다인가? 딸아이 친권을 내가 가지기로 했다는 걸 말하면 어머니는 어떤 표정을 지을까? '갑자기 왜?' 하고 말하며 지었던 아내의 표정이랑 비슷할까?

아내는 친권은 가져가도 상관없다고 말했다. 하지만 양육권은 자기가 가지겠다고 했다. 미미는 자기가 키우겠다고, 그렇게 말하는 아내의 눈동자에서는 불꽃이 타닥거리며 피어났다. 그런 건 마음대로 하라고 했다. 혹시라도 물려줄 재산이 생기면 딸아이에게 주고 싶어서 그런다고 말하자 아내는 빙긋 웃으며 말했다.

어머니가 가만히 있을까?

방법은 어머니가 돌아가시기를 기다리는 것이지만, 아내도 나도 입 밖으로 말을 끄집어내지는 않았다. 주방 쪽을 쳐다보니 할머니가 뚝배기 두 개를 담은 쟁반을 들고 오고 있었다. 멀리서 봐도 뚝배기 배가 수북하게 불렀다. 뜨거운 김이 올라오는 국밥을 떠먹는 아내의 눈을 보니 아직도 붓기가 덜 빠져 있었다. 이 여자는 도대체 무얼 보고 있는 것일까? 먼 훗날 아내가 그리게 될 그림이 다시 보고 싶어졌지만, 생각을 잘랐다. 그리고 백윤식처럼 말했다.

많이 먹어. 골병든 데는 내장이 좋아.

아내는 내장을 씹으며 멀뚱히 나를 쳐다보았다.

그녀를 처음 만났을 즈음

　나는 지방 신문 신춘문예에 평론이 당선되어 영화
평론가가 되어 있었다. 그해에 신설된 영화평론 부문
에 응모한 사람은 서른 명이 못 됐다. 나는 이십팔 대 일
의 경쟁을 뚫고 영화평론가가 되었다. 어머니의 표현
대로라면 그 하기 어려운 평론가였지만, 그다지 할 일
은 없었다. 가끔 들어오는 잡다한 원고들을 주업 삼아
느긋한 백수로 지내고 있었다. 간만에 신문 문화면에
실을 원고지 15매 분량의 청탁이 들어왔다. 다른 작가
나 평론가들에게 밀리고 밀려서 들어온 청탁이 분명
했지만 개의치 않았다. 곧바로 카메라와 메모 노트를
챙겨 처음 듣는 젊은 화가의 전시회를 보러 갔다.
　전시장은 시청에 있는 국화 홀에 마련되어 있었다.
시의 지원을 받은 모양이었다. 가난하고 부지런하거
나 인맥이 넓은 작가일 거라고 예상하며 전시장 안으
로 들어섰다. 오십 평 남짓한 전시 공간에는 어른 키 높
이 정도의 미로 같은 통로가 만들어져 있었다. 통로에
들어서자 미로 속에서 마주치는 정면마다 그림들이
걸려 있고, 제목은 모두 한문으로 쓰여 있었다. 단 하나

의 작품도 게을리 감상하게 하지 않겠다는 작가의 의
도가 읽혔다. 판화와 목탄으로 그린 인물화가 뒤섞여
있었다. 네 개의 인물화 시리즈에는 어둡고 숨겨진 음
영 속에 불안한 시선이 굵은 선들로 표현되어 있었다.
고집스럽게 물고 늘어지는 시선의 집착이 느껴졌다.
'野火'라는 다색판화 앞에서는 한참 동안 서 있었다. 지
독하게 고요한 그믐밤, 들판이 꿈틀대며 타들어 가고
있었다. 그 불 앞에 누군가가 구부정하게 서 있다. 불은
여기서 불타고 있다고 타닥타닥 소리 내면서, 바짝 마
른 땅과 풀을 잡아먹고 끈질기게 지평선을 향해 나아
가고 있었다. 다른 작품을 둘러보는 동안에도 머릿속
에서 타닥타닥 소리가 떠나지 않았다.

　미로를 빠져나와 데스크 쪽으로 걸어갔다. 키는 작
은데 묘하게 선이 굵고 눈이 큰 여자가 종이컵에 커피
를 타고 있었다. 나는 간단히 인사를 하고 이번 전시에
대한 글을 쓰게 되었으며 **일보 문화면에 짧게 게재
된다고 말했다. 그녀는 나를 가만히 지켜보다가 꾸벅
인사를 했다. 머리가 앞으로 쏟아지면서 등과 허리가
만들어내는 구부정한 선이 눈에 익었다. 고개를 든 그
녀가 타고 있던 커피를 내밀었다.

잘 부탁합니다.

얼결에 커피를 받아 들었다. 나는 양해를 구하고 작품들에 대한 몇 가지 질문을 하고 작가의 사진을 찍었다. 그녀는 담담한 표정으로 대답을 하고 포즈를 취해 주었다.

오늘 감사합니다. 그럼 이만.

내가 일어서자 그녀는 1층 로비까지 내려와서 배웅했다. 다시 꾸벅 인사를 하고 돌아서서 지하철을 향해 걸었다. 머릿속에서 타닥타닥 들불 소리가 들려왔다.

신문에 실린 내 원고는 원고지 두 장 분량이 생략되어 있었다. 자주 있는 일이라 더 이상 화도 나지 않았다. 어머니는 내 사진이 손톱만 하게 실린 신문을 스무 부나 사서 이웃에 돌린 후 내가 좋아하는 닭볶음탕을 했다. 어머니의 요리 솜씨는 훌륭했다. 덕분에 식당은 장사가 잘되었다. 나는 간이 적당히 밴 닭 다리를 뜯으며, 또다시 무료한 백수로 돌아가 길게 늘어지는 시간을 보내야겠다고 생각했다.

며칠 지나 전화가 왔다. 그녀였다. 그녀의 목소리를 듣자 다시 타닥타닥 소리가 들려왔다. 통화의 요지는, '글 잘 써 줘서 고맙다. 미술평론가가 아니라 영화평론가였네요? 식사를 대접해도 될까요?'였다. 우리는 만나서 밥을 먹었다. 그녀가 감자탕을 좋아한다고 말해서 감자탕을 먹고 소주도 마셨다. 이차로 맥주를 마시며 그녀의 그림에서 느낀 집요한 시선에 대해 말하자, 그녀가 물었다.

친구 없죠?

내가 고개를 끄덕이자

원래, 다 말하면 친구가 안 생기더라고요.

다시 고개를 끄덕이자 들큰하게 취기가 올랐다.

근데, 불 난 들판에는 왜 갔죠?

그녀는 오른쪽 입꼬리를 살짝 올리고 빙긋 웃으며 대답했다.

불이 나서요. 봐 둬야 될 것 같았어요. 뭐, 그랬어요.

그녀는 빈 술잔을 채우고 잔을 들어 건배를 청했다.

이제 우리 말 놓죠? 인터넷에서 보니 동갑이던데.

나는 대답할 말을 찾다가 비죽 웃으며 술잔을 들었다. 우리는 술을 좀 더 마시고 모텔로 갔다. 섹스를 마치고 누워 있는 그녀의 얼굴은 숙제를 마친 초등학생처럼 편안해 보였다. 그 얼굴을 보고 있자니 내 마음도 편안해지는 것 같았다. 약간 어색하면서도 편안한 느낌.

이런 게 연애의 느낌인가? 하는 생각이 들었다.

　그 후로 우리는 자주 만났다. 나는 친구 따위는 필요 없다며 보이는 것을 모두 다 말했고, 그녀는 주로 들으며 술을 마셨다. 어느 날 그녀는 나를 사랑하게 된 것 같다고 말했다. 처음 듣는 사랑의 고백이었지만 별다른 감흥은 없었다. 그래서 나는 잘 모르겠다고 말했다. 그러자 그녀가 빙긋 웃으며 말했다.

　그렇게 말할 것 같았어. 그게 좋아. 마음에 들어.

　하고 고개를 끄덕였다. 그리고 임신을 한 것 같다고, 자기가 싫지 않다면 결혼하면 좋겠다고 말했다. 나는 그녀의 배를 쳐다보다가 고개를 들어 그녀의 얼굴을 쳐다보았다. 그녀와 눈이 마주치자 그녀의 눈이 먼 곳을 보고 있는 게 느껴졌다. 그녀는 이미 자기가 그리고 싶은 삶을 머릿속에 그려 두고 그 삶을 향해 불을 지피고 있었다. 들판을 잡아먹으며 끈질기게 앞으로 나아가는 불이 타닥타닥 소리를 내기 시작했다. 그녀의 눈을 계속 보고 있자니 그녀가 끝내 그려내게 될 그림이 어떤 모습일지 확인하고 싶은 생각이 들었다. 보게 될 게 그녀의 모습일지 그녀에게 비친 나의 모습일지는 불분명했지만, 내 생각은 분명한 의지처럼 그 그림

을 확인하고 싶었다. 배 속의 아이는 아주 훌륭한 평계

거리가 되어 줄 것이다.

나는 그녀와 결혼했다.

어머니는 세상에서 제일 귀하고 훌륭한 평론가 아

들이 작고 눈만 큰 환쟁이 여자와 결혼하는 것을 부끄

러워했다. 아마 그녀가 임신하지 않았다면 허락하지

않았을 것이다. 어머니의 탐탁지 않은 반응이 그녀에

게 미안했지만 그녀는 나를 탓하지 않았다. 아내의 작

업실에 딸린 작고 천장이 높은 방에서 살림을 차렸다.

아내는 가끔 나를 사랑한다고 말했다. 나는 고맙다고

대답했다. 아내는 딸아이를 낳았다. 아내가 '미'음을 좋

아해서 아이의 이름은 미미로 지었다. 미미는 많이 울

었고 가끔 아팠다. 아프고 나면 쑥쑥 자라나서 기는가

싶더니 걷기 시작했다.

그때까지도 영화평론가로만 살아가던 나는 어머

니에게 생활비를 받아 썼다. 어느 날 갑자기 어머니는

생활비를 주지 않았다. 귀한 아들이 이제 그만 치기 어

린 삶의 실수를 털고 자신의 곁으로 돌아오라는 것이

었다. 하지만 아내는 어머니의 집으로 갈 수 없었다. 그건 나도 알고 아내도 알고 있는 사실이었다. 나는 아무 말도 하지 않았지만 아내는 곧 알게 되었다. 우리는 일단 견뎌 보기로 했다. 아내는 딸아이를 업고 입시 지도를 하면서 그림을 그렸고 난 보습학원 강사를 시작했다. 전시를 거치는 동안 아내의 그림은 저렴한 가격으로 살 수 있는 꽤 괜찮은 화가의 작품이 되어 있었지만, 여전히 생활을 견디는 것으로 만족해야 했다. 내 돈벌이는 금방 한계에 이르고 말았다. 나는 가르치는 재능도 인내심도 없는 사람이었다. 반년을 채우지 못하고 학원을 나왔다. 아내는 가장으로서의 무능력을 탓하지도, 아비의 책임을 묻지도 않았다. 처음에는 아내의 그런 태도가 터지기 직전의 활화산처럼 불안하게 생각되었지만, 곧 익숙해졌다. 아내는 원래 그렇게 생겨 먹은 사람 같았다. 내가 열 살 때 휴화산이었던 갈라파고스 제도의 화산이 서른이 넘은 지금도 휴화산인 것처럼, 폭발 따위는 내 대에서 이루어질 것 같지 않았다. 아내도 견디고 있으리라는 생각이 들었지만, 단지 그뿐이었다. 어차피 남녀가 같이 산다는 건 주어진 상황을 함께 견디는 연습 같은 것이었다.

2년이 지난 후, 나는 더 이상 견디지 못하고 머릿속에서 종이 위로 우리의 상황을 끄집어냈다. 내 머릿속 문장이 적힌 편지를 아내에게 보여 주자 아내는 나를 쳐다보며 조용히 폭발했다. 너무 덤덤한 표정으로 폭발하는 바람에 진짜 폭발인지 착각되기도 했지만, 분명한 폭발이었다.

나도 당신네 가족들과 당신을 견디잖아. 모두들 그렇게 살잖아. 당신은 그냥 견딜 수 없는 거잖아.

아내의 말을 듣고 나자 랭보의 말이 떠올랐다. 그가 자기의 연인에게 했던 말. '정말로 참을 수 없는 게 뭔지 알아? 그건 참을 수 없는 게 없다는 거야.'[02] 레오나르도 디카프리오가 했던 대사가 머릿속에서 맴돌았지만 입 밖으로 꺼낼 수는 없었다. 아내의 말이 맞았다. 난 랭보와 달리 참을 수 있는 게 없었다. 정확히 말하자면 나는 견딜 필요가 없게 자라났다.

어머니와 누이들은 언제나 내 몫의 견딤을 대신했다. 나는 쥐뿔도 가진 것 없이 체면만 남은 평산 신씨 사십이대 손, 그중에서도 사대 독자로 태어났다. 내리

---

02 〈토탈 이클립스〉(아그네츠카 홀란드 감독의 1995년 작품)에서 랭보 역을 맡은 레오나르도 디카프리오가 했던 대사

네 명의 딸을 낳을 동안 온갖 수모를 당한 어머니와 천덕꾸러기가 된 누이들 사이에서 자란 나는, 참아내는 법을 알 필요가 없었다. 사대 독자가 걷기 시작하자 어머니는 마당에서 돌부리가 될 만한 돌은 모조리 뽑아냈다. 나는 그 매끈한 마당에서 애정, 관심, 눈물, 증오까지도 쉽게 드러내며 자랐다. 나이를 먹어 갈수록 마당 밖 세상 속에서 조금씩 내 문제점들이 드러났지만 난 그다지 바뀌지 않았다. 좋은 점도 있었다. 좀 안 참으면 어때, 그게 잘못도 아니거니와 그런 사람도 몇 명쯤은 있어야 하는 것 아냐? 라는 태도로 영화를 보고 글을 쓰자 영화평론가도 되었다. 물론 절친한 친구나 연인 같은 인간관계는 만들어지지 않았다.

나는 아내의 짧고 조용한 폭발을 지켜보며 좀 더 견뎌 보기로 했지만, 다시 일 년이 지나자 더 이상 아내의 눈이 바라보는 마지막 지점에서 어떤 그림이 나올지조차 궁금하지 않게 되었다. 다시 랭보의 대사가 떠올랐다. '정말로 참을 수 없는 건, 그건 말이야!' 분명한 건, 난 랭보 역을 맡았던 디카프리오만큼도 생활을 견디지 못한다는 것이었다. 더 이상 견디지 않아도 되는 생활로 돌아가고 싶었다. 그리고 그 편이 차라리 아내에게도 도움이 될 거라는 생각이 들었다. 생각은 이내 확신이 되었고, 나는 머릿속의 생각을 끄집어내어 아내에게 보여 주었다. 아내는 이번에도 잠깐 폭발했지만, 이내 덤덤한 표정으로 그러라고 했다. 나는 어머니의 집으로 돌아갔다. 그리고 10년이 지났다. 그동안 아내와 나는 가끔 미미를 같이 만나는 것 빼고는 각자의 삶을 살았다.

미미가 이제 고등학생이야.

아내가 입을 닦으며 말했다. 내가 그릇을 반도 비우기 전에 뚝배기를 깨끗이 비웠다. 아내는 뜨거운 것을 잘 먹었고 나는 완전히 식히다시피 해서 먹었다. 그건 다른 사람들에게 아내와 내가 평가되는 기준이 되기도 했다. 아내는 음식을 복스럽게 먹는 후덕한 여인으로 보였고, 나는 입이 짧고 까다로운 남편처럼 여겨졌다. 나는 아내와 아내의 등 뒤로 보이는 주인 할머니를 번갈아 보며 대답했다.

나도 그 정돈 알아.

대답을 하며 아내를 보니 눈동자에 아직도 실핏줄

이 드러나 있었다. 아내는 잠시 뜸을 들이며 물을 한 모금 마셨다.

이제 당신 만나기 싫대.

등골이 서늘했다. 이런 반응에 나 자신조차도 놀랐다. 미미는 오 학년이 되고부터 나를 만나면 불편해했다. 어느 정도 예상했던 일이었다. 하지만 서늘한 감정은 예상을 뛰어넘었다. 씹고 있던 내장을 애써 삼키고 말했다.

당신은 어떻게 하길 바라?

아내는 숨을 크게 들이쉬어서 길게 내뱉은 후 말했다.

난 아빠도 필요하다고 생각해. 미미가 철들기 전까지는 당신에게 함부로 대하겠지만, 그건 개의 당연한 권리라고 생각해. 당신이 노력해야지. 당신이 견딜 수 있다면 말이야.

아내는 준비된 듯 또박또박 대답했다. 이제야 원래의 아내로 돌아온 것 같다. 문제는 내가 견딜 수 있느냐 없느냐다. 내가 견딜 수 없다고 말하면 아내는 너무 쉽게, '그럼 그렇게 해!' 하고 말할 것이다. 그렇게 되면 아내의 덤덤한 말 때문에 미미를 만나기 싫어질 수도 있다. 나는 그렇게 생겨 먹은 사람이니까. 그런 생각을 하자 미미를 못 만나는 것보다, 미미를 만나기 싫어지는 게 더 두렵게 느껴졌다.

노력할게, 아마 견딜 수 있을 거야.

입 밖으로 나온 내 목소리는 조금 격앙되어 있었다. 아내는 오른쪽 입꼬리를 올리며 빙긋 웃었다. 원하는 답을 들었다는 듯 만족한 느낌이 드는 웃음이었다. 그 순간, 어쩌면 나는 아내의 저 웃음 때문에 어머니에게로 돌아갔을지도 모른다는 생각이 들었다.

그래, 그럼 이제까지 그랬던 것처럼 가끔 만나. 식었다. 어서 먹어.

나는 다시 밥알과 내장을 입속으로 밀어 넣었다. 아내의 말이 백윤식의 대사처럼 머릿속에서 울렸다.

식었다. 어서 먹어.

그녀의 담담한 억양을 떠올리며 담배를 피워 물었다. 목 안이 까슬까슬했다. 어느새 시간은 새벽 2시가 넘어가고 있었다. 문상객들은 대부분 돌아가고 모퉁이에서 화투를 치는 이들만 두런두런 말을 이어 가고 있다. 고개를 돌리자 미미가 나를 보고 있었다. 눈이 마주치자 조건 반사처럼 손이 올라가며 알은체를 했다. 미미가 천천히 일어나서 내게로 걸어왔다. 미미의 키는 그사이 또 자랐다. 이미 제 어미보다 큰 것 같다. 앞에 와서 앉은 미미의 눈은 붉게 충혈되고 진한 쌍꺼풀이 져 있다.

괜찮아? 밥은 먹었어?

멍청한 질문이라는 걸 의식하고 있었지만, 생각보다 말이 먼저 튀어나왔다.

괜찮아.

오히려 미미의 목소리가 차분히 가라앉아 있어서 좀 부끄러운 생각이 들었다.

여기 금연이야.

담배 연기 때문인지 미미의 미간이 살짝 찌푸려졌다. 서둘러 담배를 비벼 껐다.

엄마가 아빠한테 한 말 없어?

응? 아니, 별말 없었어. 두 달 전에 본 게 마지막이었는데, 그날도 별말 없었어. 너한테는 무슨 말 했어?

미미는 눈을 반짝거리는가 싶더니 이내 고개를 숙였다.

아빠랑 국밥 먹으라고 했어.

차분한 목소리와 달리 미미의 눈은 금방 눈물이 맺혔다.

엄마가 몇 번 데리고 갔어. 난 국밥도 안 좋아하는데, 아빠는 뜨거운 거 못 먹으니까 천천히 먹으라고 그랬어.

미미의 말을 듣고 보니 그녀는 오래전부터 알고 있었을지도 모르겠다. 캄캄한 8차선 도로에서 끈질기게 신호를 기다리며 아무렇게나 중얼대던 그때도, 지방법원에서 두 시간 동안 하염없이 눈물을 흘리던 그때도, 그녀는 자기의 낡은 차가 철원의 눈 덮인 들판에서 멈추게 될 것이라는 걸 알고 있었던 걸까? 그녀가 보고 있던 건 들불이 아니라 그 너머의 어둠이었던 걸까? 아니다. 그녀가 바라보고 그려내는 세계 속에 스스로를 해치는 모양새 같은 건 없었다. 적어도 내가 아는 그녀는 언제나 끈질기고 조용하게 일어서는 불이었다.

내가 아빠 전화 안 받으니까 엄마가 비겁하다고 했어. 아빠가 더 비겁하다고 말했는데, 엄마는 웃었어. 아빠는 솔직한 사람이래. 솔직한 사람은 다른 사람들하고 살기가 어렵대. 그래서 아빠랑 헤어진 거래. 짜증 나게 엄마는 계속 아빠 편만 들어.

미미는 기어이 눈물을 떨어뜨리고 말았다. 냅킨을 건네고 아내가 한 말을 생각했다. 내가 솔직한 사람인가? 그렇지 않다. 언젠가부터 알고 있었다. 나는 돌부리 없는 매끈한 마당에서 중요한 무언가를 잃어버린, 그것을 찾으려 굳이 애쓰지 않는 사람이다.

그거, 아빠가 좋아하는 그림. 아빠 주라고 했어.

미미가 눈물을 닦으며 말했다. 눈꺼풀에는 피곤이 가득 얹혀 있다.

그래, 그건 그렇고 이제 좀 자 둬. 내일도 할 일이 많아. 그동안 내가 지키고 있을게. 외할머니 옆에 가서 좀 자 둬.

미미는 잠시 생각을 하더니 고개를 끄덕이며 말했다.

다음에 국밥 먹으러 가.

그래.

미미는 일어서서 빈소 옆에 있는 쪽방으로 들어갔다. 미미는 엄마가 아빠를 만나라고 해서 그래야 한다고 생각한 걸까. 아니면 벌써 철이 든 걸까. 빈소를 지키며 그녀의 사진을 들여다보니 그녀는 여전히 빙긋 웃고 있다. 잘되었다고 웃는 것인지, 잘될 거라고 웃는 것인지 알 수가 없다. 나는 오른쪽 입꼬리를 실룩거리며 그 웃음을 따라 해 보았다.

장례가 끝나자

미미는 외할머니와 살겠다고 했다. 나는 그녀의 작업실을 정리하고 작품들을 처분했다. 그녀가 아꼈던 몇 개의 작품들을 미미의 몫으로 남겨 놓고, 나머지를 그녀 친구가 운영하는 화랑에 맡겼다. 아내였었던 그녀가 죽자 그림은 껑충 가격이 뛰었다. 아내였었던 그녀가 죽자 어머니는 더 이상 그녀를 탓하지 않았다. 그녀가 봤다면 빙긋 웃었을 것이다.

미미는 아직도 내 전화를 받지 않는다. 머리맡에 그녀가 선물한 그림을 걸어 놓았다. 나는 타닥타닥 들판이 타들어 가는 소리를 들으며 미미의 전화를 기다린다. 그녀와의 약속이 아니라도 그랬을 것이다. 언젠가 미미가 전화를 걸어 말할 것이다.

아빠, 국밥 먹으러 가.

그러면 머릿속에서 백윤식의 대사가 둥실 떠오를

것이다.

미래의 미래

박윤영(문학평론가)

　임성용의 소설에는 우리가 직관적으로 인식할 수
있는 거대한 시스템이 다양한 형태로 제시된다. 임성
용은 전통적 가치 체계나 국가, 이데올로기, 신자유주
의적 질서 등 공적 체계 내에서 가시적/비가시적으로
자행되는 폭력적 상황에 주목하면서 인간다움을 추구
하며 진화를 거듭해 온 우리의 질서가 과연 정당한가
라는 절박한 물음을 던진다. 절망적인 것은 전 지구적
으로 발생하는 비인간적인 사건들이 정상성의 영역에
서 당연하게 수용되고 있다는 사실이다. 여전히 여성
에 대한 차별과 무차별적인 폭력은 반복되고 있고, 국
가 폭력의 트라우마는 극복되지 못했으며, 성과 위주
의 사회적 분위기는 인간을 도구화하는 데 익숙하다.
　임성용의 소설에서 개인은 윤리나 법에 호소할 기
회조차 박탈당한 채 지배 질서에서 배제되어 흐릿한
형태로만 존재하는 듯 보인다. 임성용이 우리에게 들

려주려는 것은 바로 이 희미한 존재들의 작은 목소리
이다. 사실 임성용의 소설에서 가만한 것처럼 보이는
개인은 거대한 시스템에 맞서 분주히 움직이는 능동
적인 존재들이기도 하다. 그들의 움직임은 생을 지속
해 나가는 강인한 생명력으로 발현되기도 하고, 기존
의 질서를 재구성하는 윤리적 성찰이나 결단으로 표
출되기도 한다. 임성용은 마치 병리학자처럼 자신의
소설 세계를 통해 문명의 면면을 진단하고 치료하려
는 의지를 드러낸다.

냉소와 열정 사이

임성용은 등단작 「맹순이 바당」에서 1950년대 전
후를 살아가는 해녀 '맹순'(끝분)의 삶을 압축적으로 그
린다. 제주 4·3사건의 피해자인 맹순은 국가 폭력에 의
해 남편 몽돌을 잃고 간신히 뭍으로 피신해 어린 딸 선
녀를 키우며 스스로의 존재를 지운 채 살아간다. 토속
적이고 신화적인 상상력으로 가득한 이 소설에서 바
다에 의지해 살아가는 해녀인 맹순은 그 자체로 모성
성과 생명력을 상징하는 인물이다. 누구의 아이인지

모를 선녀를 기르며 오로지 생존의 문제에만 골몰하는 듯 보이는 맹순의 삶은 또 다른 세상이 도래하기를 기다리는, 지난하지만 숭고한 희망을 품고 있다. 이 소설은 국가 폭력에 의해 쉽게 허물어지고 마는 피해자로서의 여성이 아닌 스스로 아웃사이더를 자처하는 독립적이고 강인한 여성의 이미지를 재현해냈다는 점에서 보다 새롭게 읽힌다.

임성용의 소설들 가운데 거의 유일하게 여성의 삶을 전경화하고 있는 이 작품은 비교적 선명한 젠더적 대립 구도를 지니고 있다. 소설의 주된 배경인 바다는 "어망의 약손 같은 것"으로 모든 상처를 치유하는 힘을 지닌 신성한 공간으로 묘사되며, '물할망'이라는 여성신의 형상으로 나타난다. 바다의 신인 물할망은 옳고 그름을 판별하는 엄정한 심판자이자, 삶의 길을 안내해 주는 전지전능한 인도자로 맹순의 삶을 이끈다. 바다는 맹순의 끔찍한 상처를 어루만지고 생명의 소중함을 일깨우며 그녀의 삶을 지탱하게 함으로써 폭력과 증오로 가득 찬 지상의 삶을 성찰하게 한다. 반면, 임성용의 소설에서 악은 대체로 남성의 형상을 한다. 갓 신혼에 든 선량하고 순진한 어린 부부의 삶을 순식간에 앗아 간 국가는 폭력적이고 동물적인 남성의 형상으로 그려진다. 임성용은 반공 이데올로기라는 광기에 사로잡힌 국가 시스템을 남성의 형상으로 재현함으로써 지배 남성의 질서가 요구하는 정상성에 강한 의문을 제기한다.

「공원 조 씨」에서 임성용은 지구라는 행성의 미래를 비관적인 시선으로 바라본다. 삼풍백화점 붕괴 사고로 가족을 잃은 조 씨는 지독한 정신분열에 시달리며 스스로를 조물주라고 칭한다. 조 씨의 세상에서 그는 '오메가'라는 외계 생명체가 된다. 지구의 모든 것을 창조했다는 이들 외계 생명체는 '오메가'와 '알파'를 지구로 파견해 인간 스스로가 창조자가 되도록 이끄는 프로젝트를 진행 중이다. 알파의 세뇌에 포섭되어 가족을 잃고 조물주도 피조물도 아닌 채로 궁핍하고 쓸쓸한 삶을 살아가는 늙은이 장 씨 역시 조 씨의 또 다른 자아로 추정된다. 이 소설의 서사적 긴장은 조 씨의 망상과 환각이 직조해낸 것이며, 모든 발화는 조 씨로 수렴된다.

조 씨의 분열된 자아들은 조 씨가 자기 자신을 잃어버리기 전에 어떠한 일들을 겪었는지를 짐작하게 한다. 제약회사의 연구원이었던 조 씨는 경쟁적 분위기와 실적의 압박에서 자유롭지 못했다. 성과주의라는 확고한 룰(rule)은 그가 대부분의 시간을 회사에서 보내도록 만들었다. 그러던 어느 날 아내와 딸이 사라졌다. 백화점이 무너져 내리는 말도 안 되는 일이 일어났기 때문이었다. 그리고 그는 혼자가 되었다. 조 씨의 분열증은 이러한 복합적인 재난에 기인한 바가 크다.

삼풍백화점 붕괴 사고는 군부에 의한 폭압적 근대화와 우리 사회에 팽배한 성장 지상주의가 만들어낸 도시적 재난에 가깝다. 임성용은 국가, 사회, 제도, 시스템 등 지배 질서가 주장하는 합리성에 의문을 제기하며 가부장제와 자본주의적 질서에 내재한 비정상적인 광기를 들추어낸다. 가족을 잃고 자기를 상실한 조 씨의 분열된 모습은 역설적으로 한국 사회의 부조리와 균열을 드러냄으로써 항시적 재난 상태에 놓인 우리가 해야 할 일에 대해 사유하게 한다. 조 씨는 "인간은 달라지지 않아. 더 이상 신화도 종교도 그들에게 통하지 않아. 오히려 자기 식대로 이용만 해 먹고 있잖아. 먹고 싸고 차지하는 것 외에는 관심이 없어. 실패한 생물이야. 이대로라면 지구는 백 년도 버티지 못해. 솔직히, 이 행성에서 가장 해로운 생명체가 인간이야."라는 냉소에도 오메가는 창조자로서 새로운 인간의 탄생을 고대한다. 임성용의 작가적 열정은 이러한 재창조/재구성에의 열망에서 비롯된다. 그가 다시 세우려는 인간의 새 질서는 무엇일까.

'대항폭력'과 암살자의 욕망

임성용의 소설은 남성 서사의 측면에서 톺아볼 필요가 있다. 남성 화자의 발화를 중심으로 힘없는 남성들의 이야기를 다루고 있는 임성용의 소설은 얼핏 보기에 '루저(loser)들의 서사'로 읽힌다. 「그게 무엇이든」의 근수는 사람을 죽이거나 다치게 하는 일을 하며 생계를 유지한다. 아파트 기계실 직원으로 일하는 「지하생활자」의 '나'는 입주민의 뒤치다꺼리나 하며 지하에서 대부분의 시간을 보낸다. 「원주민 초록」의 '나'는 주로 동아리 방에 머물며 버리기 직전의 음식을 먹거나 근처 텃밭의 채소를 훔쳐 먹으며 생활한다. 이들은 일상적인 영역에서 벗어나 지극히 왜소한 남성성만 지니거나 남성성을 탈각한 채로 존재한다.

소설 「그게 무엇이든」은 해결사로 일하며 그림자처럼 살아가는 근수의 과거에 주목한다. 소설의 모두(冒頭)에서 근수는 의뢰인인 원장 남편의 요구대로 불륜을 저지른 원장을 죽이고 불륜 상대인 실장과 다툼 끝에 파국을 맞이한 것으로 처리한 후 자리를 떠난다. 택시에 오른 근수는 올림픽으로 온 나라가 들썩였던 1988년의 어느 날을 회상한다. 소읍에서 성장한 근수는 어려서부터 했던 일이 지금 자신이 하고 있는 일과 비슷하다고 생각한다. 어린 근수는 식당을 운영하는 어머니 지실댁을 도와 식재료로 쓰일 물고기나 닭, 오리 등을 잡는 일을 해 오다 허울뿐인 아버지의 죽음 이후 또 다른 갈등 상황에 놓이게 된다.

「그게 무엇이든」은 가부장제에 의해 추동되는 관성적인 사회 시스템과 공동체의 윤리의식을 문제 삼는다. 주정과 폭력을 일삼는 아버지는 근수에게 공포와 불안을 불러일으키는 대상이었을 뿐이다. 그러나 아버지의 죽음은 곧 근수네가 공동체의 구성원이라는 지위를 박탈당하는 직접적인 사건이 된다. 가부장은 가족 구성원에 대한 지배 권력을 지닌 자이자, 가족의 대표로서 존재 자체만으로 가족 구성원을 정상성의 범주에 위치시킬 수 있는 엄청난 상징성을 지닌 자이다. 남편이 없는 여자와 아버지가 없는 아들은 공동체의 일원으로 인정받지 못하며 철저하게 타자화된다. 마을 여자들은 과부인 지실댁을 멀리하기 시작하고 근수는 마을 아이들에게 따돌림을 당한다. 심지어 이들 모자는 외부인의 분명한 침입 시도에도 마을 사람들의 입방아에 오르내리는 것이 무서워 쉽사리 경찰을 부르지 못한다.

「그게 무엇이든」에서 어린 근수에 의해 반복적으로 묘사되는 것은 지배 남성의 질서와 그들에게 내재한 지배적 남성성이다. 소설 속에서 아버지나 종도와 만수를 통해 재현되는 지배적 남성성은 폭력적이며 비윤리적인 양상을 띤다. 특히 종도와 만수는 "삼청교육대 동창"으로 "한량 짓에 도가 트"인 인물로 그려진다. 그러나 폭력, 노름, 외도, 불효 등 '사람된 도리'를 거부하는 이들 삶의 방식은 가부장제라는 헤게모니에 의해 추동되는 공동체의 윤리의식과 묘한 교집함을 이루면서 놀랍게도 묵인된다. 종도와 만수는 남편이 없는 지실댁을 성적으로 유린하려 함으로써 어린 근수와 대립각을 세운다. 지실댁을 사이에 둔 이들의 저

열한 공모는 뚜렷한 이유나 근거 없이 여성들을 공격함으로써 자신들의 우월성을 확인하려는 마초적인 시도에 불과하다.

소설의 결말에서 어린 근수는 종도와 만수를 교묘하게 제거함으로써 지배적 남성성을 해체하려는 시도를 드러낸다. 근수는 동물적인 욕망만이 가득한 남성성의 세계에서 마치 초식 동물처럼 순한 듯 보인다. 압도적인 힘의 우위를 지닌 지배 남성의 질서를 해체하기 위해 어린 근수가 선택한 방법은 바로 살인이다. "무언가를 살리려면 언제나 무언가를 죽여야 했다"는 근수의 고백은 이 소설을 관통하는 무거운 윤리의식을 내포한다. 사적 복수나 자력 구제에 가까운 근수의 극단적인 행위는 철저하게 계산된 합리적인 행위라는 점에서 일시적인 통쾌감을 맛보게 하기도 하지만 정상적이고 합리적인 절차나 방식으로는 가부장제의 견고한 성을 돌파하기 어렵다는 사실을 역설적으로 상기시킨다.

임성용의 소설은 최근 페미니즘 서사가 보여 주는

여성 스릴러의 남성 버전에 가깝다.[01] 가부장제라는 체제는 "망설이다가 겁먹고 그것 때문에 또 망설이게 되고, 끝내 공포 속으로 다른 사람들을 끌어들"이는 방식으로 영속을 꾀한다. 근수는 사라져야 할 것들을 "망설임 없이" 사라지게 하는 일이 자신에게 주어진 소명임을 밝히며 대항폭력을 통해 영속의 고리에 균열을 낸다. 성인이 된 근수는 정상성의 세계에 편입되지 못한다. 그에게 세상은 "함부로 먹고 먹히고 부서"지는 곳으로 여전할 뿐이다. 특히, "어차피 모든 목숨은 함부로 죽는다"는 그의 독백은 인간에게 부여된 존엄에 대한 근원적인 불신을 보여 준다. 약육강식과 적자생존의 논리가 횡행하는 지배 남성이 장악한 정상성의 세계에 대한 거부는 지배적 남성성에 포획되지 않으면서 그것을 분쇄해 나가려는 새로운 남성성의 한 형태로 가부장제의 내적 붕괴 가능성을 희미하게나마 암시한다.

「기록자들」의 '나'는 「그게 무엇이든」의 근수와 짝패를 이루는 인물이다. 조용한 암살자들인 이들은 아

---

01   강지희, 「투명한 밤과 미친 여자들의 그림자」, 《문학동네》, 2019년 겨울호.

비 부재의 환경에서 자랐고, 성장한 후에는 사회에 속하지 못한 채 고립되어 살아간다. 소설의 첫 장면은 '나'가 "한 번도 제 손으로 논문을 써 보지 않은" 모 교수를 죽음으로써 심판하고 그의 시신을 은밀하게 매장하는 과정을 자세하게 묘사한다. 이곳저곳을 떠돌던 아버지의 실족사 이후 어머니와도 헤어져 무기력한 삶을 이어 가던 '나'는 아버지가 남긴 노트를 읽은 후 암살자로 변모한다. 장소와 시간, 알 수 없는 숫자와 간단한 메모로 이루어진 아버지의 기록은 또 다른 암살의 기록으로 그가 저지르는 살인의 윤리적 지침이 된다.

「기록자들」은 「그게 무엇이든」의 근수가 열어 보인 윤리적 고민을 보다 직접적이고 광범위한 방식으로 펼쳐 놓는다. 가령 아버지의 기록에 따르면, 5월의 이스탄불에서는 '70'의 거사가 있었다. 평범한 은행원이었던 그는 두 명의 은행장과 한 명의 정치인을 없앴다. 또, 10월의 수에즈에서는 굴착 엔지니어였던 '62'가 붕괴사고가 일어난 건물을 만든 건축가와 그것을 허가한 공무원 넷을 묻었다. 세계 곳곳에서 약속이나 한 듯 벌어진 암살은 지구 문명 전체가 더 이상 방관할 수 없는 문제적 상태에 놓여 있음을 반증한다. 임성용의 소설에서 살인은 병든 문명의 환부를 도려내는 적극적인 치료 행위에 다름 아니다. 임성용은 합리적 질서를 가장한 채 전 지구적으로 자행되는 무자비한 폭력을 막기 위한 대항폭력의 필요성을 강조한다.「그게 무엇이든」에서 근수의 대항폭력이 사적인 원한에서 기인한 것이었다면,「기록자들」의 대항폭력은 사적인 영역을 벗어나 전 세계적으로 확산·증폭되는 양상을 보인다.

임성용은 힘없는 정의는 무기력하고, 정의 없는 힘은 전제적일 뿐이라는 자크 데리다의 주장처럼, 법과 질서가 사실상 소실되고 오히려 가해자를 양산해내는 현실에 분노하면서 정의와 힘을 결합하는 방식을 고민한다.[02] 폭력에 대항하기 위한 폭력인 대항폭력은 비대칭 상태에 놓인 법과 정의의 균형점을 회복하려는 모색으로서 작가적 고민의 결과라 할 수 있다.「기록자들」의 '나'는 아버지의 노트를 경유하며 암살자 '99'로 변모한다. 임성용은 "번호로 명명되는 그들"을 새 질

02   자크 데리다, 진태원 역, 『법의 힘』, 문학과지성사, 2004.

서를 여는 창조자로 여긴다. 임성용은 이러한 자경단 서사를 통해 지배 질서에 내재한 탐욕과 부패, 비리와 폭압, 위선 등의 악덕을 심판하려는 의지를 강력하게 드러냄으로써 공적 체계의 허상을 가시화하고 새로운 세상의 필요성을 여실히 증명해낸다.

어떤 희망, 시민다움에 대하여

그렇다면 반공 이데올로기나 가부장제, 신자유주 의적 질서 등으로 대표되는 공적 체계의 부조리를 끊 어낼 수 있는 방법은 오직 폭력뿐인 것일까? 대항폭력 의 필요성을 어느 정도 인정하지만 그것이 기존 세계 의 정상성을 심판하는 유일한 해결책이어서는 안 되 는 것 아닐까? 창조자로서 인간이 추구해야 할 근본적 인 가치는 어떤 것일까? 임성용은 지극히 일상적이며 작고 사소한 이야기를 통해 창조자로서 인간이 지녀 야 할 윤리적 근원을 펼쳐 보임으로써 해체된 질서를 다시금 회복하려는 시도를 드러낸다.

「지하 생활자」는 아파트 기계실에서 일하는 '나'의 이야기이다. 얼핏 「기록자들」의 '나'와 겹쳐 보이기도 하는 이 소설의 화자인 '나'(박기혁)는 별다른 일이 없는 지하 설비실 생활이 본인에게 비교적 잘 맞는다고 생각한다. 영화를 보거나 취미생활을 하며 적당히 근무 시간을 보내던 어느 날 '나'는 시도 때도 없이 울리는 2005호의 소방경보 때문에 예민해진다. 2005호에 거주하는 치매 노인은 아내의 거듭된 만류에도 자꾸만 신문지에 불을 붙여 화재경보기를 작동시킨다. 그럴 때마다 '나'는 스프링클러를 잠그고, 물바다가 된 그집을 치워 주기를 반복한다. 반복되는 노인의 장난과 귀찮은 일처리를 매번 자신에게 떠넘기는 관리사무소 소장의 행태에 지친 '나'는 소방법과 책임 소재를 운운하는 소장의 말을 뒤로하고 스프링클러를 잠가 버린다. 관리소장의 지시에 따라 스프링클러를 재설치하기 위해 2005호를 찾은 '나'는 번개탄을 피워 둔 채 의식을 잃은 두 노인을 발견한다. 그들을 살리기 위해 고군분투하다 연기에 질식해 쓰러진 '나'는 가까스로 의식을 회복하자마자 두 노인을 생사를 묻고 걱정한다. 타자와 관계 맺기 자체를 꺼려 하며 지하 기계실 생활을 자처했던 '나'는 안타까운 상황에 처한 두 노인을 외면하지 못하고 그들의 삶에 적극적으로 개입하려는 모습을 보인다. 이 놀라운 변화를 어떻게 설명할 수 있을까.

「원주민 초록」은 또 다른 내적 변화의 과정을 들려준다. 어머니와 단둘이 살던 '나'는 오랜 투병 생활 끝에 어머니가 세상을 떠나자 지독한 허기를 느끼며 무기력한 삶을 이어 간다. '나'는 자신과 어머니를 외면한 아버지에게 "무엇이든 좀 더 받아내고 싶다"는 생각을 하며 일을 하지 않기로 결심한 후 대부분의 시간을 아버지가 보내올 생활비를 기다리거나 그 돈으로 허기를 채울 궁리를 하며 보낸다. 우연히 『대한민국 원주민』이라는 책을 읽게 된 '나'는 근처 텃밭의 채소에 시선이 머문다. '나'는 텃밭을 가꾸는 인근 주민들을 원주민이라 칭하며 그들의 눈을 피해 채소를 훔칠 생각을 한다. 그러던 어느 날 인적이 드문 시간을 골라 근처 텃밭을 돌며 고추와 상추를 따던 '나'는 그만 밭 주인에게 들키고 만다. 그러나 "시상에 쪼매난 도둑놈 아인 놈 어데 있나!"며 "서둘르지 말고!" 조금씩 따다 먹으라는 예상과 다른 밭 주인의 말은 '나'에게 커다란 위로가 된다. 원주민들이 자신을 보호하고 있었다는 깨달음을 얻은 '나'는 비로소 세상에 나갈 용기를 낸다.

가라타니 고진은『세계사의 구조』에서 "'알려지지 않은 차원'을 밝혀 줌으로써 우리가 회복해야 할 것들을 의식적 차원으로 끌어낸다."[03] 고진은 사회 구성체의 교환 양식을 A~D까지 네 단계로 나누고 이 가운데 상호부조적 관계를 고차원적으로 회복해내는 교환 양식인 D를 강조한 바 있다. 교환 양식 D는 가족이나 공동체 내부에서 이루어졌던 교환(A)이 피지배자와 지배자 사이에서 나타나는 교환(B)과 화폐와 상품의 교환(C)에 의해 해체된 후 그것을 다시 고차원적으로 회복한 형태를 이른다. 임성용이「지하 생활자」와「원주민 초록」에서 강조하고 있는 것 또한 고진이 말한 저 너머의 교환 양식인 D와 크게 다르지 않다.

임성용의 소설에 가득했던 공포와 적대 의식은「지하 생활자」와「원주민 초록」에 이르러 자연스럽게 사라지며 어렴풋한 사랑과 희망으로 피어오른다. 혼자만의 세계에 갇혀 지내던 인물들은 이웃에 대한 사랑

03　박도영,「규제적 이념은 '억압된 것의 회귀'로서 도래한다-가라타니 고진의『세계사의 구조』에 대한 소고」,《마르크스주의 연구》36호, 경상대학교 사회과학연구원, 2014, 154~155쪽.

이나 상호부조의 원리를 깨달으며 세상을 향해 조금씩 마음의 문을 연다. 임성용은 이 같은 인물의 내적 변화를 통해 시민다움을 회복하는 것이야말로 새로운 세계를 여는 가장 중요한 창조의 동력이자 가능성임을 보여 준다. 합리와 선의를 가장한 야만적인 지배 질서 내에서 어쩌면 이것만이 새로운 대안 사회를 여는 가장 현실적인 방법일 것이다. "예술이라 부르는 모든 행위가 내가 사는 세상을 어떻게든 바꿀 수 있는 데 일조한다고 생각한다"며 "미약할지 모르지만 글쓰기로 힘을 보태고 싶다"[04]는 임성용의 소박한 작가 정신 또한 우리를 새로운 미래로 이끌 시민다움과 맞닿아 있다.

---

04   윤여진, 「2018 신춘문예 영광의 얼굴-꿈은 다시 시작된다」,《부산일보》, 2017.12.31.

작가의 말

대학을 졸업하고 동기, 후배 들과 모여 공부를 하던 때가 있었다. 마침 마련한 장소가 건물의 지하 2층에 있어서, 모임 이름이 '지하 생활자'였다. 생활의 끄트머리에 지하로 모여들어 『캘리번과 마녀』, 『히드라』, 『혁명의 영점』 등등을 읽고 지상의 세계를 헐뜯었다. 그리고 상상을 이야기했다.

그때나 지금이나 지하와 생활이라는 단어가 상기시키는 것들은 대게 습하고 어둡다. 언제부터 그랬는지 생각해 보면 인간의 도피와 피란의 역사와 그 결이 닿는다. 어떠한 형식이든 지상에서 내몰리어 더 이상 머물 곳이 없을 때, 인간들은 지표 아래로 눈을 돌렸다. 데린쿠유로 대표되는 카파도키아의 200여 개 지하 도시를 비롯하여 세계 각지의 지표 아래 도피의 세계가 존재한다. 신념과 목숨을 지키기 위해 어둡고 습한 지하를 질기고도 깊게 파 내려갔다.

그런 거창한 유적지는 아니지만 지금도 지하에 사람이 산다. 지금의 지하는 얕아졌지만 수가 더 많아지고 다양해졌다. 어떤 때는 지하가 소수나 주변으로 불리기도 한다. 이데올로기, 가족, 직업, 사랑에서 주류에 편입되지 되지 못한 사람들이 지하에 산다. 아직도 지하에서의 삶은 습하고 어둡고 우울하기가 십상이다. 하지만 살아 있는 동안은 또 살아내야 한다.

돌이켜보면, 나의 시선과 선택은 늘 지하를 향했다. 눅눅한 지하에서 환상을 이야기하고, 지상의 세상을 헐뜯었다. 산등성이보다 골짜기를 좋아하고 그늘이 없는 사람은 사귈 수 없었다. 쇼윈도 속의 동물보다 버려진 짐승들에게, 온화한 스승보다는 괴팍한 스승에게 마음이 더 갔다.

소설가라는 단어가 이름 뒤에 붙은 뒤로는, 한동안 소설을 쓴다는 행위에 어떤 의미가 있는가! 생각했다. 주변에서 보고 듣는 것들 속에는 전망보다 실망이 많았다. 그런 것들을 차치하더라도 내가 서 있는 위치조차 가늠할 수 없었다. 불안한 마음에 한동안 이리저리

머리를 굴려서 내 좌표를 가늠해 보았다. 하지만 아직도 좌표는 못 찾았다. 어쩌면 그런 건 없는지도 모르겠다. 머릿속에는 자잘한 욕망의 잔상만 남았다. 내 글이 아주 조금은 세상에 도움이 되었으면 하는 바람과, 가끔은 많은 사람들이 읽어 주어서 주목받고 싶은. 하지만 잔상은 잔상일 뿐.

결국, 내가 내린 결론은 선택의 문제였다. 나는 여러 가지의 방식 중에 글을 쓰며 사는 일을 선택한 것이다. 그러니 소설을 쓰는 것은 생활의 방식일 뿐, 거창한 의미 따위는 붙이지 말아야겠다고 가름했다.

써 온 소설들을 한 권으로 묶으려고 보니 나의 성향이 글 속에도 음영을 드러낸다. 작품들 모두에 작거나 크게 지하와 생활의 의미가 관통한다. 덕분에 좀 열없다는 생각이 들지만 어쩌겠는가. 그게 내 방식인 것을.

이런저런 마음이 뭉쳐져서 처음으로 책을 낸다.

이런 모난 인간에게 늘 편이 되어 주는 5남매와, 나와 사느라 바깥양반이 되어 버린 아내에게 감사의 마음을 전한다. 감사합니다. 기꺼이 표사를 써 주신 한창

훈 선생님과 해설을 써 주신 박윤영 평론가께도 감사의 말씀을 올린다. 감사합니다. 마지막으로, 책을 만들어내느라 고생하신 출판사 관계자 분들과, 이 책을 읽어 주시는 분들께도 감사를 드린다. 감사합니다.

수록 작품 발표 지면

그게 무엇이든 ……… 웹진《문장》2020년 12월호

지하 생활자 ……… 『2020년 현진건문학상 작품집』

공원 조 씨……… 도요문학무크4-실종, 『유린 이야기』(2018년)

기록자들 ……… 문학무크잽, 『역습』(2018년)

원주민 초록 ……… 계간《더좋은소설》2019년 여름호

맹순이 바당……… 2018년 부산일보 신춘문예

아내가 죽었다 ……… 계간《작가와사회》2020년 여름호

못을
어떻게
박지?

못을 어떻게 박지?
부르자니 돈 아까운 초간단 집수리

초판 1쇄 인쇄 2018년 10월 25일
초판 1쇄 발행 2018년 10월 30일

엮음 망고 편집부, 시스템D 매거진
옮김 윤여연

펴낸이 김명희
책임편집 이정은 ▎ **디자인** 박두레
펴낸곳 다봄
등록 2011년 1월 15일 제395-2011-000104호
주소 경기도 고양시 덕양구 고양대로 1384번길 35
전화 031-969-3073
팩스 02-393-3858
전자우편 ▎ dabombook@hanmail.net

ISBN 979-11-85018-60-7 13590

이 도서의 국립중앙도서관 출판예정도서목록(CIP)은 서지정보유통지원시스템 홈페이지(seoji.nl.go.kr)와
국가자료공동목록시스템(www.nl.go.kr/kolisnet)에서 이용하실 수 있습니다.
(CIP제어번호: CIP2018031674)

못을 어떻게 박지?

망고 편집부,
시스템D 매거진 엮음

윤여연 옮김

부르자니 돈 아까운 초간단 집수리

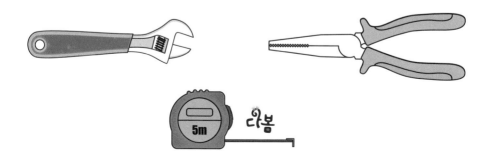

5m

다봄

차례

전기

배관과 난방

벽과 바닥 내장 작업

목공과 인테리어

공구 상자

필수 장비

안전 고글

장갑

커터칼

줄자

연필

수평기

스펀지

양동이

사포

망치

드라이버

스크래퍼 또는 퍼티 나이프

멍키 스패너(렌치)

첼라(워터펌프 플라이어)

펜치(콤비네이션 플라이어)

전동 드릴 + 비트

부품 : 나사못, 플라스틱 앙카, 중공앙카

전기

전선　　　　롱 노즈 플라이어/니퍼　　　　와이어
　　　　　　　　　　　　　　　　　　스트리퍼　　　케이블 스트리퍼

배관

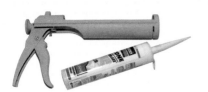 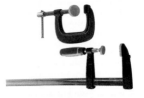

실리콘 건　　　　　　　클램프

목공

쐐기　　　　　목공용 끌

내장 공사 (57쪽~58쪽 참고)

헤라   트레이   고무 망치   고무 스크래퍼

넓은 붓(스팰터 브러시)   페인트 믹서   페인트 롤러   평붓

둥근붓   도배용 붓   도배용 주걱   흙손

스크래퍼   끌   퍼티 나이프

간단한 용어 설명

• Ø : 사용할 용품의 지름을 의미하는 기호.

• 단자대 : 여러 전기 접속 단자를 넣고 있는 판(기계의 다른 부분과 전선 사이에 전기가 흐르게 한다).

• 노즐 : 도관이나 강관의 한 부분/분사기(예: 글루건)의 분출구.

• 조인트 테이프 : 균열이나 틈새를 메우기 위해서 퍼티와 함께 사용하며, 직물 천이나 테이프 형태로 되어 있다. 메시 테이프 또는 망사 테이프로도 부른다.

• 홈 : 어떤 부품(예: 유리)을 설치하고 고정하기 위해 나무틀 모서리(예: 창문)에 끼워 맞추는 부분.

• 폭 : 롤에 말린 내장재(예: 융단 또는 벽지)의 가로 길이.

• 도배 : 도배용 풀을 바른 벽지를 벽에 붙이고 가운데 가장자리로 누르며 붙이는 것 (특히, 기포를 빼고 주름을 펴기 위한 작업을 일컫는다).

• 퍼티 : 틈이나 균열을 메우고 이음새 부분을 방수 처리하거나 유리를 고정하기 위해서 사용하는, 반죽으로 된 가소성을 지닌 재료.

• 받침대 : 전기 제품(예: 벽 부착 등)에서 받침이 되는 철판.

• 각목 : 쐐기를 만드는 정방형 나무 조각.

• T자형 : 알파벳 T자 형태로 생긴 부품 또는 이음매.

• T자형 밸브 : 라디에이터의 온수 배출 부분에 설치된 장치로, 데워진 라디에이터 본체를 돌아다니는 물의 양을 제한한다.

스위치
교체하기

필요 장비 : 일자 드라이버, 십자드라이버, 전선, 스위치(또는 조광기) 및 구성품
예상 소요 시간 : 15분

스위치가 낡거나, 지저분하거나, 결함이 있거나, 촌스럽거나, 부서졌거나, 실용적이지 않은가? 아니면 집을 내놓아서 집을 보러 온 사람들에게 좋은 모습을 보여주고 싶은가? 그렇다면 스위치를 바꿀 이유가 충분하다. 초보자여도 단 몇 분이면 끝낼 수 있으니 도전해 보자. 비용이 어마어마하게 절약될 것이다.

전기 기술자용 절연 드라이버를 잡기 전에 일명 두꺼비집으로 부르는 누전 차단기를 반드시 내려 전기 공급을 차단한다. 그래도 감전이 걱정된다면, 절연 드라이버를 사용하고 코팅 장갑을 착용한다.

여기까지 준비가 되었다면, 한 가지만 더 준비하면 완벽하다. 전선을 분리하기 전에 전선이 연결된 위치를 자세히 확인하는 것이다. 새로운 스위치를 설치할 때 똑같이 전선을 연결해야 하기 때문이다. 사진을 찍어 놓으면 도움이 된다. 자, 그럼 이제 시작해 보자.

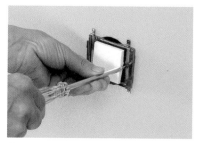

1 낡은 스위치를 분해하기 위해서 먼저 일자 드라이버를 지렛대 삼아 스위치 커버를 떼어 낸다. 스위치 본체 나사를 푼다.

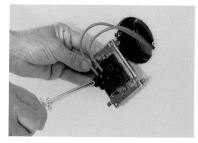

2 건물 벽 안에 있는 스위치 박스에서 스위치 본체를 꺼내 뒷면에 있는 나사 두 개를 푼다. 보통 전선은 빨간색, 주황색, 밤색이나 검은색이다.

3 전선 연결을 위해 새로운 스위치를 준비한다. 스위치 커버를 떼어 놓는다. 사진 속 모델은 과전압 보호를 위한 퓨즈가 있는 모델이다.

4 전선을 연결하는 순서 상관없지만, 기존 위치와 똑같이 전선을 연결한다. 벽 안으로 잘 들어가도록 전선을 잘 정리한다.

5 스위치 본체를 벽 안으로 넣고 작은 십자 드라이버를 사용해 나사를 조인다.

6 스위치 커버를 제자리에 놓고 양 엄지손가락으로 살짝 눌러 덮는다. 누전 차단기를 다시 올리고 설치가 잘됐는지 확인한다.

USB 콘센트
설치하기

필요 장비 : 와이어 스트리퍼, 전동 드릴
예상 소요 시간 : 10분

스마트폰, 태블릿, 노트북…. 아마도 집 안 여기저기 충전기가 USB선을 늘어뜨리며 멀티탭에 너저분하게 꽂혀 있을 것이다. 그렇다면 새로운 콘센트를 설치하는 대신 10분을 투자해 직류 USB 더블 콘센트를 설치하는 건 어떨까? 전기 콘센트와 USB 콘센트가 결합된 제품도 있다.

매립형 USB 콘센트는 기존 전기 콘센트가 있던 자리에 설치할 수 있다. 기존 콘센트를 꺼내고 와이어 스트리퍼를 사용해 활선(빨강), 중립선(파랑)의 피복을 벗긴다. 각각의 접속 단자에 두 전선을 연결하고 나사를 조인 뒤 벽 안으로 넣으면 끝이다. 물론, 이 작업들을 하기 전에 반드시 전기 공급을 차단하는 등 스위치 교체 시와 동일한 준비 과정을 거쳐야 한다.

온종일 콘센트에 꽂혀 있는 충전기에 비해 USB 콘센트는 1/6 수준까지 전기가 절약된다고 한다. 게다가 외형도 깔끔해 1석2조의 효과를 볼 수 있다.

연기 감지기
설치하기

필요 장비 : 연필, 전동 드릴
예상 소요 시간 : 10분

모든 주택 및 아파트에는 연기 감지기를 설치하는 것이 의무화 되어 있다. 알람이 울리는 연기 감지기는 당신과 가족의 생명을 구할 수 있다.

보통 연기 감지기 또는 화재 경보기(일산화탄소 감지기)는 각도와 화재 발생 가능성이 있는 위치를 고려해서 집 안(부엌이나 욕실의 경우, 수증기가 연기 감지기 작동을 방해할 수 있다.) 천장이나 벽에 설치한다. 특히 밤에도 경보를 들을 수 있는 곳이어야 한다.

연기가 빛을 차단하거나 반사하는 원리를 이용한 광전식 연기 감지기는 가격이 비싸지만 매우 효과적이다. 만약 건전지가 필요하다면 리튬 건전지 사용을 권장하며 정기적으로 건전지 상태를 확인한다.

전선에 연결하는 연기 감지기는 비상 배터리가 있어야 한다. 무엇보다 연기 감지기가 표준 규격에 맞는지 확인한다.

1 받침대를 고정하기 위해 구멍의 위치를 표시한다.

2 구멍을 뚫은 뒤, 볼트를 구멍에 넣어 본다. 그리고 구성품에 담긴 나사를 조여 받침대를 고정한다.

3 배터리를 끼운 연기 감지기를 고정 받침대와 결합한다. 테스트해 본다(경보기 소리가 매우 시끄럽기 때문에 주의한다.).

벽 부착 등
설치하기

필요 장비 : 수평기, 연필, 스트리퍼, 벽 부착 등 및 구성품, 전동 드릴, 앙카(칼블럭), 드라이버
예상 소요 시간 : 30분

욕실 조명이 너무 밝고 강렬하여 내 얼굴의 단점이 더 잘 보인다면 이건 말도 안 되는 일이다. 아침에 일어나 욕실 거울을 볼 때마다 화가 날지도 모른다. 침실도 마찬가지이다. 대낮처럼 밝은 곳이라면 잠을 잘 준비를 할 수 있을까?

벽 부착 등의 불빛은 부드러우며 실내를 분위기 있게 해 준다. 설치도 몇 분이면 끝난다. 그럼 시작해 보자. 설치를 시작하기 전에 누전 차단기를 내려 전기를 차단해야 하는 것은 당연하다. 만약 벽 부착 등에 전기를 공급할 전선이 벽에서 따로 빠져나와 있지 않다면, 코드가 달린 벽 부착 등을 설치하면 된다. 이 경우, 전기 차단이나 전선 연결 과정은 불필요하다.

1 반드시 누전 차단기를 내려 전기를 차단한다. 벽 부착 등 덮개를 따로 떼어 놓는다. 받침대를 벽에 놓고 전선이 지나가도록 만든 구멍에 전선(5mm 또는 6mm 피복)을 통과시킨다.

2 수평기를 사용해 수평을 맞추고, 벽 부착 등 받침대에 있는 나사 구멍 위치를 벽에 표시한다. 사진에 등장하는 받침대에는 4개의 구멍이 있지만, 무게가 가볍기 때문에 나사 구멍 2개도 충분하다.

3 벽의 종류에 따라 적합한 앙카를 선택한다. 구멍을 뚫고 앙카를 끼운다. 구멍 위치에 받침대를 맞춰 놓고 나사를 끝까지 돌린다(무리하게 힘을 주지 않는다.).

4 전선 2개를 소켓에 연결한다. 초록색-노란색 접지선(만약 선이 있다면)을 연결한다. 일부 모델의 경우, 전선 연결을 위해서 소켓 아랫부분의 나사를 풀어야 한다.

5 베이스(삽입형 또는 나사형), 지름, 전력에 맞는 전구를 선택한다. 참고로 제조사는 벽 부착 등이 견딜 수 있는 전구의 최대 전력을 항상 표기한다.

6 전구를 설치한 뒤, 다시 누전 차단기를 올리고 조명이 잘 들어오는지 확인한다. 마지막으로 벽 부착 등 덮개를 씌운다. 양쪽에 나사못 2개로 벽 부착 등 덮개를 고정한다.

전구
고르기

집 안 곳곳에 벽 부착 등이나 램프를 설치하면 분위기가 좋아진다. 이를 위해서 무엇보다 적합한 조명을 사용해야 한다. 그러나 전구를 고르기 위해 마트의 전구 판매대에 가면 무얼 골라야 할지 몰라 머리가 아파진다. 게다가 빛의 밝기에 비해 열이 많이 나고 에너지를 많이 소비하는 백열전구의 퇴출이 본격화되면서, 전구 판매대에는 새로운 기술이 적용된 제품이 쏟아져 나오고 있다.

● LED 전구는 다른 전구보다 조금 더 비싸지만, 높은 에너지 소비 효율성과 최대 10만 시간인 뛰어난 수명이 특징이다. 즉, 10년 넘게 쓸 수 있다는 의미이다. 게다가 LED 전구는 발열이 적고 소비 전력에서도 성능이 나날이 좋아지고 있다. 그러나 지나치게 밝고 가끔 눈이 부실 수 있기 때문에 조심해야 한다. LED 전구는 짧은 시간 동안 밝은 조명이 필요한 장소에서 사용할 것을 권장한다.

● LED 전구와 같은 특징을 가진 전구는 '에너지 절약형 전구', '낮은 소비형 전구' 또는 '컴팩트 형광등'으로 불린다. 전구 수명은 5천 시간에서 1만 시간이다. 소비 전력에서도 매우 완벽한 제품으로 오랜 시간 조명을 켜야 하는 장소에 적합하다.

● 어떤 조건도 상관없는 경우, 친환경(에코) 할로겐 전구가 일반 할로겐 전구보다 20~30% 전기를 덜 소비하며, 전구 수명은 2~3배 더 길고(1년~2년), 일반 할로겐 전구보다 더 밝다. 그러나 친환경 및 에너지 절약을 위하여 유럽연합에서는 일부 품목을 제외한 모든 할로겐 전구의 판매를 금지하는 등, 할로겐 전구 또한 백열전등과 같이 퇴출의 길을 걷고 있다.

LED 조명

할로겐

형광관

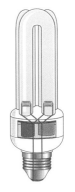

컴팩트 형광등

백열등

전구 유형별 성능 비교

전구 유형	소비 전력 (W.와트)	광선속 (lm. 루멘)	광효율 (lm/W)
LED	2~15W	5~20lm	50lm/W
할로겐	40~2,000W	500~50,000lm	12.5~25lm/W
형광관	14~58W	1,150~5,200lm	64~104lm/W
컴팩트 형광등	5~55W	200~4,800lm	39~87lm/W
백열등	25~500W	220~8,200lm	9~16lm/W

와트의 시대는 가고, 루멘의 시대가 왔다

이제 진열대에서 '60W' 전구를 찾으려고 애쓰지 말라. 백열전구 퇴출로 와트(W)의 시대는 끝났기 때문이다. 새로운 기술이 적용된 전구가 등장하면서 새로운 규범이 생겨났는데, 바로 루멘(lm)으로 표기하는 광선속이다.

루멘 수치 산출 방법은 백열전구 와트에 12를 곱한다. 즉, 60W 전구는 약 720lm에 해당한다. 부드러운 조명을 원한다면 400~500lm 전구를 선택하고, 강한 조명을 원한다면 700~800lm 전구를 선택하며, 더 강한 조명을 원한다면 1600lm까지도 가능하다.

전기

연색 평가 지수 (IRC)	색온도 (K,캘빈)	평균 수명 (시간)
70~85IRC	2,700~6,500K	50,000~100,000시간
100IRC	3,000K	2,000시간
60~90IRC	2,700~6,500K	14,000~18,000시간
80IRC	2,700~4,000K	8,000~13,000시간
100IRC	2,700K	1,000시간

*광선속 : 빛의 경로를 나타내는 다발들의 묶음으로, 눈으로 관찰되는 빛의 세기를 말한다.

*광 효율 : 빛의 효율. 소비 전력(와트) 당 빛의 밝기(루멘)로 나타낸다.

*연색 평가 지수 : 광원이 물체의 색을 얼마나 충실히 재현해내는지를 수치로 나타낸 것이다.

*색온도 : 온도로 색을 나타낸 것. 색온도가 높을수록 푸른색에 가깝고 색온도가 낮을수록 붉은색에 가깝다.

전기 방열기
고르기

전기 난방은 덜 따뜻하고 에너지를 많이 소비한다는 말은 이제 옛말이다. 그리고 방마다 전기 방열기를 사용하여 온도를 조절할 수 있기 때문에, 작동 조절에 있어서 가장 효율적인 시스템이라고 할 수 있다. 특히, 새로 나온 전기 방열기 모델은 점점 진화하고 있기 때문에 1세대 모델의 단점을 잊게 한다.

전기 방열기는 열 전선을 이용한 난방기이다. 전기 방열기의 첫 번째 장점은 설치 비용이 다른 난방기보다 저렴하다는 것이다. 그렇지만 전기 사용량을 조절하기 위해서 자동 온도 조절 기능을 반드시 활용해야 한다. 전자 온도 조절기가 장착된 전기 방열기는 경제적인 난방이 가능하게 해 준다. 또 다른 장점은 현대적 인테리어에 어울리는 다양하고 세련된 디자인을 가졌다는 것이다.
그렇다면 어떤 전기 방열기를 선택할까? 대표적인 전기 방열기 두 종류를 소개한다.

더 알아보기

이 책에서 소개하는 두 종류의 전기 방열기는 소음과 냄새가 없으며 공기를 태우지 않기 때문에 공기가 건조해지지 않고 유해가스 발생 위험이 없어 친환경적이라는 것이 큰 장점이다.
전기 컨벡터는 이동형, 벽걸이형, 매립형, 바닥형 등 다양한 유형의 제품이 있다. 자동 온도 조절 기능 외에도 욕실 설치를 위한 생활 방수 기능, 과열 방지 기능을 가지고 있다.
복사 패널 난방기에는 고온형과 저온형이 있는데, 주로 천장에 매립하는 형식이다. 때문에 화상 등의 안전사고 위험이 없다. 난방 효율이 높으며, 일반 가정은 물론이고 업소 등의 산업 현장에서도 많이 사용한다.

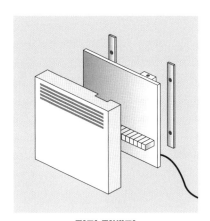

전기 컨벡터

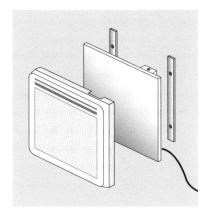

복사 패널 난방기

● 첫 번째로 소개하는 난방기는 전기 컨벡터이다. 가격이 비싸지 않으며 가장 기본적이지만, 난방 효과가 낮은 편이다. 발열체가 간단하게 내장되어 있다. 아래에서 들어온 공기는 컨벡터의 본체 안을 순환하면서 데워진 후 정면 출구로 빠져나간다. 산소를 태우지 않기 때문에 공기가 건조해지지 않는다.

● 복사 패널로도 불리는 복사 패널 난방기로 바로 넘어가 보자. 복사열은 난방 기구 표면 전체에서 나온다. 복사열이 어떤 물체를 가열하며, 가열된 물체는 열을 공기로 방출하는 원리이다. 따라서 열은 실내에 완벽하게 분산되며 최적의 상태로 난방 효과를 제공한다.

온도 상승 ....●●●	온도 상승 ....●●●
축열..●○○	축열..●○○
가격..●○○	가격..●●○
에너지 소비 ....●●●	에너지 소비 ....●●○
난방 효과 ....●○○	난방 효과 ....●●○
디자인 ....●○○	디자인 ....●●●

적절한 방열기 설치 장소

가구가 아직 배치되지 않은 집 안 곳곳에 전기 방열기를 설치할 계획이라면 적절한 장소를 택해야 한다. 아무 데나 설치할 수 없기 때문이다. 설치할 장소의 면적과 배치될 가구의 위치뿐만 아니라 단열 상태도 고려해야 한다.

● 12㎡ 이하 공간의 경우, 방열기 하나면 충분하다. 하지만 넓은 공간의 경우, 높은 전력의 방열기 하나를 설치하는 것보다 평균 전력의 방열기 여러 개를 설치하는 게 바람직하다.

● 단열이 잘 되어 있지 않은 집의 경우, 외벽 쪽에 방열기를 설치한다. 단열이 잘 되는 집의 경우, 실내 칸막이벽 쪽에 설치한다. 창문이 이중창이 아니라면, 창문 아래 설치한다.

● 바닥, 모퉁이 또는 가구에서 최소 15cm 떨어진 위치에 방열기를 설치한다(복사패널 난방기의 경우, 80cm 떨어진 곳에 설치한다).

● 같은 공간에 방열기를 서로 마주 보게 설치하거나 고정 가구(식탁 의자, 소파, 침대 머리맡 등등) 근처에 설치하는 것을 피한다.

● 난방기에 내장된 온도 조절기 작동에 영향을 주지 않기 위해서 환기구 또는 현관문 쪽에 설치하지 않는다.

● 마지막으로 이동식 방열기는 모델이 다양하고 가격이 상대적으로 저렴하며 일시적으로 사용할 때 유용할 수 있다. 중앙난방에 연결되지 않은 공간이나 난방이 잘 안 되는 공간에 추가로 설치할 수 있다. 또한, 과열이 되면 전기를 차단하는 과열 방지기가 장착돼 있고, 일부 제품에는 욕실에서 안전하게 사용하기 위해 방수 기능과 이중 단열 기능이 있다.

적정 실내 온도

거실, 서재	19 ℃
방	17 ℃
아이 방	18~20 ℃
욕실	22 ℃
입구, 출구	18 ℃
부엌	18 ℃

주철 라디에이터 공기 빼기

필요 장비 : 페트병, 커터칼, 배기 밸브, 멍키 스패너
예상 소요 시간 : 15분

주철 라디에이터는 뜨거운 물로 난방하기 때문에 1년에 한 번, 라디에이터를 사용하기 시작할 무렵인 초가을쯤 라디에이터 내부를 비워야 한다. 시간이 흐르면서 라디에이터 안에 쌓였을 공기를 빼는 작업이다. 안에 쌓인 공기를 빼 주지 않으면 라디에이터가 덜 따뜻해지거나 소리가 발생할 수 있다.

라디에이터의 아랫부분(따뜻한 부분)과 윗부분(덜 따뜻한 부분)이 예전처럼 작동하지 않는다면, 공기를 빼는 작업이 필요하다는 신호일 수 있다. 작업은 매우 간단하다. 우선 라디에이터를 충분히 식힌다. 작업 도중 물이 튈 수 있어 라디에이터가 뜨거운 상태에서 하면 안 되기 때문이다.

● 라디에이터 급수 밸브를 잠그고 몇 분 동안 식힌다. 충분히 열을 식힌 뒤, 페트병과 멍키 스패너를 준비한다.

● 보통 배기 밸브는 급수 밸브의 반대쪽, 라디에이터의 위쪽에 있으며, 작은 노즐 형태로 되어 있다. 배기 밸브 아래에 페트병을 놓는다.

● 멍키 스패너로 공기가 새어 나오는 소리가 들릴 때까지 노즐을 푼다. 물방울이 떨어져 나오길 기다렸다가 밸브를 다시 잠그면 끝이다.

● 라디에이터 급수 밸브를 다시 연다.

1 뚜껑이 있는 페트병은 라디에이터의 이물질을 제거할 때 사용하기 좋은 통이다. 페트병을 거꾸로 세워 놓고 커터칼을 사용해 병 아랫부분을 자른다.

2 톱니바퀴 모양으로 돌리는 밸브, 열쇠로 돌리는 밸브, 드라이버로 돌리는 밸브 등 배기 밸브 모델은 다양하지만, 역할은 모두 같다. 바로 라디에이터 관 안에 있는 공기를 빼는 것이다.

라디에이터 청소하기

라디에이터를 다시 작동하는 시기가 오면 라디에이터가 깨끗한지 확인하는 게 좋다. 라디에이터를 작동하지 않았다고 먼지가 쌓이지 않으란 법은 없기 때문이다.

• 전기 라디에이터의 경우, 물걸레질하고 비눗물을 조금 묻힌 스펀지로 닦는다. 먼지가 비눗물에 씻기게 내버려 뒀다가 스펀지로 비눗물을 제거한다. 깨끗해진 라디에이터를 행주나 수건으로 물기를 제거한다. 라디에이터를 다시 작동시키기 전에 잘 말랐는지 반드시 확인한다. 손이 잘 닿지 않는 구석진 곳을 닦을 때는 집에 있는 도구를 활용한다. 예를 들면, 끝에 양말을 걸 수 있는 납작하고 기다란 주걱을 사용할 수 있다.

• 주철 라디에이터의 경우, 끝이 구부러진 솔(비스듬하기 때문에)을 사용하면 손이 가장 잘 닿지 않는 구석진 곳을 닦고 관 사이에 낀 먼지를 제거할 수 있다.

주철 라디에이터 분리하기

필요 장비 : 페트병, 커터칼, 멍키 스패너, 육각 렌치
예상 소요 시간 : 20분

주철 라디에이터에 가려진 벽을 다시 꾸미기 위해서는 라디에이터를 분리할 수밖에 없다.

집 안 곳곳에 연결된 라디에이터 배수관을 모두 비우지 않고 분리하기 위해서는 반드시 라디에이터에 T자형 밸브가 있어야 한다. 온수 배출구에 있는 T자형 밸브는 황동 배관부품으로 라디에이터의 아랫부분에 있고 마개로 덮여 있다. 만약 라디에이터에 T자형 밸브가 없다면 라디에이터를 분리하기 전에 집 안 곳곳에 연결된 배수관의 물을 완전히 빼야 한다.

1 분리하기

● 육각형 볼트 형태로 된 T자형 밸브 보호 마개를 푼다. 마개를 열면 T자형 밸브가 보이는데, T자형 밸브를 육각 렌치로 돌려서 잠근다. 재가동할 때 T자형 밸브를 원래 위치로 되돌려 놓기 위해서 몇 번 돌렸는지 세어 기억해 둔다. 또한, 보일러에 있거나 근처에 있는 압력계를 통해 라디에이터의 기존 압력을 확인한다.

● 라디에이터 꼭대기에 있는 급수 밸브를 돌려서 시계 방향으로 잠근다. 뚜껑이 달린 페트병으로 만든 통을 배기 밸브 아래에 놓는다(라디에이터에서 순환하는 물에는 항상 지저분한 잔재물이 있기 때문에 주의한다.). 배기 밸브를 열고 그 상태로 둔다.

● 라디에이터와 T자형 밸브 사이에 있는 원형 연결 너트를 멍키 스패너를 사용해 돌려서 푼다. 라디에이터 안에서 흘러나오는 물을 받기 위해서 페트병을 연결 너트 아래 받쳐 놓는다. 일반적으로 라디에이터에 들어갈 수 있는 물의 양이 10L까지 되기 때문에 주의한다. 물통에 담긴 물을 비워야 할 때는 물이 흐르는 것을 막기 위해 너트를 다시 잠근다.

● 라디에이터에 있는 물을 완전히 비울 때까지 앞의 작업을 반복한다. 라디에이터 위쪽과 아래쪽 너트를 완전히 푼 뒤, 가볍게 힘을 주면서 연결 너트가 위아래로 자

유롭게 움직일 때까지 관을 분리하고, 라디에이터를 옮겨 놓는다.

2 다시 설치하기
● '분리하기' 순서를 반대로 하면 된다. 라디에이터를 원래 자리에 놓도록 주의한다. 위쪽과 아래쪽 연결 너트를 꽉 조인다. 분리 작업할 때 돌렸던 회전수만큼 T자형 밸브를 육각 렌치로 돌려서 열고 마개를 다시 조인다.

● 집 안에 연결된 모든 라디에이터를 순환하는 물이 분리했던 라디에이터의 아래부터 들어오는데 이때 배기 밸브를 열어 라디에이터 안에 있는 공기도 뺀다. 배기 밸브에서는 공기가 빠지면서 작게 바람 빠지는 소리가 나는데, 바람 빠지는 소리가 멈추면 배기 밸브를 잠그고 압력계를 주시하면서 라디에이터 내부로 물을 공급하는 급수 밸브를 연다.

● 압력계의 바늘이 초록색 부분으로 올라왔으면 급수 밸브를 다시 잠그고 배기 밸브를 다시 열어 압력을 내린다. 배기 밸브에서 물이 잘 나올 때까지 되풀이한다. 라디에이터 급수 밸브를 연다. 필요하다면, 마지막으로 보일러의 밸브를 통해 보충수를 끌어온다.

1 T자형 밸브는 라디에이터 아랫부분, 물을 보일러로 보내는 온수 배출구에 있다. 수직 또는 직각 형태로 보호 마개로 덮여 있다.

2 다시 설치할 때 원래 위치로 놓기 위해서, T자형 밸브 회전수를 확인한다. 그렇지 않으면, 라디에이터가 너무 뜨거워지거나 충분히 데워지지 않을 위험이 있기 때문이다.

3 분리할 때는 원형 연결 너트를 시계 방향으로 돌려서 푼다. 그런데 다시 설치할 때는 라디에이터가 아닌 급수관의 나사산 부분에서 연결 너트를 조인다. 이때 돌리는 방향에 주의한다.

4 연결 너트를 완전히 풀고 난 뒤, 라디에이터 본체를 가볍게 잡고 원형 연결 너트와 분리한다. 다시 설치할 때, 두 부분을 정확하게 원래 위치에 고정한다.

막힌 싱크대 뚫기

필요 장비 : 고무 압축기, 베이킹 소다, 식초, 칫솔, 케이블 오거
예상 소요 시간 : 20분

싱크대가 막혔던 경험이 없는 사람이 있을까? 배수관에 화학 제품을 붓거나 싱크대를 해체하기 전에 다음 순서를 따라 해 보자. 돈과 시간이 절약될 것이다.

● 만약 싱크대에서 물이 조금씩 흘러내려 간다면, 가장 먼저 매우 뜨거운 물을 부어 본다. 뜨거운 물이 트랩이나 배수관을 막은 비누 찌꺼기와 기름 덩어리를 녹일 것이다. 싱크대 물이 거의 내려가지 않는다면 바로 다음 단계로 넘어간다.

● 싱크대 측면에 있는 배수구(오버플로우)를 막고 배수망 위에 고무 압축기를 놓는다. 고무 압축기를 강하게 눌렀다가 원래 모양으로 고무가 돌아오는 과정을 여러 번 반복한다. 여전히 싱크대가 막혀 있다면, 다음 단계로 넘어간다.

● 화학 제품을 사용한다. 베이킹 소다와 식초를 5:5 비율로 섞어 싱크대 배수구에 붓고 10분 뒤 물을 흘려보내 헹군다. 베이킹 소다는 시중에서 판매하는 배수관 세척제보다 환경을 덜 오염시키고 덜 위험하다.

● 주의할 점은 화학 제품을 사용하고 난 후에 충분히 헹구지 않은 상태에서 다른 제품을 절대 사용하지 않는다. 지금까지의 방법을 시도해도 아무런 효과가 없다면, 싱크대 밑을 살펴보자. 트랩을 분리하고 케이블 오거(케이블 끝부분에 솔이 달려 있거나 나선 형태로 된 잘 휘어지는 금속 막대)를 사용한다.

1 만약 앞서 소개한 방법이 모두 실패했다면, 싱크대 아래에 대야를 놓고 트랩 아랫부분을 돌린다. 잔수를 다 흘려보낸 뒤, 트랩을 닦는다.

2 트랩 아랫부분에서 조심스럽게 패킹을 꺼낸다. 패킹을 제자리에 놓기 위해 원래 위치에 있던 방향을 표시한다. 같은 위치에서 패킹을 끼우는 게 좋기 때문이다.

3 구리나 크롬에 긁히지 않기 위해 천으로 감싸서 트랩 본체를 돌려서 빼고, 패킹을 떼어 낸다.

4 깨끗하게 닦는다. 미지근한 식초로 패킹과 트랩 부품을 솔질하고 물때를 제거한 뒤 헹군다.

5 배수관이 막혔다면, 케이블 오거를 넣고 조금씩 금속 막대를 배수관으로 밀어 넣는다.

6 딱딱한 느낌이 있다면 막힌 부분을 잡아내기 위해 케이블 오거를 돌린다. 케이블 오거를 꺼내 닦은 뒤, 다시 시작한다.

막힌 세면대 뚫기

필요 장비 : 고무 압축기, 펜치, 짧은 각목, 양동이, 병 세척솔(손잡이가 있는 솔), 접착테이프
예상 소요 시간 : 20분

머리카락, 생각지도 못한 작은 이물질, 비누 찌꺼기와 그 외 욕실에서 발생하는 이물질이 매일 세면대로 떨어진다. 이런 작은 찌꺼기가 어느 순간 트랩을 막으면서 세면대가 막힌다.

● 세면대가 막히면 바로 화학 성분이 들어간 배수관 세척제를 떠올리곤 한다. 당연히 사용할 수 있다. 배수관 세척제는 막힌 세면대를 뚫을 수 있는 여러 방법 중 하나이지만, 조심히 사용해야 하는 제품이다. 게다가 가성 소다를 기반으로 제조된 배수관 세척제는 피부나 눈에 화상을 입힐 수 있다. 따라서 장갑이나 보호 안경을 쓰고 사용하는 게 안전하다. 특히 세균총이 파괴될 위험이 있기 때문에 정화조에는 사용하지 않는다.

● 이러한 배수관 세척제를 효율적으로 사용하기 위해서는 배수관 세척제의 유효 성분이 막힌 부분까지 흘러가도록 물을 아주 조금씩 흘려보낼 필요가 있다. 작은 알갱이들이 트랩을 막을 수 있기 때문에 액상 세척제를 선택한다.

● 지금 세면대가 완전히 막혔다면, 고무 압착기를 사용해 보자. 고무 압착기를 세면대 물마개 위에 놓은 뒤 막힌 부분을 풀기 위해 앞뒤로 살짝 흔들어 주고, 찌꺼기를 끌어올리기 위해 고무 압착기를 한 번에 잡아당긴다. 올라온 찌꺼기가 배수관으로 다시 들어가기 전에 바로 잡아챈다. 재빠르지 않은 사람은 다음 단계를 시도해 보자. 그전에 고무 압착기로 찌꺼기를 뽑아내느라 더러워진 욕실을 청소하자.

● 배수관 세척제나 고무 압착기를 제외하고 남은 방법은 트랩을 분해하는 것이다. 어렵지 않다. 우선 세면대의 물을 받아 놓을 적당한 크기의 양동이나 대야를 준비해 세면대 아래 놓는다. 작은 컵 모양의 트랩 본체나 링을 손 또는 스패너로 돌려서 푼다. 그리고 다음 단계를 따라 한다.

1 금속 또는 플라스틱 재질로 소제구(청소구)가 없는 트랩은 이물질을 완전히 막지 못하지만, 일정한 양의 물이 고여 있다. 소제구가 없는 트랩을 분리하기 위해서 링 2개를 돌려서 풀어야 한다.

2 플라스틱 재질로 된 트랩 내부에는 단단한 물질이 지나가는 것을 막는 방해판이 있다. 트랩은 공구 없이 간단히 손으로 돌려 분해할 수 있지만, 만약 배수관 세척제와 같은 용해제를 이미 사용했다면 손에 용해제가 묻지 않도록 조심해야 한다.

3 고무 압착기는 세면대가 막혔을 때 가장 실용적 도구이다. 세면대 측면의 오버플로우를 막은 뒤, 두세 번 펌프질하고 세게 잡아당긴다.

유용한 정보

- 세면대에 물을 가득 채우고 사용한다면, 물마개에 촘촘한 거름망을 설치한다. 거름망이 가장 큰 이물질을 걸러 줄 것이다.
- 거의 사용하지 않는 세면대의 경우, 트랩 내부에 물이 고여 있게 주기적으로 물을 조금씩 흘려보내거나 증발하지 않는 글리세린이나 식용유를 부어 준다.

4 펜치를 사용해 트랩을 분리하는데, 트랩의 모든 이음새를 풀지 않는다. 얇은 나무 판자를 트랩의 오목한 부분에 놓아 이음새가 돌아갈 때 트랩이 같이 돌아가는 것을 막는다.

5 세면대 트랩 안에 있는 물을 받기 위해서 적절한 크기의 양동이가 있어야 한다. 트랩 안에 쌓인 이물질이 완전히 제거되었는지 확인한다.

6 트랩 내부에 쌓여 있는 기름과 요철을 제거하기 위해 병 세척솔로 깨끗하게 닦는다. 트랩 내부의 기름과 요철은 물의 흐름을 방해하며 찌꺼기를 쌓이게 한다.

7 작은 컵 모양 트랩의 경우, 이물질을 침전시켜 완벽하게 거르기가 매우 간단하다. 트랩을 분리할 때, 트랩을 보호하기 위해서 접착 테이프로 둘레를 감싼다.

수도꼭지에 낀
물때 제거하기

필요 장비 : 페트병, 커터칼, 접착테이프, 식초
예상 소요 시간 : 20분

수도꼭지에서 물이 가늘게 흐르는 것을 더는 내버려 둘 수 없다면, 수도꼭지에 낀 물때를 제거해 보자. 세제를 사용하지 않고도 깨끗하게 제거할 수 있는데, 바로 식초를 이용하는 것이다. 식초는 때를 제거해 줄 뿐만 아니라 살균 효과도 있어서 청소용으로 매우 유용하다. 또한 환경을 오염시키지 않으므로 더욱 가치있다. 식초는 그냥 써도 되지만 미지근하거나 따뜻할 정도로 살짝 데우는 것이 냄새도 빨리 날아가고 세척 효과도 높인다. 단, 뜨겁게 끓이지 않도록 한다.

- 준비한 페트병의 윗부분을 커터칼로 자른다. 뚜껑으로 막힌 입구 부분을 폭이 좁은 통으로 사용하는 것이다. 이렇게 만든 통을 거꾸로 하여 페트병 입구 부분을 수도꼭지 끝에 오게 끼운 뒤, 접착테이프로 통을 수도꼭지에 고정한다.

- 수도꼭지 끝이 완전히 잠기는지 확인하면서 미지근하거나 따뜻한 식초를 페트병 입구 부분에 넣는다.

- 밤새 그 상태 그대로 둔다.

- 다음 날 아침, 식초가 담긴 페트병을 빼고 수도꼭지를 깨끗하게 물로 닦는다.

욕조 실리콘
교체하기

필요 장비 : 평끌 또는 삼각 스크래퍼, 아크릴 퍼티 및 실리콘 건, 메우기용 퍼티,
마감용 퍼티, 사포, 커터칼 또는 실리콘 제거기, 실리콘 스크래퍼,
퍼티 나이프, 마스킹 테이프, 실리콘, 스펀지
예상 소요 시간 : 2시간, 건조 시간 별도(사용 제품에 따라 다름)

아무리 조심한다고 해도 자신도 모르게 욕조의 물은 넘치게 된다. 물을 틀 때마다 물이 욕조 주변으로 흐르고 욕조를 감싸고 있는 타일이나 샤워 파티션을 따라 흘러내려 간다. 욕조가 오래됐거나 처음부터 잘못 설치된 게 아니라면, 시간이 흐르면서 균열이 발생할 것이다. 그러면 물이 틈새로 흘러 들어가기도 한다. 또한, 누수가 발생할 수 있으며 곰팡이가 생기고 욕실 내 공기 오염의 원인이 된다. 욕실 벽을 망가뜨릴 수도 있다. 그렇다면 물이 흘러 들어가지 못하도록 욕조 이음새의 실리콘을 교체해 보자.

● 본격적인 작업을 시작하기 전에, 욕조 실리콘을 교체하고 새 퍼티를 잘 붙이기 위해서는 욕조 이음새를 깨끗하게 청소하고 건조해야 한다. 그 다음 특수 제품을 사용해 오래된 이음새를 제거한다. 특수 제품을 바르고 몇 시간이 지난 뒤(제품마다 다르다.), 커터칼이나 실리콘 제거기로 제거하면 된다. 스펀지에 비눗물을 묻혀 기름 얼룩을 제거하면 더욱 좋다.

● 만약 물이 들어가 벽이 상했다면, 틈새가 드러날 수 있다. 따라서 실리콘을 교체하기 전에 틈새를 다시 메우는 게 좋다. 메우기용 퍼티의 접착력을 높이기 위해서 균열 부위를 정리해 넓히고 먼지를 없애야 한다. 접착제와 퍼티를 바르기 전에 마스킹 테이프를 벽타일과 욕조 가장자리에 붙여 주변을 보호한다. 벽에 페인트를 칠하기 전에 벽면 하단 부위를 보호 테이프로 가리는 것처럼 하면 된다. 그럼 나머지 과정은 다음 순서에 따라 해 보자.

1 평끌 또는 날이 잘 드는 삼각 스크래퍼를 사용해 굵은 틈새를 정리해 열어 놓는다. 솔이나 청소기로 조심스럽게 먼지를 제거한다.

2 메우기용 퍼티로 틈새를 메우기 전에 실리콘 건을 사용해 틈새 안으로 아크릴 퍼티를 주입한다. 그러면 균열 부분이 견고해진다.

3 퍼티 나이프 날로 힘 줘 누르며 메우기용 퍼티로 틈새를 가득 채운다. 여기서 메우기용 퍼티와 함께 사용하는 메시 테이프가 타일을 살짝 '덮을 수도' 있다.

4 건조 후에 마감용 퍼티를 한 번 바른다. 완전히 건조한 후에 샌딩 블록에 얇은 사포(처음에 80방, 그다음 150방)를 고정해 사포질한다.

5 커터칼로 오래된 실리콘 이음새를 제거한다. 한 번에 실리콘이 깨끗하게 제거되지 않고 일부는 흔적이 오랫동안 남아 있다.

6 오래된 이음새를 완전히 제거하기 위해서 실리콘 제거제를 바른다. 몇 시간(제품에 따라 다름) 후, 커터칼이나 퍼티 나이프로 남은 실리콘을 긁어내고 물로 닦은 뒤, 건조한다.

7 직선으로 이음새를 메우기 위해서, 욕조 테두리와 벽에 마스킹 테이프를 나란히 붙여 이음새의 경계선(약 4mm 폭)을 만든다.

8 실리콘 노즐을 이음새 폭에 맞춰 비스듬하게 자르고 실리콘을 바른다. 손가락 끝에 비눗물을 묻혀 실리콘을 살짝 밀면서 매끈하게 다듬는다. 마스킹 테이프를 떼어 낸다.

유용한 정보

- 세라믹 타일을 따라 틈새 부위를 파내기 위해서는 끌을 사용하는 게 효율적이다. 하지만 타일이 깨지지 않게 조심해야 한다.

- 낡은 실리콘 이음새를 제거하는 데 효과적인 제품들이 있다. 이음새에 제품을 바르고 몇 시간 지나면 커터칼(또는 실리콘 제거기)로 남은 부분을 제거한다.

- 앞서 설명한 쉬운(시작하면 바로 끝나기 때문) 실리콘 교체 작업은 세면대, 부엌 싱크대 실리콘 교체 작업에서도 적용할 수 있다. 틈새가 발견되면 나중에 발생할 더 큰 문제(곰팡이나 누수 등)를 예방하기 위해 바로 실리콘을 교체하자.

타일 줄눈
청소하기

필요 장비 : 장갑, 세제 또는 표백제, 베이킹 소다, 레몬즙 또는 식초, 스펀지, 칫솔, 솔
예상 소요 시간 : 1시간

곰팡이는 벽에만 생기지 않는다. 타일 줄눈 또한 곰팡이가 검게 만들 수 있다. 원래의 깨끗한 상태로 만들기 위해 청소보다 더 간단한 일은 없다.

세제나 표백제 소량을 물에 섞어 청소하는 방법과 베이킹 소다와 레몬즙을 섞은 반죽으로 청소하는 방법 중에서 선택하면 된다. 물론 다른 해결책도 있다. 그러나 그중 염산 같은 독성 물질을 사용해 청소하는 방법은 가급적 피하는 게 좋다. 두 가지 방법 중에서 선택한 혼합물을 타일 줄눈에 바르기 전에 우선 장갑을 낀다. 그리고 스펀지에 혼합물을 묻혀 더러워진 줄눈에 꼼꼼하게 바른다. 만약 베이킹 소다와 레몬즙 혼합물을 사용한다면 칫솔로 바를 수 있다.

혼합물을 바르고 몇 분 후, 단단한 솔로 타일 줄눈을 문지른다. 이렇게 닦은 뒤 마지막으로 물로 깨끗하게 헹군다. 다시 더러워지는 것을 피하기 위해서는 비눗물이나 표백제를 섞은 물로 꾸준히 닦으면 타일 줄눈을 깨끗하게 유지할 수 있다.

타일 줄눈
교체하기

필요 장비 : 타일 줄눈 백시멘트, 고무 스크래퍼, 스펀지, 걸레
예상 소요 시간 : 2시간, 24시간 건조

타일 줄눈이 파손돼 벽에 물이 들어갈 위험이 있다면, 줄눈을 새로 교체해 보자. 우선, 스크래퍼 또는 다목적 공구를 사용해 파손된 타일 줄눈을 완전히 벗겨 낸다. 그리고 안에 남은 줄눈 조각과 먼지를 떨어 내면서 틈새 깊숙이 청소한다.

깨끗해졌다면 제조사 설명서에 따라 타일 줄눈 백시멘트 반죽을 준비한다. 반죽이 준비되면 타일 줄눈에 반죽을 넣고 고무 스크래퍼로 넓게 펴 바른 후, 평평해지도록 시멘트 반죽을 다듬는다. 그러면 거의 마무리가 된 것이다.

아직 굳지 않은 줄눈을 너무 세게 누르지 않도록 조심하면서 타일에 묻은 시멘트 반죽을 스펀지로 닦아 낸 후에 건조시킨다.

몇 시간 동안 건조시키고, 만약 필요하다면 걸레로 타일을 마지막으로 한 번 더 닦는다. 가능하면 하루에서 이틀 정도 새로 교체한 타일 줄눈을 닦지 않고 위를 세게 누르지도 않도록 조심한다.

욕조 개조하고
페인트칠하기

필요 장비 : 스펀지, 마스킹 테이프, 에폭시 페인트, 붓
예상 소요 시간 : 2시간, 24시간 건조

주택이나 아파트에서 하는 페인트칠이란 벽, 천장이나 몰딩에만 한정된 것이 아니다. 왜냐하면 요즘에는 예외 없이 모든 곳에 페인트칠을 할 수 있기 때문이다. 잘 준비하고 조언을 잘 따른다면, 배관, 라디에이터, 바닥, 금속, 유리잔에도 어려움 없이 페인트칠할 수 있다.

페인트칠을 하면 낡고 오래된 욕실 등 집 안 곳곳을 큰 비용 들이지 않고 새롭게 바꿀 수 있다. 따라서 적절한 제품을 사용해 바닥, 타일, 양변기, 심지어 욕조와 세면대를 페인트칠해 새로운 분위기를 낼 수 있다.

1 고치기

● 우선, 욕조를 깨끗하게 닦는다. 욕조에 낀 때와 먼지, 기름을 닦아 내야 한다. 수도꼭지와 배수관 주변 모서리를 더욱 세심하게 닦는다. 그리고 욕조 표면(모서리까지)에 남은 물기를 닦아 낸다.

● 녹슨 부분은 녹 제거제와 같은 제품을 사용해 녹을 모두 제거한다. 떨어진 조각이나 긁힌 자국은 에폭시 또는 폴리에스테르 접착제를 사용해 고칠 수 있다.

● 미지근한 물로 충분히 헹구고 말린다.

2 페인트칠하기

● 페인트칠하기 전에 모서리, 구멍, 수도꼭지를 마스킹 테이프로 감싸 보호한다.

● 2액형 에폭시 페인트(주제와 경화제)를 사용한다. 2액형 에폭시 페인트는 옅게 칠할 수 있다.

● 주제와 경화제를 섞고 기포가 없어질 때까지 5분 정도 둔다. 가장자리와 구석을 붓으로 칠하고, 이어서 롤러로 페인트칠한다. 2시간 정도 말린 뒤 두 번째 칠을 한다.

1 욕실 타일의 경우, 먼저 세제로 닦는다. 깨끗한 물로 충분히 헹군 뒤, 표면을 잘 건조시킨다.

2 페인트 색상이 균일해지도록 막대기를 사용해 바닥까지 페인트를 잘 섞는다. 칠하는 도중에도 틈틈이 페인트를 저어 준다.

3 붓으로 모서리 부분을 페인트칠하고, 나머지 욕조 표면은 미니 롤러로 칠한다. 여러 번 롤러를 왔다 갔다 하며 바른 뒤, 24시간 동안 말린다.

4 사포질하지 않고 앞서 했던 방법처럼 두 번째 칠을 한다. 24시간이 지나면 완전히 건조된다.

욕실 곰팡이 제거하기

욕실 벽에 곰팡이 흔적이 있는 상태에서 페인트칠할 수 없다. 페인트칠하기 전, 곰팡이 원인을 파악하고 습한 벽 문제를 해결해야 한다.

심각한 문제를 발견하지 못했다면 비위생적이고 보기에도 안 좋은 곰팡이 흔적을 제거한다. 표백제(물 1L당 1컵)를 표면에 묻히고 반응이 일어나도록 놔둔 다음 충분히 물로 헹구고 말린 후에 페인트칠하면 된다.

타일
다시 붙이기

필요 장비 : 커터칼, 퍼티 나이프 또는 스크래퍼, 망치
예상 소요 시간 : 1시간

타일 하나 또는 여러 개가 떨어질 것 같다면, 다시 붙여 보자. 우선, 흔들거리는 타일을 떼어 낸다. 납작한 도구(예: 오래된 드라이버)로 주변 타일을 긁거나 손상되지 않게 조심히 자신의 역할을 다한 낡은 줄눈을 제거한다. 떼어 낸 타일을 가장 깨끗하고 매끈하게 닦는다. 타일의 가장자리, 앞면과 벽에 붙이는 면을 퍼티 나이프 또는 스크래퍼로 긁어 낸다. 잘 떼어 내기 위해서 긁는 도구가 단단해야 한다.

접착제(어떤 접착제가 적합한지 알고 싶다면 88쪽 참고)를 준비해 접착할 면 전체에 바른다. 타일을 벽에 살짝 붙여 위치를 조정하고 타일 위를 망치로 살짝 두드려 타일이 벽에 완전히 달라붙게 한다. 타일 줄눈을 새로 교체하기(37쪽 참고) 전에 접착제가 완전히 마를 때까지 기다려야 한다.

양변기 부속품 교체하기

필요 장비 : 멍키 스패너 또는 양구 스패너, 황동 나사못, 첼라, 고무 패킹, 고정 나사, 1/4 회전 밸브, 섬유 패킹, 플라스틱 나사못, 스펀지
예상 소요 시간 : 1시간

욕실에서 수도꼭지 다음으로 많이 사용하는 것은 두말할 필요 없이 바로 변기이다. 자주 사용하다 보면 결국 고장이 나기 마련. 낡고 약해져서 수리가 필요한 부분은 주로 플라스틱 부속품이다. 아니면 부구(볼탑)가 움직이지 않거나 물이 새면서 수도 요금 폭탄을 맞을 수도 있다. 변기에서 매일 새어 나가는 물이 600L까지 될 수 있다고 하니 서둘러 고쳐야 한다.

두려워할 필요는 없다. 양변기 부속품을 교체하는 작업은 매우 간단하기 때문이다. 공구 매장이나 변기 판매점에 가서 사용하던 모델과 동일하거나 적합한 모델을 골라 자세한 설명서가 있는 부속품 세트로 사서 양변기 해체 작업을 시작하면 된다.

1 살펴보기

● 양변기를 분리하기 전에 수조부터 살펴보며 아래 또는 위에서부터 물이 잘 공급되는지 알아본다. 변기 판매점에 가면 직원이 당신에게 가장 먼저 물어볼 내용이기 때문이다. 그리고 부품 제조사 및 유형, 부품의 부피와 덮개 구멍의 지름 등 유형과 특징을 종이에 적어 둔다.

● 그럼 이제 다음 내용을 순서대로 한다. 변기로 물을 보내는 급수 밸브를 잠근 뒤 플러시 밸브 마개를 열거나 물 내림 레버를 내려 수조를 비우고 수조 분리 작업을 시작한다.

2 분리하기

● 변기 수조 덮개를 열고 변기 물 내림 레버를 풀어서 꺼낸다. 이어 부구를 꺼낸다. 변기 뒤쪽, 수조 밑에 있는 나비 너트를 돌려서 풀고 수조를 들어 올려 변기를 분리한 뒤에 수조 안에 조금 남은 물을 버린다. 수조 내부에 고장 난 부속품을 꺼내고 수조 안에 낀 물때와 석회질을 스펀지로 긁어내 수조 내부를 깨끗하게 닦는다.

3 다시 조립하기

● 분리가 끝나면 교체할 부품을 사러 간다. 판매자에게 보여 주기 위해 부품을 챙겨 가는 것도 잊지 말자.

● 집으로 돌아와, 변기를 다시 조립한다. 교체할 패킹과 부품의 정확한 위치를 기억해 두고 새로운 부속품을 설치한다. 그리고 수조를 변기 위에 다시 올려놓고 물이 잘 들어오도록 정확한 위치에 부품을 고정한 뒤 수조 덮개와 물 내림 레버를 다시 설치하면 된다. 마지막으로 작동이 잘 되는지 확인하기 위해 급수 밸브를 열어 수조 안에 물을 조금 채운다. 그리고 플러시 밸브 마개를 당기면서 물이 잘 내려가는지 부속품을 더 꽉 조여야 하는지 살펴보거나 물이 조금도 새지 않게 패킹이 잘 끼워졌는지 확인한다.

1 수조 옆에 있는 급수 밸브를 잠그고 플러시 밸브 마개를 열어 수조를 비운다. 멍키 스패너 또는 양구 스패너를 사용해 급수 밸브와 수조를 연결하는 너트를 돌려서 푼다.

2 변기와 수조는 길이가 긴 황동 나사못 2개로 연결되어 있다. 변기 뒤쪽 아래에 있는 고정 너트를 풀면 분리된다.

3 수조 아랫부분에 있는 플라스틱 너트를 풀고 오래된 부품도 분리한다. 부품을 분리할 때 첼라를 사용하면 수월하다. 이물질이 쌓인 부분을 깨끗하게 닦는다.

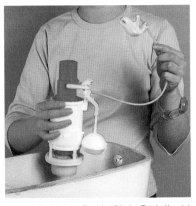

4 새로운 부속품을 설치한다. 움직이는 부속품은 정확한 방향으로 설치한다. 수조 안에 함께 설치하는 부구가 움직임을 방해하면 안 된다.

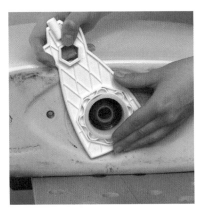

5 고무 패킹은 변기 아랫부분에 설치한다. 고무 패킹을 조이는 도구를 사용해 물이 새지 않도록 고무 패킹을 꽉 조인다.

6 수조 바닥에 보이는 구멍에 고정 나사 두 개를 끼운다. 고정 나사는 물이 새는 것을 막아 주는 링과 함께 끼운다. 설명서에 나오는 방향을 따르면 된다. 》

43

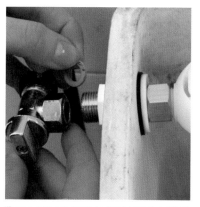

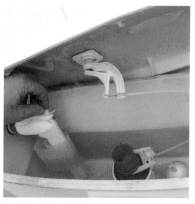

7 급수 밸브인 오래된 관붙이 밸브를 1/4 회전 밸브(공구 판매 전문점에서 구매 가능)로 교체할 차례이다. 어렵지 않게 설치할 수 있다. 섬유 패킹을 교체하는 것도 잊지 말자.

8 부구 위쪽에 있는 플라스틱 나사는 수조 내부의 물 수위를 조절한다. 절약형 유량 조절 장치로 수조 윗부분에서 작동한다.

플러시 밸브의 유량 조절

배수관(오버플로우)의 높이는 부구보다 높아야 하지만 수조의 높이를 넘어선 안 된다!
부구 높이는 수조의 최대 수량을 결정한다.
물 낭비를 막기 위해서 무엇보다 변기 배수가 잘 작동해야 한다.

변기 안쪽에 낀
물때 제거하기

필요 장비 : 가정용 분무기, 식초, 베이킹 소다
예상 소요 시간 : 15분

100% 천연 제품을 사용해 변기에 낀 물때를 제거하면서도 돈을 절약하고 싶은 사람을 위해 좋은 방법이 있다. 우선 분무기에 미지근한 식초 1컵을 붓고 변기 가장자리에 식초를 뿌린다. 두루마리 휴지를 변기 안쪽 표면에 놓는다(휴지 여러 칸을 겹쳐 둔다). 그 위에 다시 식초를 뿌린다. 1시간 동안 내버려 둔다. 1시간이 지난 뒤, 물을 내려 두루마리 휴지를 흘려보낸다. 변기솔로 변기를 문지르면 끝난다.

변기의 에나멜이 상하지 않게 하기 위해서 정기적으로 식초를 뿌려 물때를 제거한다(이번에는 두루마리 휴지를 사용하지 않는다.). 만약 물때가 잘 안 빠진다면 식초를 담은 분무기에 베이킹 소다를 1티스푼 첨가한다. 베이킹 소다가 식초의 물때 제거 능력을 더욱 높여 준다.

변기 커버
교체하기

필요 장비 : 멍키 스패너
예상 소요 시간 : 10분

화장실 바닥과 잘 어울릴 만한 변기 커버를 마트에서 발견했다면, 망설이지 말고 구매해도 된다. 몇 분이면 교체가 끝나기 때문이다.

집으로 돌아와서 오래된 변기 커버를 분리하는 것부터 시작한다. 변기 아래에 있는 나비 너트 2개를 손으로 풀면 변기 커버를 뺄 수 있다. 나비 너트 2개는 나중에 새로운 변기 커버를 연결할 때 사용할 것이다. 만약 나비 너트가 녹슬어 붙어 있다면 작은 멍키 스패너를 사용해 풀면 된다. 벽에 가까이 있어 접근이 쉽지 않기 때문에 조심해야 한다.

오래된 변기 커버를 꺼내고, 위치를 잘 확인하며 새로운 변기 커버를 놓는다. 그리고 변기 커버를 연결하는 구멍에 나비 너트 2개를 다시 조이면 된다.

막힌 변기
뚫기

필요 장비 : 식초, 소금, 베이킹 소다, 페트병, 케이블 오거
예상 소요 시간 : 20분

변기가 막혔다. 되도록 권장하지 않는 화학 배수관 세척제도 없고, 변기용 고무 압축기나 다른 적절한 도구가 없다면 이제 남은 건 단 하나이다. 바로 오랫동안 인정받고 보증된 방법이자 환경을 해치지 않는 방법!

● 식초, 소금, 베이킹 소다만 있으면 된다. 살짝 막혔다면 베이킹 소다 200g, 식초 20cl, 소금 200g을 통에 넣고 섞은 뒤 막힌 변기에 붓는다. 약 30분 정도 기다린다. 그리고 펄펄 끓을 정도로 매우 뜨거운 물 한 냄비 정도를 변기에 부으면 된다(뜨거운 물이 튈 수 있으니 조심한다.).

● 고무 압축기를 대신할 수 있는 도구로 막힌 변기 구멍의 지름에 맞는 페트병을 사용한다. 페트병의 뚜껑을 닫고 아랫부분을 자른다. 페트병 입구를 잡고 고무 압착기로 하듯이 펌프질한다. 이 방법은 살짝 막힌 경우에 가능하다.

● 변기가 꽉 막힌 경우, 전문가는 케이블 오거를 사용한다. 케이블 오거는 잘 휘어지는 금속 막대로 막대 끝이 솔이나 나선 모양으로 돼 있다. 막힌 부분을 뚫기 위해서 케이블 오거를 돌리면서 관 속으로 넣는다. 만약 케이블 오거가 없다면, 옷장에 걸려 있는 세탁소 옷걸이를 길게 펴 놓고 끝을 갈고리로 만들면 된다.

벽 페인트칠 준비하기

필요 장비 : 스펀지, 세제, 퍼티 나이프
예상 소요 시간 : 1일

페인트 전문가들은 페인트칠 준비가 페인트칠보다 더 중요하다고 말한다. 단계별 작업이 최종 결과에 영향을 주기 때문이다. 따라서 시간이 오래 걸리더라도 모든 세부 사항을 따라 해야 한다.

1 세제로 닦기

● 고른 바탕면과 페인트의 내구성을 방해할 수 있는 얼룩을 지우기 위해서는 페인트칠을 하기 전에 벽을 청소해야 한다.

● 지저분하고 기름진 얼룩을 지우기 위해서 알칼리성 가루 세제와 뜨거운 물(1L당 50g)을 섞어 벽을 닦는다. 벽을 타고 세제가 흘러내려 간 흔적이 지워지지 않을 수도 있기 때문에 아래부터 닦는다. 마무리를 위해 깨끗한 물로 세제를 닦아 낸다.

● 기름 때가 낀 부엌 벽을 닦을 때는 연마 세제(페인트 부착력을 높여 준다) 또는 화이트 스피리트(석유를 증류하여 만든 휘발성 투명 액체. 용제나 페인트 희

석제로 쓰이며, 미네랄 스피리트로도 부른다.—옮긴이)를 사용한다. 그다음 깨끗한 물로 닦는다.

2 긁어내기
● 벽을 깨끗하게 닦고 말린 뒤, 바탕면에 붙어 있는 이물질(오래된 퍼티 조각, 벗겨진 페인트 등)을 제거한다. 퍼티 나이프 또는 모서리에 날이 있는 삼각형 스크래퍼를 사용한다. 그다음, 주변 평평한 부분과 차이가 없을 때까지 벽 표면을 긁어낸다. 긁어내는 작업이 끝나면 먼지를 떨어 낸다.

납 페인트 제거하기

보통 문틀에 납 성분이 들어간 페인트가 사용된다. 납 페인트를 제거할 때는 사포질을 하지 않고 페인트 제거용 열풍기도 사용하면 안 된다. 페인트 위에 쌓인 먼지와 해로운 증기가 실내를 오염시킬 수 있기 때문이다. 따라서 화학 연마제를 사용하거나 납 성분이 포함되지 않은 페인트를 그 위에 여러 번 덧칠한다.

구멍과 균열 메우기

필요 장비 : 스펀지, 메우기용 퍼티, 퍼티 나이프, 삼각 스크래퍼, 솔, 붓, 조인트 테이프, 트레이, 칼 2개, 퍼티, 샌더기 또는 사포, 쐐기
예상 소요 시간 : 1일, 4~5시간 건조

집 안 벽을 다시 페인트칠하기로 했다면, 벽이 준비된 상태여야 한다. 앞서 설명한 것처럼 벽을 깨끗하게 닦고 이물질을 긁어낸다. 그다음 다소 많은 구멍과 균열 등 손질해야 할 목록을 빠르게 작성한다.

1 손질하고 메우기
● 작은 균열과 충격으로 생겼거나 예전에 뚫어 놓은 구멍은 간단하게 메울 수 있다. 삼각 스크래퍼로 균열을 살짝 긁어서 넓히고 먼지를 제거한다. 균열 사이로 잘 들어가도록 칼끝으로 메우기용 퍼티를 누르면서 조금씩 바른다. 위아래로 움직이며 균열 사이에 들어가고 남은 퍼티를 덜어 낸다.

● 구멍과 균열을 메우고 건조시킨 뒤, 퍼티를 바른 흔적을 없애기 위해 사포(120~180방)질을 가볍게 한다. 퍼티 대부분은 수축되고 조금 움푹 들어가는 경향이 있다. 그러면 반드시 다시 메워야 한다.

사포질하고 난 후에 작은 빗자루로 벽에 붙은 먼지를 털어 낸다.

2 마감용 퍼티 바르기
● 페인트칠하기 전에 바탕면을 고르게 하기 위해 바르는 마감용 퍼티는 마지막까지 남은 작은 얼룩을 제거한다. 살짝 겹치게, 평행으로 이어지는 띠를 그리듯이 날이 넓은 칼로 마감용 퍼티를 고르게 펴 바른다. 그리고 날이 넓은 칼을 사용해 퍼티 양을 조절할 수 있는데, 칼끝을 바탕면에 대고 각을 만들어 사용하면 두께를 조절할 수 있다. 바탕면에서 각을 높게 세우면 재료가 많이 남고, 반대로 각을 좁게 내리면 두께가 얇아진다. 퍼티가 잘 펴지도록

충분히 눌러 주고 4~5시간 건조시킨 후에 사포(180방)질한다.

● 퍼티를 바른 면이 고르다면 퍼티가 겹쳐져 올라온 부분을 제거하는 사포질을 간단하게 한다. 두 번째 칠로 남은 작은 얼룩을 가릴 수 있다.

3 밑칠 계획하기

● 이미 페인트칠이 되어 있다면, 밑칠을 꼭 할 필요는 없다. 색이 바랜 기존 페인트칠이 첫 번째 페인트칠을 대신하는 것이다. 밑칠을 하려면 석고 보드, 시멘트 벽, 다공질 콘크리트 벽, 흡수성 벽자재에 적합한 밑칠 재료가 무엇인지 알아봐야 한다.

1 페인트칠하기 전, 벽 청소는 꼭 필요한 작업이다(48쪽 참고). 얼룩을 제거하고 퍼티를 바르기에 더 깨끗한 바탕면을 만들기 위해서이다. 특히 기름때가 묻기 쉬운 실내의 벽의 경우 반드시 깨끗하게 닦아야 한다.

2 선반이나 액자를 고정하기 위해 뚫은 구멍은 메우기용 퍼티를 조금 발라 쉽게 메울 수 있다. 퍼티가 구멍에 잘 들어갈 수 있도록 날 끝으로 눌러 준다. **»**

51

3 스크래퍼로 균열 부분을 살짝 긁어서 넓히고 퍼티가 잘 접착될 수 있도록 가장자리를 깔끔하게 다듬는다. 스크래퍼를 꽉 잡아서 스크래퍼 뾰족한 끝을 균열 부분에 놓고 균열 방향으로 끌어당긴다.

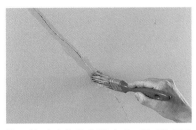

4 균열 사이에 쉽게 떨어지는 먼지와 조각 알갱이를 제거한다. 균열 부분을 살짝 솔질한 뒤, 퍼티의 수축을 막기 위해 붓에 살짝 물을 적셔 균열 부분에 바른다.

5 기울인 날 끝으로 균열 부분에 퍼티를 조금씩 바른다. 왼손에는 퍼티 반죽을 오른손에는 퍼티 나이프를 잡고 균열 부분에 퍼티를 누르며 바른다.

6 벽돌 공사로 균열이 발생한 것으로 보인다면 균열이 다시 생길 수 있다. 이때에는 균열 부위에 조인트 테이프를 붙이는데, 균열 부분 양쪽 5~6cm 너비로 넓게 퍼티를 바르고 테이프를 붙이면 된다.

7 퍼티 나이프의 흔적을 없애고 고르게 하기 위해서 균열 방향으로 퍼티를 펴 준다. 균열 시작과 끝점에서 3~4cm 정도 떨어진 부분까지 퍼티를 바르는 것이 좋다.

8 조인트 테이프를 알맞은 길이로 자른다. 아직 마르지 않은 퍼티 위에 조인트 테이프를 끝에서부터 부착한다. 손가락 끝으로 가볍게 눌러 주며 테이프를 붙인다. 테이프를 붙인 부분을 두드린다.

9 조인트 테이프 위에 퍼티를 한 번 더 바른다. 조인트 테이프를 퍼티 나이프로 벗겨 내지 않으면서 얇고 고르게 덮기 위해서는 섬세한 손놀림이 필요하다.

10 가루 퍼티를 사용하려면, 가루에 물을 조금씩 부은 다음 가루가 물에 녹아 뭉치지 않고 고르게 반죽이 되도록 부드럽게 섞어 준다.

11 퍼티 나이프는 2개를 사용한다. 하나로는 퍼티를 바르고, 다른 하나로는 퍼티 바르는 나이프에 남은 반죽을 틈틈이 긁어내면서 깨끗이 사용하도록 돕는다.

12 넓은 퍼티 나이프로 연속적인 띠 모양을 그리듯이 퍼티를 위아래로 바른다. 왔다 갔다 할 때마다 먼저 바른 퍼티 위에 겹쳐져야 한다.

13 벽면 하단 부위에 있는 걸레받이 주변 퍼티 작업은 밑에서 위로 올라가면서 한다. 퍼티를 평평하게 바르기 위해서 퍼티 나이프의 너비에 상관없이 손잡이 부분이 아닌 날 근처를 잡으면 된다.

14 퍼티를 고르게 바르면 사포질하기 더 수월하다. 사포질은 위에서 아래로 하며, 먼지가 날리므로 마스크를 착용한다.

적합한 페인트 고르기

자신의 취향뿐만 아니라 벽의 특징에 적합한 페인트를 고르는 것은 식은땀이 줄줄 날 만큼 쉽지 않은 일이다. 요즘 실내 페인트는 색상, 배색 효과, 모양에 따라 다양할 뿐만 아니라 특정 재질에 바르기 쉽거나 고급 재료를 첨가하는 등 기술적 특징이 더 추가되었다. 이러한 점을 충분히 고려해야 좋은 선택을 할 수 있다.

수성 아니면 유성?

● 수성 페인트는 냄새가 거의 없고 빠르게 건조된다. 또한, 유연성을 오래 유지하며 쉽게 들뜨거나 균열이 생기지 않는다. 페인트 색이 노랗게 변하지 않고 습한 환경에서도 점착력이 좋으며 커피, 과일 주스, 와인 등과 같은 음료 오염에 강하다.

● 유성 페인트는 발림성이 좋다. 건조되면서 페인트는 단단해지며 마모에 강한 막을 형성한다. 색이 노랗게 변하는 황반 현상이 있으나 페인트의 품질이 좋아지면서 이러한 현상도 줄어들고 있다. 단, 건조될 때 발생하는 냄새가 심한 편이다.

무광, 유광 아니면 반광?

● 무광 페인트는 빛을 반사하지 않기 때문에 펠트 분위기를 가져다 준다. 평평한 면의 결함을 가리기 때문에 천장 같은 넓은 면적에 이상적이다.

● 유광 페인트는 빛을 반사하고 색을 살리면서 벽이 매끈해 보이게 한다. 지저분한 부분이 눈에 띄지 않으며 세제로 닦을 수도 있다. 일반적으로 나무로 된 문이나 창틀 또는 습한 실내에 사용한다.

● 반광(새틴광) 페인트는 유광과 무광의 장점을 모두 가지고 있다. 세제로 닦을 수 있어 생활 공간에서 쉽게 사용된다.

바닥 페인트

● 반광 또는 유광 바닥 페인트는 콘크리트 바닥 슬래브, 나무 바닥 또는 타일에 색을 입히고 장식을 할 수 있다. 내구성과 내수성이 강한 바닥 페인트는 노출이 가장 많은 바닥을 보호하고 유지하도록 돕는다.

● 수성 페인트는 석유 용제를 함유한 폴리우레탄이나 우레탄 알키드 수지보다 내마모성과 내화학성이 더 낮다.

금속용 특수 페인트

● 잘 알려진 녹 방지 페인트는 연철 등과 같은 철에 칠하기 위한 페인트로 철공소에서 사용하는 특수 페인트이다. 검정 또는 초록 녹 방지 페인트는 무광 또는 진한 반광이다.

● 철이 아닌 금속(알루미늄, 아연 철판, 아연)의 경우, 일반 페인트나 녹 방지 페인트를 바르기 전에 프라이머로 기본 밑칠을 한다.

● 온도가 다소 높은 난방기, 관, 난로, 라디에이터 등을 설치하는 장소인 경우, 120~600℃까지 견딜 수 있는 페인트를 사용한다.

습한 실내에는 어떤 페인트를 사용할까?

부엌과 욕실용 페인트는 물, 기름에 강하며 얼룩이나 곰팡이 형성을 막기 위한 항균 성분이 포함돼 있다. 주변이나 외부 습기로 인해 실내가 손상된(곰팡이, 초석) 경우, 일부 페인트나 밑칠이 예방 및 치료 효과가 있다고 확인되었더라도 이를 페인트로 가리기 전에 원인을 제거하는 게 바람직하다.

적절한 페인트 도구
선택하기

반복해서 강조하지 않겠지만 집수리는 장비만 잘 갖추면 간단하다. 페인트 붓과 솔 또한 마찬가지이다.

사용 가능한 여러 페인트 붓의 차이는 주로 천연(동물의 털), 합성 또는 천연과 합성을 섞은 털의 종류에 있다. 보통 제조사는 유성 페인트용, 수성 페인트용 등처럼 붓에 적합한 용도를 명시한다.

붓과 마찬가지로 롤러도 폴리아미드, 폴리에스테르, 양털, 스펀지 등 여러 재질로 돼 있다. 롤러 털의 길이는 중요하다. 털이 짧을수록 마감 처리가 매끄럽게 잘 되기 때문이다. 롤러를 고를 때에도 제조사가 표시한 용도를 확인한다.

헌 붓을 새 붓으로 만들기

페인트용 붓 또는 솔은 가격이 비싸다. 특히 돼지털의 경우 가격이 높은 편이다. 그렇기 때문에 딱 한 번 사용하고 버리지 않는다.

페인트용 붓을 세척하려면 식초를 끓이고, 붓 끝을 식초에 담근다. 몇 시간 동안 붓을 담갔다가 원래대로 돌아오면 물에 헹군다. 그러면 붓을 새것처럼 사용할 수 있다.

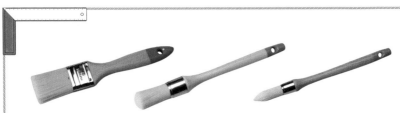

평붓 또는 페인트 붓
전문가들은 평평한 면을
칠할 때 평붓을 사용한다.

원형 붓
평붓과 같은 용도로
사용한다.

모서리용 붓
끝이 뾰족해서 모서리를
페인트칠할 때 사용하기 좋다.

페인트 글러브
배관, 라디에이터, 계단 난간을
편하게 페인트칠할 수 있다.

보호 장비
페인트칠하지 않는 부분을 보호하기
위해 커버링 테이프와 마스킹 테이프를
사용하고, 페인트칠하는 사람은 자신을
보호하기 위해서 장갑, 보호 안경,
마스크, 작업복을 착용한다.

앵글 붓
배관이나 라디에이터 뒤쪽처럼
접근하기 어려운 구석진 곳을
페인트칠할 때 사용할 수 있다.

조명
조명은 페인트칠하는
바탕면을 잘 볼 수 있게 해 준다.

스팰터 브러시
페인트를 묻히지 않고 벽에
이미 발라진 페인트 결에
어떤 효과를 주는 데 사용한다.

기본 롤러
넓은 면적을 페인트칠하는 데 이상적인
도구로, 수성 페인트에 적합하며
시간이 상당히 절약된다.

미니 롤러
모서리 또는 걸레받이를
페인트칠하기 위해서
붓 대신 사용하기에
적합하다.

좁은 면용 롤러
라디에이터의 뒤쪽처럼
매우 좁은 부분을
페인트칠할 때 사용한다.

털 소재와 길이가 다양한 롤러 커버
단모(5mm) 롤러 커버는, 래커 또는 유광 페인트를 칠해야 하는
잘 정리된 매끈한 바탕면에 적합하다. 가장 많이 사용하는 것은
털 길이가 12mm인 롤러 커버로 조금 고르지 않은 바탕면에
적합하다. 장모(20~25mm)인 롤러 커버는 석조 또는 벽돌로 된
바탕면을 페인트칠할 때 사용한다. 균열과 구멍에 페인트가
잘 스며들도록 도와준다.

**박스 트레이, 핸드 믹서,
페인트 믹서 드릴, 그릴**
이것까지 준비하면 페인트 장비는
완전히 갖춘 것이다.

천장
페인트칠하기

필요 장비 : 커버링 테이프, 마스킹 테이프, 페인트 붓, 롤러, 미니 롤러, 통
예상 소요 시간 : 4시간, 건조 시간 별도

실내 벽을 다시 페인트칠하는 것을 두려워할 필요는 없다. 게다가 만약 벽이 페인트칠하기 좋은 상태라면 더욱 즐거울 것이다.

하지만 페인트칠하기 꺼려지는 부분이 있는데, 바로 천장이다. 발판 사다리로 올라가 팔을 뻗고 고개를 옆으로 꺾어야 하고 머리에는 페인트가 한두 방울씩 떨어지는 등 여러모로 불편하기 때문이다. 실내 페인트칠은 천장부터 해야 하기 때문에 안 할 수도 없다.

그러나 집수리의 세계는 작업이 더욱 편리하도록 발전하고 있으니 안심해도 된다. 장비를 잘 갖추고 알려 주는 방법을 따라 해 보자.

만약 페인트칠이 끝나지 않은 상태에서 점심시간 동안이나 다음날까지 작업을 중단해야 한다면, 봉지에 도구를 담아 밀폐해 페인트가 마르지 않도록 공기를 차단한다. 작업을 재개할 때 수월할 것이다.

천장 닦기

페인트칠하기 전에 천장을 닦아야 할까? 천장 페인트칠을 시작하기도 전에 해야 할 또 다른 고된 노동을 피할 수 있는 작은 생활의 지혜가 있다. 우선 문이나 창문을 모두 닫는다. 발판 사다리 위에 전기 포트를 놓고 코드를 꽂는다. 몇 분 동안 물이 끓도록 놔둔다. 그러면 수증기 방울이 천장에 생긴다. 물방울이 바닥으로 떨어지기 전에 스펀지로 물방울을 닦으면 된다.

완벽한 천장을 위하여

• 천장용 페인트 중에는 젤 형태여서 방울이 흘러내리지 않는 제품도 있다. 천장이 깨끗하고 건조한 상태에 먼지가 없는 경우, 천장에 바를 제품의 양이 적당한 경우라면 한 번의 칠로도 충분하다. 그러나 초보 작업자들은 제품의 양을 가늠하기가 힘들다.

• 만약 천장이 깨끗한 상태라면 천장용 수성 페인트를 한 번만 칠해도 충분하다. 작은 균열도 쉽게 가리기 때문이다. 일부 제품의 경우, 페인트칠할 때는 분홍색 또는 파란색이지만 건조되는 과정에서 하얀색으로 변한다. 그렇기 때문에 이미 칠해져 있는 페인트가 잘 보여서 여러 번 덧칠하지 않아도 된다.

• 천장에 얼룩이 졌거나 노랗게 색이 변한 경우, 유성 페인트를 1회 칠하면 내구성도 좋고 얼룩과 노랗게 변한 페인트를 가리며 색이 오래간다.

1 페인트가 뭉치지 않도록 섞어 준다. 모서리용 붓의 털 끝에서 1/3 정도를 페인트에 담근다. 붓 끝에 많이 묻은 페인트를 살짝 떨어 낸다.

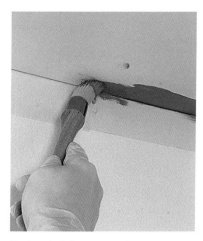

2 마스킹 테이프를 벽 가장자리에 붙인 뒤, 약 5cm 폭으로 천장 모서리부터 페인트칠한다.

3 필요에 따라 트레이 또는 박스 트레이 (10L)에 페인트를 옮겨 담는다. 롤러 커버에만 페인트를 묻힌다. 트레이에서 한 번 또는 두 번 정도 왔다 갔다 돌린 다음, 페인트를 살짝 떨어 낸다.

4 폭 1m 정도 간단하게 페인트칠한다. 그림자의 영향을 적게 받을 수 있는 사이드 부분부터 시작한다.

5 롤러에 다시 페인트를 묻힌다. 앞서 페인트칠한 부분에 페인트를 더 칠하면서 색을 고르게 한다. 페인트 방울이 떨어질 수 있기 때문에 모서리에서 롤러를 누르지 않는다.

6 미니 롤러를 사용해 두 번째 모서리 칠을 한다. 건조된 뒤, 같은 방식으로 두 번째 칠을 한다.

페인트 작업할 때 보호해야 할 부분

● 마스킹 테이프로 커버링 테이프를 바닥에 고정한다. 만약 벽 하단에 있는 걸레받이가 벽 색과 다르다면 걸레받이부터 커버링 테이프로 보호한다.

● 붓질하다가 페인트칠할 부분이 아닌 곳이나 다른 구조물로 넘어가지 않도록 마스킹 테이프로 페인트칠할 면적을 정한다.

● 천장 조명을 비닐봉지로 감싼다. 비닐봉지로 조명을 보호하면, 따로 조명 분리 작업을 하지 않아도 되며 조명에 페인트가 묻지 않고 천장에 페인트칠할 수 있다.

● 스위치와 콘센트를 보호하지 않은 채 페인트를 안 묻히고 피할 수 있다고 생각하면 안 된다. 간단하게 커버를 떼어 놓고 주변을 페인트칠한다.

실내 페인트칠하기

필요 장비 : 마스킹 테이프, 붓, 솔, 롤러, 미니 롤러
예상 소요 시간 : 2시간, 건조 시간 별도

페인트 붓이나 롤러로 어려움 없이 완벽한 페인트칠을 하기 위해서 전문가가 페인트칠하는 방법을 배워 보자. 천장이 잘 건조되었는데 모서리를 완벽하게 페인트칠할 자신이 없다면 마스킹 테이프를 붙인다. 그리고 작업 마지막에 모서리와 끝손질을 위해 미니 롤러를 사용하는 것을 잊지 말자. 마찬가지로 롤러를 잡고 마지막 페인트칠을 한다.

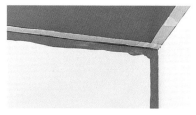

1 모서리(벽과 벽 사이, 벽과 천장 사이)를 칠하기 위해 모서리용 붓을 꺼낸다. 페인트 방울이 떨어지지 않도록 위에서 아래 방향으로 페인트를 칠한다.

2 바탕면을 한 번에 덮으려고 하지 말고 붓에 페인트를 다시 묻혀 가며 여러 번 왔다 갔다 하면서 바른다. 위아래로 전체 면을 고르게 바른다.

3 바탕면이 넓은 경우 롤러를 사용한다. 천장처럼 약 1㎡ 구간씩 지그재그로 W자 모양을 만들며 페인트를 칠한다.

4 페인트를 고르게 바르기 위해 좌우로 롤러를 돌린다. 경계 표시가 나지 않도록 가장자리에서는 롤러를 살짝 올린다.

도배하기

필요 장비 : 다림줄, 수평기, 연필, 톱니 없는 칼, 도배용 풀, 도배용 붓, 도배용 주걱, 커터칼, 벽지, 스펀지
예상 소요 시간 : 1일, 4~5시간 건조

'벽지'라는 단어를 들으면 우리는 할머니, 할아버지 댁에 가면 볼 수 있는 화려하고 무늬가 많은 60~70년대 분위기의 거실 벽지를 떠올린다. 그래서인지 벽지를 붙이는 대신 페인트칠을 하는 집도 많아졌다.

하지만 벽지에 대한 오해를 버리자. 요즘엔 내구성이 훌륭하고 촉감도 좋으며 현대적인 색상으로 프린트된 다양한 벽지들이 많다. 색상, 무늬, 재질 등 여러 선택 사항을 고려해 신중하게 고르기 위해서는 직접 매장에서 확인하는 게 좋다.

● 벽지가 없는 깨끗한 벽이라는 전제하에서 도배 작업 순서를 설명하고자 한다. 만약 벽지가 붙어 있다면 벽지를 먼저 깨끗하게 제거해야 한다.

간단하게 벽지 붙이기
● 벽지 뒷면에 도배용 풀을 발라야 했던 기존 벽지와 달리, 도배용 풀을 벽에 바르는 유리섬유 벽지나 아예 벽지에 풀이 발라져 있는 접착식 벽지도 있다. 이런 벽지를 사용할 경우, 시간도 절약되고 사용도 간편하다.

● 만약 풀을 벽에 발라야 한다면, 우선 벽면의 다공성 상태를 확인해야 한다. 다공질 벽은 사전 작업이 필요 없지만 석고 보드 같은 흡수성 벽은 풀이 머금은 물을 흡수해 접착력이 떨어진다. 이러한 경우, 도배용 풀, 도배 벽지 프라이머, 물을 섞어서 벽면에 미리 바른다. 정확한 방법은 도배 벽지 프라이머 구입 시 확인하는 것이 좋다.

● 벽의 종류와 상관없이 도배하기 전에 벽을 깨끗하게 만드는 작업을 해야 한다. 예

를 들면, 벽을 청소하고 우툴두툴한 부분을 정리하며 오래된 퍼티 흔적을 정리하고 균열과 구멍을 메우는 작업이다.

라벨을 잘 읽어 보기
● 벽지를 살 때, 라벨을 확인한다. 라벨에

는 모델, 색상, 제품 번호가 명시돼 있다. 벽지 제품 번호는 중요하다. 왜냐하면, 같아 보여도 미세하게 색상 차이가 있을 수 있기 때문이다. 따라서 벽지를 살 때 벽지 번호를 반드시 확인해야 한다.

1 기존 벽지를 제거한다. 스팀이 나오는 다리미나 청소기로 벽지에 스팀을 쏘이면 보다 쉽게 제거할 수 있다.

2 벽지의 가로 너비를 벽에 표시하고 가로 너비에 맞춰 천장부터 걸레받이까지 세로로 표시한다. 다림줄이나 도배용 자를 사용하며 수평기로 수직을 확인한다. ▶▶

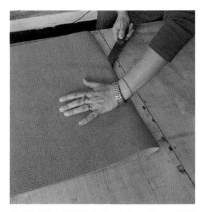

3 벽지를 붙일 벽의 높이에서 10cm 정도 여유를 두고 벽지를 여러 장 자른다. 원하는 세로 길이로 접은 다음에 도배용 칼로 자르면 된다(도배용 칼이 없으면, 톱니 없는 부엌칼로도 가능하다.).

4 첫 번째 벽지를 붙인다. 도배용 붓으로 도배용 풀을 벽지에 바른다. 가장자리는 꼼꼼하게, 안쪽은 가볍게 바르고 5분 정도 기다린 후 붙인다. 도배용 풀을 벽에 바르는 벽지의 경우에는 기다릴 필요가 없다.

5 연필로 표시한 벽지 1장의 경계선에 따라 벽지를 붙인다. 한 손은 천장 모서리 쪽에 두고 다른 한 손을 대각선 반대쪽에 둔 채 벽지를 잡는다. 벽지 가운데에서 가장자리로 밀어 기포를 없애면서 붙이면 된다.

6 천장과 벽 사이 모서리에 도배용 주걱을 세워 놓는다. 천장 모서리를 넘어간 벽지를 접고 도배용 주걱과 커터칼을 함께 움직이면서 일정한 속도로 옆으로 이동하며 모서리를 넘어간 벽지를 자른다.

7 그 옆에 새로운 벽지를 나란히 놓고 붙인다. 롤러(벽지가 겹쳐진 부분을 누르기 위해 사용)로 벽지가 겹친 부분을 왔다 갔다 한다.

8 띠 벽지 등을 덧붙여 포인트를 줄 수도 있다. 사진에서는 지붕 경사부 아래에 있는 창틀 주변에 띠 벽지를 둘러 강조했다.

기포 제거하기

도배 후 작은 기포가 벽지 아래 생길 수 있다. 일부 기포는 건조되면서 사라지기도 한다. 건조 이후에도 여전히 남아 있는 기포의 경우, 매우 뾰족한 커터칼 끝으로 기포가 생긴 부분을 살짝 절개해서 공기를 빼 준다. 주사기에 도배용 풀을 넣고 절개한 부위에 도배용 풀을 조금 묻혀 다시 붙인다.

벽 모서리 안쪽과
스위치 둘레 벽지 붙이기

필요 장비 : 가위 또는 커터칼
예상 소요 시간 : 15분

벽 한 면 끝까지 벽지를 다 바르고 다른 면으로 옮기기 전에 벽 모서리 안쪽은 어떻게 처리해야 할까? 벽지 가장자리가 모서리 안쪽에 정확하게 맞아떨어지게 하면 안 된다. 두 벽면이 만나는 모서리에 벽지가 잘못 붙여지면 찢어지거나 보기 안 좋게 떼어질 수 있기 때문이다. 따라서 벽지가 모서리를 덮어야 한다. 만약 벽지가 비뚤어졌다면(자주 일어나는 일이다.), 약간의 꼼수가 필요하다. 모서리를 덮고 이어서 옆에 붙일 벽지의 위치를 표시하기 위해서 새로운 수직선을 그리는데, 필요하다면 모서리에 먼저 붙여진 벽지를 몇 센티미터 덮어도 된다.

스위치의 경우, 스위치 위에 벽지를 덮고 스위치 주변을 커터칼로 자르는데, 벽지를 잘 자르기 위해서 스위치 주변에 벽지를 꼼꼼하게 붙인다.

유용한 정보

스위치 둘레에 벽지를 붙이는 다른 방법이 있다.
- 전기를 차단한다. 스위치 위에 벽지를 덮고 가위를 사용해 스위치 자리를 X자로 절개한다.
- 스위치 중앙(아직 벽지가 스위치를 덮고 있다.)에서 X자로 자른 부분의 꼭짓점을 따라 가장자리를 자른다. 스위치를 고정하는 나사를 살짝 풀어 준다.
- 스위치 커버를 살짝 들어 올려, 도배용 주걱을 사용해 자르고 남은 벽지를 스위치 커버 밑으로 밀어 넣는다. 스위치 커버를 제자리에 다시 놓고 나사를 조인 뒤, 전기를 다시 통하게 한다.

벽지 찢어진 부분
고치기

필요 장비 : 자, 커터칼
예상 소요 시간 : 20분

도배를 할 때 항상 하는 조언이 있다. 필요한 양보다 조금 더 많이 벽지를 사라는 말이다. 도배하면서 벽지가 조금씩 찢어지는 경우는 정말 흔하기 때문이다. 만약 이런 일이 생겼다면 다음 순서를 바로 따라 해 보자. 사이클 선수들이 '펑크 패치' 라고 부르는 것을 만드는 것이다.

벽에 보수할 부분을 사각형이나 삼각형으로 표시한다. 찢어진 부분보다 조금 더 큰 크기로 남은 벽지를 자른다. 만약 필요하다면 벽지 무늬와 일치할 수 있게 자른다. 이렇게 자른 펑크 패치를 찢어진 부위에 두고 자와 커터를 사용해 적절한 크기로 재단한다. 그럼 펑크 패치 준비는 완료되었다.

이제 찢어진 벽지 부분을 제거한다. 새로 벽지를 붙이는 부분이 두꺼워지지 않도록 잘 떼어내야 한다. 그리고 먼저 만들어 놓은 펑크 패치를 붙이면 된다. 감쪽같아진다.

만약 남은 벽지가 없다면, 눈에 띄지 않는 부분(예: 가구 뒤쪽 벽지)의 벽지를 떼어 사용한다.

나무 바닥
코팅하기

필요 장비 : 샌더기, 칼날, 청소기, 목재용 필러나 퍼티, 마스킹 테이프, 코팅제,
　　　　　넓은 붓(스팰터 브러시), 주걱
예상 소요 시간 : 1일(면적에 따라 다름), 24시간 건조

나무 바닥은 고급스럽고 돋보이며 자연스럽고 안락하고 촉감이 따뜻하다. 하지만 숨 쉬는 바닥재인 나무 마루는 시간이 흐르면 낡고 마모된다. 나무 마루를 현대식으로 바꾸거나 새로 교체하더라도 꾸준히 관리해야 한다. 관리를 위해서는 바닥에 왁스나 오일 또는 지금부터 소개할 코팅제나 바니시 중에서 선택해 작업한다. 바니시(또는 코팅제)는 장점이 제일 많다. 10년 넘게 유지되며 완벽하게 바닥을 보호하고 매일 유지하기 편리하다.

어떤 제품을 사용하고 어떤 방법을 선택하든지 작업 시작 전에 바닥을 꼼꼼하게 정리하고 샌딩 작업을 해야 한다. 나무 마루의 보수는 흠집 제거부터 시작되기 때문이다.

바닥 청소하기
● 나무 바닥을 청소하고 나무 조각, 뾰족한 것, 튀어나온 못을 제거한다. 나무 바닥에 왁스 칠이 돼 있다면, 왁스 제거제로 닦는다. 코팅 작업을 한 지 오래된 바닥일 경우, 특수 세제 또는 물과 세제(뜨거운 물 1L에 300g)를 섞은 혼합물로 바닥을 닦는다.

● 나무 바닥 색과 일치하거나 약간 더 어두운 색으로 된 목재용 필러로 작은 균열을 메운다. 참나무처럼 일부 나무의 경우,

코팅 작업을 하면 나무 색이 진해지기 때문이다(코팅제가 무광인 경우도 마찬가지이다.). 그런데 목재용 필러는 코팅제가 입혀져도 색이 유지된다. 따라서 만약 나무 바닥의 색이 코팅 작업 이후 진해지는지 아닌지 알고 싶다면 구석 자리에서 테스트해 본다.

바닥 샌딩
● 그다음 작업은 더 지겨운 시간이다. 바로 샌딩 작업이다. 샌딩 작업을 하면 공기 중에 미세 먼지가 항상 떠다닌다. 온 집 안

에 먼지가 떠다니지 않도록 샌딩 작업을 하는 공간의 문을 닫고 문 아래 틈도 막는다. 마스크를 착용해 호흡기를 보호하고 귀마개로 소음으로부터 귀를 보호한다.

● 넓은 면적과 바닥 중앙은 되도록 벨트 샌더기를 사용하고 바닥 둘레는 원형 샌더를, 모서리는 삼각 샌더기를 사용한다. 제대로 된 샌딩 작업을 위해 주저하지 말고 전문 기계를 빌리자.

● 그럼 이제 본격적으로 시작한다. 나무가 파이지 않도록 같은 위치에 오래 머물지 말고 나무 바닥 결을 따라 샌더기를 이동한다.

● 샌딩 패드를 점점 더 가는 입자(40방, 60방, 80방 순)로 교체하면서 샌더기를 적어도 세 번 왔다 갔다 한다. 샌더기를 한 번 돌리고 날 때마다 청소기를 돌리고 걸레질을 한다. 참나무 바닥은 샌딩 강도가 강해야 깨끗해지지만, 소나무처럼 부드러운 나무의 경우 주의해야 한다. 부드러운 나무의 경우, 중간 입자에서 시작해 가는 입자로 샌딩 작업을 한다.

바닥 코팅하기
● 샌딩 작업이 끝나면 청소기를 돌리고 걸레질을 하고 나서 바닥 코팅을 시작한다. 대부분 냄새도 없고 건조 시간도 빠를 정도로 좋아진 코팅제 덕분에 바닥 코팅 작업은 간단하다. 실내 사용 빈도에 따라 두 번 또는 세 번 정도 덧칠이 필요하다.

● 난방기를 차단한다. 바닥 결을 따라 부드럽게 여러 번 왔다 갔다 하면서 첫 번째 칠을 한다. 코팅 작업을 하는 동안 커튼을 치거나 블라인드를 내려 바닥이 직사광선에 노출되지 않게 한다. 24시간 정도 건조시킨다.

● 건조되면, 나무 표면이 거칠고 무광처럼 보일 수 있다. 실제로 나무가 제품을 흡수했고 일부 나뭇결이 다시 살아난 것이다. 이런 경우 아주 살짝 샌딩(광택 없애기) 작업을 하고 청소기로 먼지를 제거한 뒤, 두 번째 칠을 할 수 있다. 마지막으로 바니시를 바르고 2주 동안 균열 위험성이 제일 높으며 2주가 지나면 최적의 경도에 도달한다는 점을 명심해야 한다.

삐걱거리는 나무 바닥 수리하기

오래된 나무 바닥은 정말 좋지만 삐걱거리는 소리는 견디기 힘들다. 삐걱거리는 부분에 활석 가루를 뿌리고 작은 빗자루를 사용해 홈 사이에 가루가 들어가도록 한다. 그 위를 걷거나 뛰면서 가루가 안에서 잘 퍼지도록 움직인다. 또는 삐걱거리는 바닥 홈 사이에 파라핀 오일이 스며들게 한다(나무 바닥에 얼룩이 남지 않게 테이프로 주위를 보호한다.).

1 대여가 가능한 기계 중에서 벨트 샌더기가 가장 효율적이다. 나무 바닥 결을 따라 샌더기를 움직이는데, 나무에 흠집이 나지 않도록 같은 위치에 오래 머물지 않는다.

2 원형 샌더기는 벨트 샌더기로 닿지 않는 부분에서 사용할 수 있다. 접근이 힘든 구석은 삼각 샌더기를 사용한다.

3 샌더기 사용으로 발생한 먼지를 제거하는 작업은 매우 중요하다. 남은 먼지를 제거하기 위해서 칼날을 틈새에 넣고 미끄러지듯 움직인다. 틈새 먼지를 빨아들이는 노즐을 끼운 청소기로 먼지를 빨아들인다.

4 목재용 필러로 작은 흠집을 보수한다. 목재용 필러를 바르기 전에 뭉치지 않도록 필러를 휘저어 준다. 목재용 필러를 덜어 내 나뭇결을 따라 매끈하게 바른다.

5 작은 구멍을 메우기 위해 목재용 필러를
사용한다. 퍼티는 틈새가 많이 벌어져 있을
때 사용한다. 가루로 된 퍼티는 물을 조금
넣어 풀어 준다. 반죽이 되는 시간이 길다.

6 걸레받이 밑부분을 보호하기 위해서 가
로로 마스킹 테이프를 붙인다. 이렇게 하면
주변으로 튈 염려도 없으며 편안하게 작업
할 수 있다.

7 2액형 코팅제는 첨가물을 섞어서 사용하
는 것이다. 눈금 표시가 있는 통은 2액형 코
팅제(코팅제와 경화제)를 배합하는 데 도움
이 된다. 코팅에 필요한 양을 준비한다.

8 넓은 붓이 들어갈 수 있는 크기의 용기
에 코팅제를 담는다. 몇 분간 저은 뒤, 바닥
구석부터 바른다. 조금씩 바르면서 문 쪽으
로 이동한다.

벽에
액자 걸기

필요 장비 : 자, 연필, 수평기, 전동 드릴, 벽 소재에 적합한 나사못과 앙카(칼블럭)
예상 소요 시간 : 15분

실내 장식을 하고 싶다면 분명히 다소 가벼운 물품을 벽에 걸거나 고정해야 할 일이 생긴다. 예를 들면, 액자처럼 말이다. 이럴 때는 걸이 나사못이나 벽지핀이 필요하다.

● 벽지핀은 빠르고 간편하게 구멍을 뚫지도 나사를 조이지도 않고 액자를 걸 수 있다. 그러나 무거운 물건을 걸 수는 없다. 자칫하다가는 무게를 견디지 못하고 벽지가 찢어질지도 모른다. 특히 도배를 할 때 벽지 전체에 풀을 바르지 않는 경우가 있기 때문에 벽과 밀착되지 않은 벽지 부분에 벽지핀을 꽂았다가는 벽지도 찢어지고 벽지핀으로 건 물건도 떨어져 손상되기 십상이다. 따라서 벽지핀을 꽂을 때는 벽지가 벽에 밀착되어 있는지를 확인하고, 큰 액자 같은 것은 걸지 않도록 한다.

● 약간 더 무거운 물건을 지탱하기 위해서는 걸이 나사못을 사용한다. 가장 보편적으로 사용하고 가장 튼튼한 방법이다. 걸이 나사못은 말 그대로 앙카(칼블럭)에 나사못을 꽂아 조이는 것이다. 따라서 걸이 나사못을 끼우기 위해서는 반드시 벽에 구멍을 내야 한다. 견딜 수 있는 무게에 따라 다양한 크기가 있다.

● 마지막으로 벽에 나사못을 박기 전에 벽의 종류가 무엇인지, 벽 뒤에 가스관이나 수도관이 지나가는지 또는 전선이 있는 곳은 아닌지 확인하는 게 바람직하다. 만약 확실하지 않다면, 금속 탐지기를 저렴한 비용으로 대여해 확인한다.

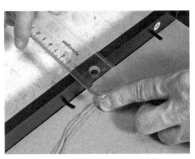

1 액자의 크기를 재고 액자 맨 위부터 액자 뒤에 있는 고리까지 간격을 측정한다.

2 액자의 위치를 벽에 연필로 그린다. 정확한 위치를 그리기 위해 수평기를 사용한다.

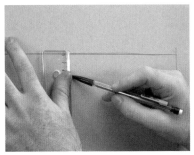

3 액자 고리의 위치를 정확하게 표시한다. 연필로 구멍을 뚫을 위치를 표시한다.

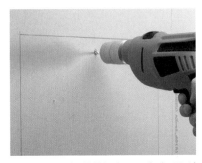

4 벽의 종류에 적합한 전동 드릴 비트를 선택해 구멍을 뚫는다(사진 속 앙카가 들어갈 구멍의 지름은 8mm).

5 망치로 앙카를 구멍에 꽂고 걸이 나사못을 조인다(사진 속 앙카는 석고 보드용).

6 고리에 액자를 건다. 걸이 나사못은 이와 같은 용도에 적합하다.

액자 레일
설치하기

필요 장비 : 전동 드릴, 콘크리트용 앙카, 라쳇 드라이버, 수평기
예상 소요 시간 : 15분

인테리어 장식으로 좋은 액자 레일은 수평 레일에 와이어가 수직으로 고정된다.
벽을 뚫지 않고도 액자를 교체할 수 있다.

힘들이지 않고 나사못 박기

단단한 나무에 나사못을 쉽게 박으려면 먼저 파라핀 조각이나 마른 비누
로 나사못을 문지른다. 나사못 박스에 파라핀 조각을 함께 넣어 두면 나사
못에 파라핀이 저절로 묻으면서 다음에 간단한 작업을 할 때 시간과 힘을
절약할 수 있다.

1 액자 레일에 적힌 치수를 벽에 옮긴 뒤,
적합한 비트를 전동 드릴에 꽂고 벽에 구멍
(6mm)을 뚫는다.

2 벽 자재가 단단한 경우, 단단한 벽자재
용(콘크리트용이나 벽돌용) 앙카를 사용한
다. 단단한 벽 자재용 앙카에는 나사못이 잘
맞는다.

3 앙카를 벽에 박는다. 레일을 지탱하게 도와주는 플라스틱 와셔와 나사도 끼운다.

4 와셔를 조인다. 라쳇 드라이버를 사용하면 더 쉽고 빠르게 조일 수 있다.

5 앙카의 와셔와 플라스틱 와셔 사이에 레일(레일 위쪽에 만들어진 홈)을 끼운다. 수평기로 수평을 확인한다.

6 와이어가 달린 레일 고리를 레일에 끼운다. 액자 크기에 따라 레일 고리의 위치를 조절한다.

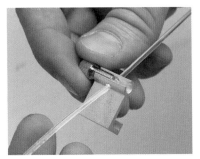

7 와이어에 달린 알루미늄 액자걸이의 위치를 조절하고 고정한다. 알루미늄 액자걸이는 5kg까지 지탱할 수 있다.

8 벽에 액자를 걸고 수평기로 액자의 수평을 맞춘다.

벽 선반 브래킷 설치하기

필요 장비 : 연필, 수평기, 전동 드릴, 앙카
예상 소요 시간 : 브래킷 1개당 10분

벽 선반 브래킷을 설치하기로 했다면 가장 쉽고 일상생활에서 많이 사용하는 방법이 있다.

단, 작업을 시작하기 전에 반드시 생각해야 하는 질문이 있는데, 벽의 종류가 무엇인지 알아보는 것이다. 그래야 구멍 뚫는 방식을 결정하고 선반 설치를 위한 고정 부품을 선택할 수 있기 때문이다.

● 벽의 종류가 무엇인지 알아보기 위해서 집게손가락을 구부려 벽을 가볍게 두드려본다. 맑은 소리가 나면 석고 보드 또는 합판으로, 속이 비어 있다. 무디고 둔탁한 소리가 나면 석재로 된 벽(콘크리트, 벽돌 등)이며 단단하다.

● 얇은 벽인 경우, 전동 드릴에 일반 비트를 끼우고 속이 빈 벽에 적합한 앙카(금속이나 나일론)를 사용한다. 콘크리트 벽의 경우, 해머 드릴을 사용해야 하며 콘크리트 전용 드릴 비트를 끼우고 표준 앙카

(플라스틱)를 사용한다. 벽 속 상태를 파악해야 하므로 금속 탐지기로 벽 속에 매립된 전선, 금속 레일이나 수도관의 위치를 확인한다. 그래야 위험한 사고를 피할 수 있다.

● 벽 종류 파악이 끝나면, 선반을 설치하기 전에 확인할 것이 또 있다. 벽에 끼워야 할 적합한 앙카를 선택하기 위해 선반이 견딜 수 있는 무게가 어느 정도인지 알아보는 것이다. 보통 지탱할 수 있는 최대 무게는 포장지에 표기돼 있다.

1 선반을 설치할 높이를 정하고 벽에 브래킷을 고정하기 위해 뚫을 구멍의 위치를 표시한다. 수평기로 수평을 맞춘다.

2 앙카를 구멍에 끼운 다음, 전동 드릴로 나사를 조여 브래킷을 고정한다.

3 나무 선반을 브래킷 위에 올린다. 수평과 위치를 확인한다.

4 브래킷 위에 놓은 선반을 나사로 조여 고정한다. 나사의 길이는 선반 두께보다 짧아야 한다. 그렇지 않으면 나사가 선반을 뚫고 나오기 때문이다.

무지주 벽 선반
설치하기

필요 장비 : 연필, 수평기, 전동 드릴, 앙카
예상 소요 시간 : 20분

보통 거실 벽에 선반을 설치할 때는 깔끔한 무지주 선반을 선택한다. 무지주 벽
선반은 지주대가 선반에 끼워지면서 선반 고정판을 완전히 가린다.

기발한 아이디어

무지주 벽 선반은 실내 장식을 세련되게 돋보이게 하는 장점이 있다. 그런
데 요즘 다양한 방법으로 무지주 벽 선반을 리폼하고 취향에 맞게 변형하
기도 한다. 예를 들면, 작은 선반(가로 13cm, 매우 얇은 두께)을 벽에 고정
한 다음 선반 위에 책을 눕히고 책의 뒷표지만 밑으로 빼서 책 사이에 선반
을 끼운다. 그리고 뒷표지를 양면 테이프 등으로 선반에 붙여 아래로 펼쳐
지지 않게 한다. 그 위에 다른 책을 쌓는다. 이렇게 책을 쌓으면 독특하고
재밌는 선반이 될 것이다.

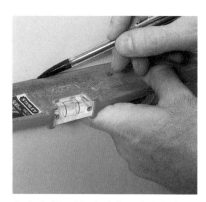

1 수평기를 사용해 선반 고정판의 위치를
표시한다.

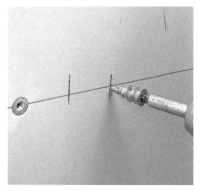

2 석고 보드(또는 다공질 콘크리트)용 직결
나사를 전동 드릴로 조인다.

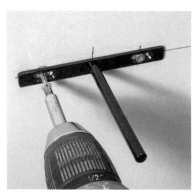

3 선반 고정판 두 개를 전동 드릴로 고정한
다. 고정이 잘 됐는지 제대로 확인한다.

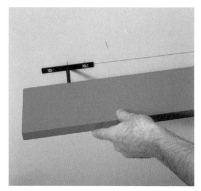

4 선반 고정판에 달린 지주대를 선반에 끼
워 넣으면 끝이다. 선반 뒤쪽에 있는 구멍에
맞춰 지주대에 끼워 넣는다.

찬넬 선반
설치하기

필요 장비 : 연필, 수평기, 전동 드릴
예상 소요 시간 : 20분

서재에 책과 파일을 정리할 선반이 필요하다면 찬넬 선반이 적합할 것이다. 찬넬 선반은 양쪽 찬넬(금속 막대나 기둥 형태로 가운데 홈이 있는 금속 부품) 간격이 60cm를 넘으면 안 된다는 점을 명심해야 한다. 선반이 구부러지거나 무게에 눌려 부서질 수 있기 때문이다.

1 수평기를 사용해 찬넬을 고정할 위치를 벽에 표시한다.

2 연필로 고정 나사 위치를 표시한다. 구멍을 뚫고 찬넬을 나사로 고정한 뒤, 브래킷을 설치한다.

3 브래킷 위에 선반을 고정한다. 예를 들면 18mm 두께의 선반을 브래킷 위에 놓을 수 있다. 선반 두께는 두 찬넬 사이 거리와 선반에 놓을 물건의 무게에 따라 달라진다.

커튼봉
설치하기

필요 장비 : 전동 드릴, 앙카, 수평기, 나사못
예상 소요 시간 : 30분

창문에 커튼을 설치할 이유는 수십 가지나 된다. 보통 새 집으로 이사갔을 때 제일 먼저 커튼봉을 설치한다. 폭이 넓은 창문의 경우 여러 개의 커튼봉이 필요하다. 모던, 클래식한 스타일 또는 나무, 금속 재질 등 다양한 종류의 커튼봉이 있는데, 커튼봉을 고를 때 커튼봉 마개도 잊으면 안 된다. 커튼봉 종류(철제 레일, 나무 막대, 금속으로 장식된 막대 등)에 상관없이 설치 방법은 똑같다. 장애물로 인해 벽에 커튼봉을 설치할 수 없으면 창문 양쪽 끝에 마주한 벽이나 천장에 커튼봉 브래킷을 설치하고 커튼봉을 얹으면 된다.

받침대 고정하기

● 받침대 설치에서 가장 중요한 것은 벽에 단단하게 고정하는 것이다. 커튼봉은 커튼의 무게뿐만 아니라(커튼 천이 벨벳이라면 더욱 중요), 커튼을 여닫을 때마다 가해지는 힘을 견뎌야 하기 때문이다. 커튼의 선택은 매우 중요하며 그에 따라 커튼봉을 선택하는데, 너무 무거운 커튼, 커튼봉에 비해 커튼 상단의 구멍 또는 링이 너무 작은 것을 고르면 안 된다.

● 커튼봉을 설치하기 전에 벽의 종류를 파악한다. 벽을 두드려 보면 종류를 알 수 있다. 만약 맑은 소리가 나면 비어 있는 벽이고, 둔탁한 소리는 벽이 단단하다는 의미이다. 78쪽 벽 선반 브래킷 설치 시 벽의 종류 파악하는 방법을 참고하여 벽에 맞는 나사를 준비한다.

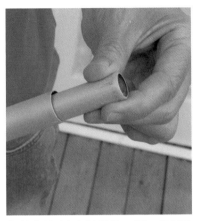

1 쉽게 설치하기 위해서는 메탈 커튼봉을 선택한다. 길이 조절이 가능한 메탈 커튼봉은 모든 창문 너비에 들어맞는다.

2 창문을 열 때 불편하지 않을지를 고려해 커튼봉의 받침대를 고정할 위치를 정한다. 보통 천장에서 10cm 아래, 창문 양쪽 끝에서 15cm 떨어진 곳에 고정한다.

3 벽(석재, 벽돌, 콘크리트, 석고 보드 등)에 적합한 드릴 비트를 골라 전동 드릴에 끼운다. 앙카 지름에 맞는 구멍을 뚫는다.

4 앙카를 끼운다. 앙카가 구멍 안에서 떠 있어도 안 되며 너무 박혀 있어도 안 된다. 만약 구멍이 너무 넓다면 성냥개비를 같이 넣어 앙카를 고정한다.

5 구멍 깊이보다 앙카가 더 길어 끝부분이 튀어나온다면 앙카를 빼서 다시 구멍을 내거나, 벽에서 튀어나온 끝부분을 자른다. 첫 번째 받침대를 나사로 조여 고정한다.

6 커튼봉 끝을 받침대 위에 놓는다. 수평기로 수평을 확인하면서 반대쪽 받침대를 설치한다. 나사의 위치를 연필로 표시하고 앞서 한 것처럼 구멍을 뚫는다.

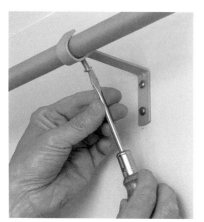

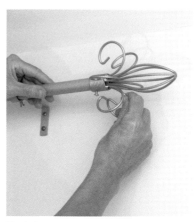

7 커튼봉에 커튼을 끼운다. 커튼이 움직일 때 커튼봉이 미끄러지지 않도록 받침대의 나사를 조인다.

8 장식 커튼봉 마개를 고정한다. 구성품으로 제공되는 나일론 조절링 덕분에 메탈 커튼봉에 맞게 조절할 수 있다.

접착제로
붙이기

걸기, 고정하기, 조립하기, 수리하기. 이러한 작업을 할 때 전동 드릴, 망치, 못을 전문가처럼 다룰 줄 몰라도 괜찮다. 왜냐하면, 접착제로 붙일 수 있기 때문이다. 가끔은 접착제로 붙이는 방법이 유일한 방법이거나 가장 효과적인 방법이기도 하다.

● 요즘 나무, 돌, 금속, 폴리스티렌 등 자재 대부분은 점점 성능이 좋아지는 접착제 덕분에 실내와 실외 모두에서 쉽게 붙일 수 있다.

● 대표적인 여러 접착제 중에서 집수리에서 가장 자주 사용하는 접착제는 비닐, 에폭시, 시아노아크릴레이트, 네오프렌, 아크릴, MS폴리머, 폴리우레탄, 핫멜트이다.

그런데 적절한 접착제를 선택하기 전에 생각해야 할 점이 있다.

● 어떤 물체를 접착해야 하는가? 자재의 종류는 무엇인가? 무게는 어느 정도인가? 어디에 붙일 것인가? 실내 아니면 실외인가? 이 질문들의 답을 찾았다면 일부 효과를 보장받은 것이나 마찬가지이다. 어떤 접착제는 바르고 붙이면 절대 떨어지

설명서 잘 읽기

접착제를 성분이 아닌 용도에 따라 분류하는 브랜드도 있다. 또한, 일부 제품에는 실외, 조립식, 순간, 투명 등 다양한 접착제 용도와 함께 '못, 나사 없이' 또는 '뚫지 않고 고정하기'라고 쓰여 있다.

시중에 많이 판매되고 있는 다용도 접착제의 경우, 성분이 아크릴 접착제인지 MS폴리머 접착제인지 아니면 다른 접착제인지 알기 힘들다. 따라서 설명서를 참고하면 접착제를 살 때 도움이 될 것이다.

지 않기 때문이다.

● 접착제를 개봉하는 순간부터 제품 설명서를 꼼꼼하게 읽는다. 건조되는 시간까지의 과정에서 따라야 할 합리적이고 필수적인 몇 가지 조언이 있다.

● 마지막으로, 당연한 말이지만 완벽한 접

착을 위해서 접착할 물건을 조이고 고정하는 여러 공구를 준비해야 한다. 접착제 제조사는 거의 모든 상황을 대비해 가장 세밀한 집게부터 가장 단단한 클램프까지 보조 공구를 예상하고 제품을 만든다. 또한, 마트 공구 판매장에서 조언을 구할 수 있다.

알아야 할 경고 표지 5가지(유럽연합 분류)

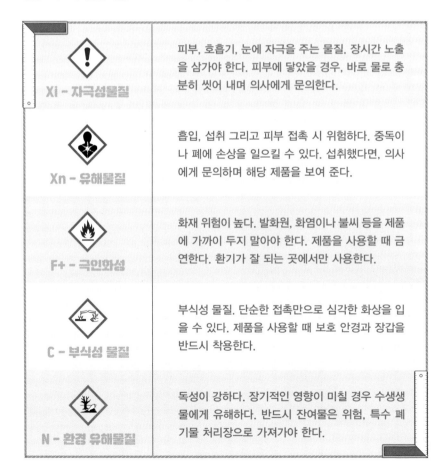

Xi - 자극성물질
피부, 호흡기, 눈에 자극을 주는 물질. 장시간 노출을 삼가야 한다. 피부에 닿았을 경우, 바로 물로 충분히 씻어 내며 의사에게 문의한다.

Xn - 유해물질
흡입, 섭취 그리고 피부 접촉 시 위험하다. 중독이나 폐에 손상을 일으킬 수 있다. 섭취했다면, 의사에게 문의하며 해당 제품을 보여 준다.

F+ - 극인화성
화재 위험이 높다. 발화원, 화염이나 불씨 등을 제품에 가까이 두지 말아야 한다. 제품을 사용할 때 금연한다. 환기가 잘 되는 곳에서만 사용한다.

C - 부식성 물질
부식성 물질. 단순한 접촉만으로 심각한 화상을 입을 수 있다. 제품을 사용할 때 보호 안경과 장갑을 반드시 착용한다.

N - 환경 유해물질
독성이 강하다. 장기적인 영향이 미칠 경우 수생생물에게 유해하다. 반드시 잔여물은 위험, 특수 폐기물 처리장으로 가져가야 한다.

접착제
고르기

● 네오프렌 접착제

'접촉형 접착제'로도 부르는 네오프렌 접착제는 섬세한 작업이 필요하다. 고정해야 할 물체 두 곳 모두에 접착제를 바르고(이중 도포) 붙이기 전에 10여 분 동안 용제가 증발하도록 내버려 둔다(이를 '건조 접착성 생성 시간'이라고 한다.). 실수하면 안 된다. 순식간에 접착되기 때문이다. 내구성은 접착하는 두 물건에 가해진 압력에 따라 달라진다. 단점이라면 네오프렌 접착제는 용제를 함유하고 있어 냄새가 강하다. 연질 플라스틱(폴리스티렌, 폴리에틸렌, 폴리프로필렌)에는 적합하지 않다.

실내   50kg/㎠   양면 도포   순간 접착

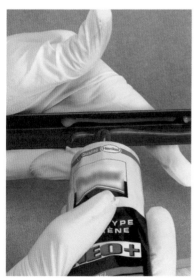

1 접착할 면을 깨끗하게 닦고, 얇고 균일하게 접착제를 바른다.

2 바로 퍼티 나이프로 접착제를 매끈하게 다듬는다. 용제가 증발하도록 잠시 내버려둔다.

3 만졌을 때 접착제가 끈적이지 않으면 건
조 접착성 생성 시간이 끝난 것이다(약 10
분).

4 접착할 두 물건을 서로 붙인다. 순식간에
접착된다(위치를 다시 바꿀 수 없다.).

● 아크릴 수지 접착제

아크릴 수지로 만든 접착제는 사용하기 편리하다. 용제가 없기 때문에 유해 가
스, 냄새가 없으며 물로 깨끗해진다. 확실한 접착을 위해서 접착할 두 물건 중 하
나는 반드시 다공질이어야 한다. 발포 폴리스티렌을 붙일 수 있지만 연질 플라스
틱(폴리에틸렌, 폴리프로필렌)은 붙일 수 없다.

실내　　100kg/cm²　한 면 도포　접착 시간
　　　　　　　　　　　　　　　　20초

1 접착할 두 물건 중 한 곳에 접착제를 줄
을 그리듯 바른다. 깔끔해지도록 가장자리
는 비워 둔다.

2 접착제를 바르지 않은 물건에 접착제가
펼쳐지도록 미끄러지듯 붙이고 20초 동안
강하게 누른다.

● 비닐 수지 접착제

비닐 수지 접착제는 목재 및 부산물로 만든 제품(섬유판, 두꺼운 종이, 종이 등)에 사용한다. 비닐 수지 접착제는 건조되면서 색이 없어진다. 정확하게 접착하기 위해서 30분 동안 조여야 한다. 오래된 접착제는 식초를 분사하면 제거된다.

실내　60kg/㎠　한 면 도포　접착 시간
20~30분

1 첫 번째로 해야 할 일은 접착할 면을 꼼꼼하게 닦는 것이다.

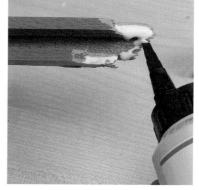

2 접착할 물건 중 한 곳에 접착제를 고르게 바른다. 만약 붓이나 퍼티 나이프가 필요하다면 사용할 수 있다.

3 두 물건을 이어 붙인다. 접착제가 마르기 전까지 위치를 조정할 수 있다.

4 물을 묻힌 수건으로 두 물건을 붙이면서 빠져나온 접착제를 닦는다. 노즐에서 빠져나온 접착제를 닦는다.

5 적절한 클램프를 사용해 부착한 상태를 유지한다. 몇 시간이 지나야 최종적으로 단단해진다.

● 폴리우레탄(PU) 접착제

비가 오거나 햇빛이 쨍쨍해도 실외와 실내에서 모든 물건을 고정할 수 있다. 하지만 붙일 때 몇 시간 동안 부착한 상태를 고정해야 한다. 천천히 (30분) 단단해지기 때문이다. 일반적으로 전문가 대상으로 판매하는 폴리우레탄 접착제는 나중에 소개되는 상대적으로 덜 해로운 MS폴리머로 인해 사라질 위기에 놓여 있다.

| 실내 | 실외 | 240 kg/㎠ | 한 면 도포 | 접착 시간 30분 |

1 덩어리 또는 줄 모양으로 접착제를 짜 놓는다. 더 좋은 접착력을 위해서 붙여야 할 면을 축축하게 한다.

2 접착할 두 물건을 맞대 붙이고 잠시 고정한 후, 클램프 사이에 끼우고 조인다.

3 이음새에 접착제를 덧바른다. 줄 모양으로 접착제를 고르게 바르고 15분 후 매끈하게 다듬는다.

● 에폭시 퍼티

에폭시 수지와 경화제로 구성된 에폭시 퍼티는 손상된 나무, 금속을 수리하고 압력관의 새는 부위를 막을 수 있다. 반죽하여 사용하는데, 건조되는 순간 높은 내구성을 보여 주며 줄질이나 사포질을 할 수 있다.

실내 실외 100kg/㎠ 한 면 도포 접착 시간
3~10분

1 에폭시 반죽으로 구멍이 생긴 구리관을 메울 수 있다. 물을 잠그고 구리관의 기름기를 제거하며 깨끗하게 닦는다.

2 같은 길이로 에폭시 반죽 덩어리 2개를 자르고 씌워진 비닐을 제거한다.

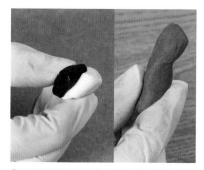

3 두 반죽을 섞어 색이 균일해질 때까지 꼼꼼하게 반죽한다. 사용하지 않는 남은 반죽을 보관할 때, 공기와 습기를 차단해야 한다.

4 새는 부위를 막기 위해서 구리관 주변을 링처럼 두른다. 완전히 단단해지는 데 12시간이 걸린다.

● 액체 에폭시 접착제

에폭시 수지와 경화제로 구성된 액체 에폭시 접착제는 사용 전 섞어야 한다. 에폭시 수지와 경화제(주사기 2개로 나뉘어 담겨 있다.)를 적절한 비율로 섞는다. 내수성이 강하다는 게 장점이다.

1 접착할 물건 두 개의 면에 묻은 기름을 완벽하게 제거한다.

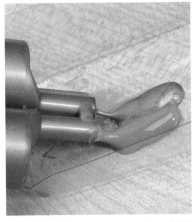

2 에폭시 수지와 경화제가 담긴 주사기를 같은 양이 나오게 누른다.

3 색이 균일해질 때까지 에폭시 접착제와 함께 제공되는 주걱으로 섞는다.

실내　실외　260kg/㎠　한 면 도포　접착 시간 90초

4 붙여야 할 두 면 중 한 면에 접착제를 바르고 붙여 꽉 쥔다. 2시간 지나면 완전히 경화된다.

● MS폴리머 접착제

다용도 접착제로, 차세대 접착제로 꼽힌다. 전문가들만이 오랫동안 사용했던 MS 폴리머 접착제는 이제 일반인도 구할 수 있다. 변형 실리콘(MS)를 기반으로 만들어진 MS폴리머는 용제와 냄새가 없고 건조 이후에도 탄력성을 유지하며 실외뿐만 아니라 실내에서도 사용할 수 있다. 공기 중 습기와 만나면 단단해진다.

실내　　실외　　100kg/㎠　한 면 도포　접착 시간
15~20분

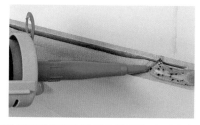

1과 **2** 접착제 입구를 자르고 노즐을 끼운다. 필요한 접착제 분사량에 따라 입구를 더 자를 수 있다. 접착제를 짜 놓고 펴 바르진 않는다. 부착한 다음 순간적으로 접착이 될 수 있도록 30초 동안 누른다.

● 시아노아크릴레이트 접착제

주로 '순간 접착제'로 부르는 시아노 아크릴레이트 접착제는 순식간(10초)에 접착된다. 3g~10g 정도로 소량씩 포장되어 있는데, 몇 방울만으로도 강력하게 접착되기 때문이다. 용제가 없는 시아노아크릴레이트 접착제는 공기가 습한 상태에서 빠르게 마른다(접착 부위에 바람을 불면 더 빨리 붙는다.). 냉장고에 넣어 두면 오래 보관할 수 있다.

실내　　230kg/㎠　한 면 도포　접착 시간
10초

1 접착할 면의 기름을 제거하고 깨끗하게 닦는다.

2 붙일 물건 중 하나에 최소 1~2방울을 묻힌다.

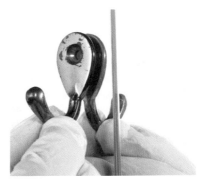

3 10초 동안 물건의 위치를 잡아 주고 고정한다. 그러면 접착된다.

● 핫멜트 접착제

합성수지 막대가 글루건 안에서 데워진다. 접착제가 노즐에서 액체로 분사된 후 1분 만에 단단해진다. 접착이 끝나면, 접착 막대가 글루건 안에 남는다. 접착제를 교체하기 위해서 글루건 안에 남은 접착제를 빼야 한다.

실내   10kg/cm²   한 면 도포   접착 시간 1분

1 글루건의 전원을 켜 놓고, 3~4분간 데워지도록 놔둔다. 글루건 뒤쪽으로 접착 막대를 넣는다.

2 글루건의 방아쇠를 부드럽게 누르면 뜨거운 액체 접착제가 노즐에서 나온다.

3 붙여야 할 물건에 접착제를 바른다. 접착제가 단단해지는 10초 동안 접착제를 바른 부위를 눌러 준다.

접착할 물건의 재질에 따른 사용 가능 접착제

대상물 \ 바탕면	목재	콘크리트	석고/퍼티
목재	• 폴리우레탄 • 비닐	• MS폴리머 • 폴리우레탄	• MS폴리머 • 폴리우레탄
합판	• 아크릴 • 네오프렌	• 아크릴* • 에폭시 • MS폴리머 • 폴리우레탄	• 아크릴* • 에폭시 • MS폴리머 • 폴리우레탄
나무 마루	• MS폴리머 • 폴리우레탄	• MS폴리머 • 폴리우레탄	• MS폴리머 • 폴리우레탄
콘크리트	• 아크릴* • 에폭시 • MS폴리머 • 폴리우레탄	• 아크릴* • MS폴리머 • 폴리우레탄	• 에폭시 • 네오프렌
벽돌	• 아크릴* • 에폭시 • MS폴리머 • 폴리우레탄	• 아크릴* • MS폴리머 • 폴리우레탄	• 에폭시 • 폴리우레탄
경질PVC	• 에폭시 • MS폴리머	• 에폭시 • MS폴리머	• 에폭시 • MS폴리머
연질PVC	• 핫멜트	• 핫멜트	• 핫멜트
폴리스티렌	• 아크릴	• 아크릴	• 아크릴 • MS폴리머
유리/거울	• 시아노아크릴레이트 • 에폭시 • 네오프렌	• 시아노아크릴레이트 • 에폭시	• 시아노아크릴레이트 • 네오프렌
금속	• 아크릴 • 네오프렌	• 네오프렌	• 네오프렌
타일	• 아크릴 • MS폴리머 • 네오프렌	• 아크릴 • MS폴리머 • 네오프렌	• 아크릴 • MS폴리머 • 네오프렌
융단	• 아크릴 • 네오프렌 • MS폴리머	• 아크릴 • 네오프렌 • MS폴리머	• 아크릴 • 네오프렌 • MS폴리머

벽돌	유리	금속	타일
• MS폴리머 • 폴리우레탄	• 아크릴 • MS폴리머	• 아크릴 • MS폴리머 • 네오프렌	• 아크릴 • 시아노아크릴레이트 • MS폴리머 • 네오프렌
• 아크릴* • 에폭시 • MS폴리머 • 폴리우레탄	• 아크릴 • MS 폴리머	• MS폴리머 • 네오프렌	• 시아노아크릴레이트 • MS폴리머 • 네오프렌
• MS폴리머 • 폴리우레탄	• MS폴리머 • 폴리우레탄	• MS폴리머 • 폴리우레탄	• MS폴리머 • 폴리우레탄
• 네오프렌 • 폴리우레탄	• 아크릴 • MS폴리머	• 아크릴* • MS폴리머 • 폴리우레탄	• 아크릴* • MS폴리머 • 폴리우레탄
• 폴리우레탄	• 아크릴 • MS폴리머	• 아크릴* • MS폴리머 • 폴리우레탄	• 아크릴* • MS폴리머 • 폴리우레탄
• 에폭시 • MS폴리머	• 에폭시 • MS폴리머	• 에폭시 • MS폴리머	• 에폭시 • MS폴리머
• 핫멜트	• 핫멜트	• 핫멜트	• 핫멜트
• 아크릴	• 아크릴	• 아크릴	• 아크릴
• 시아노아크릴레이트 • 네오프렌	• 시아노아크릴레이트 • 네오프렌	• 시아노아크릴레이트 • 네오프렌	• 시아노아크릴레이트 • MS폴리머
• 네오프렌	• 시아노아크릴레이트 • 네오프렌	• 시아노아크릴레이트 • 에폭시 • MS폴리머 • 네오프렌	• 시아노아크릴레이트 • 에폭시 • MS폴리머 • 네오프렌
• 아크릴 • MS폴리머 • 네오프렌	• MS폴리머 • 네오프렌	• MS폴리머 • 네오프렌	• MS폴리머 • 네오프렌
• 아크릴 • 네오프렌 • MS폴리머	• 아크릴 • 네오프렌 • MS폴리머	• 아크릴 • 네오프렌 • MS폴리머	• 아크릴 • 네오프렌 • MS폴리머

* 실내에서만 사용

창문 수리하고
새로 페인트칠하기

필요 장비 : 스크래퍼, 원형 샌더기, 퍼티 나이프, 붓, 퍼티, 접착제, 모서리용 붓, 페인트, 오일

예상 소요 시간 : 4시간, 건조 시간 별도

날씨가 좋아졌다면 지난날 비와 뜨거운 햇빛으로 지친 나무틀 창문을 새롭게 단장하고 수명을 더 늘릴 기회가 온 것이다.

수리할 부분 확인하기
● 칠이 벗겨진 페인트, 깊게 틈이 파인 나무, 이끼가 낀 흔적, 떨어진 퍼티는 수리가 급하다는 경고이다. 우선 편한 작업을 위해 창문 경첩을 떼어 내고 사다리 작업대 두 개를 양 끝에 두고 그 위에 창문을 평평하게 올려 둔다.

창문 닦기
● 창틀 페인트를 제거할 때 열풍기는 사용하지 않는다. 유리가 깨질 수 있기 때문이다. 화학 처리가 효과적이지만 쉽게 지저분해지고 마지막 단계에서 물로 헹군 뒤 건조되는 동안 기다려야 하므로 오래 걸린다. 남은 방법은 긁어 내기 또는 샌딩 작업이다. 상대적으로 작업 시간이 짧고 페인트칠하기 좋은 면을 만들 수 있지만, 먼지가 많이 일어난다.

● 창유리 퍼티를 두꺼운 날로 건드려 보고, 떨어져 나오는 퍼티를 제거해야 한다. 퍼티가 떨어진 부위는 방수가 되지 않으며 비가 올 때마다 물이 퍼티와 나무 사이로 스며들어 홈에 물이 고인다. 이렇게 되면 나무가 빨리 썩는다. 주로 유리를 고정할 때 사용하는 유리 퍼티(페인트칠하기 전에 2주 동안 건조) 또는 실리콘으로 낡은 퍼티를 교체하는데, 여기서 중요한 점은 빗물이 창문 위에서 아래로 잘 흘러내려 가도록 하는 것이다.

나무 다루기
● 나무가 망가진 부분은 경화제를 섞은 에폭시 퍼티를 바른다. 에폭시 퍼티는 효

과적이고 작업이 쉽다. 에폭시 수지에 경화제를 첨가하고 망가진 부분에 바르기 전 제품을 잘 섞는다. 퍼티는 몇 분이면 굳는다. 퍼티를 바른 뒤 샌딩 작업을 하고 페인트칠한다.

● 만약 목재 부위에 벌레가 들어와 구멍(특히 흰개미 구멍)이 생겼다면, 벌레를 처치하고 창문을 닦고 칠 작업을 시작하기 전에 경화제를 바른다.

페인트칠하기

● 페인트는 둥근 붓이나 평붓을 사용하며

깨끗하고 건조한, 먼지가 없는 표면에 바른다. 위에서 아래로 칠하며 붓을 누르지 않고 미끄러지듯 여러 번 붓질을 한다. 목재용 페인트를 사용하면 된다.

● 철제 부품은 창문 기둥과 함께 페인트칠한다. 자물쇠 받이판(창틀에 있는 금속 부분), 경첩, 창문 고리(잠금 장치)에는 페인트칠하지 않는다. 일단 페인트가 마르면 두꺼운 페인트층이 장치의 작동을 방해하니, 문을 여닫을 때 불편하지 않도록 건조되기 전에 닦아 낸다.

알아두면 좋은 정보

● 햇빛이 쨍쨍할 때는 페인트칠과 페인트 건조 작업을 피한다. 페인트가 너무 빠르게 건조되면서 갈라지고 주름이 생길 위험이 있다.

● 창문과 덧문 수리를 함께 한다.

작업 방식은 같지만, 시간이 두 배로 든다. 작업할 순서를 미리 계획하고 시작하는 게 좋다.

● 창문틀 윗부분에 있는 경첩을 떼어낼 때, 창문이 떨어지지 않도록 잘 잡아야 한다. 창문틀의 무게로 인해 균형을 잃고 떨어질 수 있다.

1 스크래퍼로 벗겨진 칠을 빠르게 제거해 나무를 깨끗하게 한다. 양면날 스크래퍼(날이 무딘 것)는 칠 제거 작업에 가장 적합하다.

2 페인트칠을 위해 나무를 중간 입자(80봉) 패드를 끼운 샌더기로 샌딩 작업을 한다. 원형 샌더기의 부드러운 판은 평평하거나 둥근 면에 적합하다.

3 사진처럼 생긴 유리 작업용 퍼티 나이프로 창문틀 홈에 퍼티를 누르고 홈 모서리에 평평한 날을 사용해 미끄러지듯 짝 펴 준다.

4 빗물에 가장 많이 노출되는 부분은 목재용 방수 하도제(젯소)를 바른다. 이렇게 형성된 방수 보호막은 페인트에 가장 훌륭한 바탕면이다.

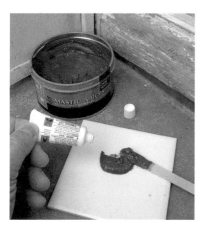

5 나무 창문틀에서 손상된 부분은 경화제를 첨가한 에폭시 퍼티를 사용해 보수 작업을 한다. 눈에 띄지 않게 마무리 작업을 할 수 있는 색을 선택한다.

6 마스킹 테이프를 붙여 유리에 페인트가 묻지 않도록 한다. 매끈한 테이프를 붙여야 한다.

7 끝이 둥글고 뾰족한 모서리용 붓이 창문틀을 칠하는 데 가장 적합하다. 붓 길이의 1/3 정도에 페인트를 묻힌다.

8 경첩 고정을 확인하기 위해서 경첩을 다는 부분을 살펴본다. 작은 구멍에 오일을 조금 넣어 기름칠을 한다.

깨진 유리
교체하기

필요 장비 : 작은 망치, 못뽑이, 목공용 끌 또는 퍼티 나이프, 아마인유, 창문 유리용 퍼티, 무두못

예상 소요 시간 : 4시간

강한 바람 때문에, 날아온 공 때문에, 실수로 인해 등 창문 유리는 깨질 수 밖에 없다. 그리고 전문가를 불러 교체하려면 생각보다 돈이 많이 든다. 그렇다면 직접 유리창을 교체해 보자. 이 책에서는 소개하는 유리창 끼우기 작업은 단창을 유리 퍼티로 고정하는 방법이다. 일반적으로 이중 유리는 기계를 사용해 고정하기 때문이다.

작업 공간 준비하기

● 우선 보호를 위한 장갑과 안경을 착용한다. 바닥에 커버링 테이프를 펼치고 그 위에 사다리 작업대 2개를 놓는다. 깨진 유리 창문 경첩을 떼고 편안한 작업을 위해 사다리 작업대를 양 끝에 두고 그 위에 창문을 눕혀 놓은 뒤 작업을 시작한다. 깨진 유리 조각을 빼낸다. 유리를 제거하면 둘레에 남은 퍼티를 제거하고 못뽑이로 못을 뽑는다.

절단하기

● 유리를 직접 절단하는 것은 권하지 않

는다. 유리 가게에 가서 절단 유리를 주문하기 위해 먼저 길이를 측정한다. 크기를 정확하게 재기 위해서, 유리를 끼우는 홈(안쪽 창틀)까지 세로 길이를 측정한 다음, 2~4mm를 뺀다. 유리를 주문할 때 판매자가 몇 밀리미터를 빼는 일이 없도록 자신이 측정한 방법을 설명한다.

퍼티 바르기

● 가장 보편적으로 사용하는 퍼티는 아마인유를 함유한 퍼티이다. 특수 제품도 있는데, 대부분 아크릴 제품이다. 원통형으로 되어 있으며 실리콘 건을 사용해 바른

다. 손가락에 물을 묻혀 창유리 홈에 바른 퍼티 줄을 평평하게 밀면서 매끈하게 다듬는다.

● 유리 고정 테두리가 있는 창문(창유리가 몰딩에 고정된다.)에 바를 퍼티는 뱀이 똬리를 틀고 있는 것처럼 돌돌 말린 테이프로 돼 있다.

● 퍼티를 바르고 평평하게 펴 준다. 주름 지거나 금이 가지 않게 조심하며 건조시킨다. 시간이 흐를수록 퍼티의 질이 떨어지기 때문에 퍼티를 주기적으로 교체해야 한다.

수리하기

● 손으로 충분히 반죽한 퍼티를 유리를 끼우는 홈 부분에 얇게 한 층 바른다. 잘 미끄러지도록 오일에 담갔던 퍼티 나이프로 퍼티를 펴 바른다. 홈 사이에 낀 유리의 중심을 맞춘다. 퍼티가 잘 붙도록 살짝 누르면서 바른다. 홈에 박는 무두못으로 유리를 고정한다.

● 퍼티를 반죽해서 홈에 눌러 넣은 뒤, 이음새를 균일하게 다듬는 게 좋다. 이 작업을 여러 번 반복해야 한다. 평평한 퍼티 나이프 대신 뾰족하면서 약간 구부러진 유리 작업용 퍼티 나이프를 사용해도 좋다.

유용한 정보

● 유리 조각은 뾰족하고 매우 날카롭다. 따라서 유리 조각을 뽑아야 할 때는 두꺼운 가죽 장갑과 보호 안경을 반드시 착용해야 한다. 홈 사이에 낀 작은 조각의 경우, 청소기나 솔로 뺄 수 있다.

● 어린이 손이 닿지 않는 곳에 퍼티 통을 보관한다. 아이들이 퍼티를 찰흙으로 잘못 알 수 있기 때문이다.

1 유리 조각을 제거하고 퍼티 나이프로 오래된 퍼티 이음줄을 떼어 낸다. 이음새를 지렛대로 사용하면 퍼티를 쉽게 떼어 낼 수 있다. 못뽑이로 못을 뽑는다.

2 긁개를 사용해 유리창 홈에 낀 유리 잔해와 퍼티를 제거한다. 퍼티를 잘 붙게 하는 아마인유를 붓으로 발라 준다.

3 퍼티를 한 줌을 떼어 내 손으로 반죽하면서 데워 부드럽게 만든다. 퍼티 나이프로 반죽을 조금 떼어 내고 홈 사이로 퍼티를 누르며 붙이고 펴 바른다.

4 새 유리를 틀 크기에 맞춰 자른다. 퍼티 위에 새 유리를 부드럽게 누른다. 안에서 응고된 퍼티는 방수 효과를 줄 것이다.

5 유리를 중간에 잘 맞춘 뒤 가로 못 3개, 세로 못 4개를 박아 유리를 고정한다. 무두못을 놓고 망치로 부드럽게 박는다.

6 퍼티가 잘 부착되고 부드럽게 발리기 위해서 퍼티 반죽이 손에 묻지 않을 때까지 퍼티를 다시 반죽한다. 나무 모서리를 퍼티 나이프로 누르며 퍼티를 유리창 테두리에 두른다.

7 퍼티 반죽을 비스듬히 고르게 다듬는다. 칼과 45° 각도를 만들어 다듬으면서 떨어져 나오는 줄을 한 번에 떼어 낸다. 얼룩을 제거한다.

합판 가구 수리하고
새로 페인트칠하기

필요 장비 : 세제, 사포, 페인트 붓, 미니 롤러
예상 소요 시간 : 2시간, 1차 건조 12시간, 2차 건조 8시간

합판 가구는 상대적으로 저렴하고 유지하기 편리하며 내구성(긁힘은 제외)이 좋지만, 예쁘지 않다. 가구 상태가 좋다면 페인트칠을 새로 해 보자. 그런데 먼저 알아야 할 점이 있다. 합판은 목재가 아니라는 사실이다. 합성수지가 첨가된 나무 잔여물로 이루어진 패널을 붙여 만든 얇은 판(7~8mm)으로, 진짜 목재로 착각하도록 나뭇결이 인쇄되어 있다.

● 페인트칠 결과는 얼마나 준비를 잘하느냐에 달렸다. 이 책에서 설명하는 순서를 건너뛰고 대강하면 안 된다. 시작할 때 페인트칠할 면이 가능한 한 깨끗하고 매끈하며 상태가 좋아야 한다. 틈, 균열, 벗겨짐, 못 구멍 등을 처리한다. 고쳐야 할 부분을 살펴보고, 연마 작업, 메우기 작업, 세제로 씻는 작업 등 준비 작업을 한다.

● 그다음 페인트칠을 할 수 있다. 아크릴 프라이머를 먼저 바르는 것을 권장한다. 밑칠을 하면 유지 기간이 길어지고 마감 페인트가 잘 부착되도록 돕는다.

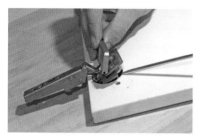

1 작업을 쉽게 하기 위해서 문짝을 떼어 내고 가구에 달린 철물류(손잡이,경첩)도 함께 떼어 낸다.

2 세제로 표면을 닦는다. 미온수로 충분히 세제를 헹궈 낸다. 아세톤을 묻힌 걸레로 기름때를 제거한다.

3 페인트가 잘 흡착되도록 가볍게 사포질을 한다. 먼지를 닦아 내고 말린다.

4 페인트 붓으로 가구 홈 부분부터 밑칠 한다.

5 더 넓은 페인트 붓으로 칠을 하거나 사진 처럼 미니 롤러(털 길이 10mm)로 칠한다. 12 시간 건조시킨다.

6 색을 입힌다. 앞서 밑칠할 때처럼 가구의 홈 부분부터 페인트 붓으로 칠한다.

7 평평한 면은 미니 롤러로 칠한다. 빈 공간 없이 모든 면을 다 칠한다.

8 8시간 건조시키고, 가는 입자로 된 사포 로 훑는다. 다음 두 번째 페인트칠을 한다.

글과 사진

일반체는 글 작가, 이탤릭체는 사진 작가이며, 이름이 하나인 것은 글 작가와 사진작가가 동일한 경우이다.

P. 6-8 : Système D et Fleurus ; **p. 10-11** : A. Fuksa ; **p. 12** : Vincent Rousselet-Blanc ; **p. 13** : F. Roebben / *C. Hochet* ; **p. 14-15** : A. Fuksa ; **p. 16-19** : Vincent Rousselet-Blanc / *F. Roebben* (infographies) ; **p. 20-22** : N. Sallavuard / *F. Dastot* (infographies) ; **p. 23-24** : B. Petit-Falaize et Vincent Rousselet-Blanc / *B. Petit-Falaize* ; **p. 25-26** : B. Petit-Falaize ; **p. 27-28** : N. Sallavuard / *C. Hochet et N. Sallavuard* ; **p. 29-31** : DR / *Agence Soury* ; **p. 32** : Vincent Rousselet-Blanc ; **p. 33-35** : C. Petitjean ; **p. 36-37** : Vincent Rousselet-Blanc ; **p. 38-39** : N. Sallavuard / *A. Fuksa, F. Marre, J. Petit-Jacquin et Y. Robic* ; **p. 40** : Vincent Rousselet-Blanc ; **p. 41-44** : DR / *B. Petit-Falaize* ; **p. 45-47** : Vincent Rousselet-Blanc ; **p. 48-49** : N. Sallavuard / *C. Hochet* ; **p. 50-53** : J. Renard ; **p. 54-55** : J.-P. Decroix ; **p. 56-58** : N. Sallavuard / *C. Hochet* ; **p. 59-62** : N. Sallavuard / *C. Hochet* ; **p. 63** : N. Sallavuard / *C. Hochet* ; **p. 64-67** : J. Petit-Jacquin ; **p. 68-69** : Vincent Rousselet-Blanc ; **p. 70-73** : A. Fuksa ; **p. 74-75** : F. Roebben / *F. Marre* ; **p. 76-77** : F. Roebben / *F. Marre* ; **p. 78-79** : F. Roebben / *F. Marre* ; **p. 80-81** : F. Roebben / *F. Marre* ; **p. 82** : F. Roebben / *F. Marre* ; **p. 83-85** : J. Petit-Jacquin ; **p. 86-97** : N. Sallavuard / *C. Hochet* ; **p. 98-101** : J. Petit-Jacquin ; **p. 102-105** : C. Petitjean ; **p. 106-107** : N. Sallavuard / *A. Fuksa, F. Marre, J. Petit-Jacquin et Y. Robic.*

© First published in French by Mango and PGV Maison-Système D, Paris, France - 2017
Korean translation rights arranged through Icarias Agency
Korean translation ©2018 Dabom Publishing Co.

기록자들

2021년 1월 15일 초판 1쇄 펴냄
2021년 6월 14일 초판 2쇄 펴냄

지은이	임성용
펴낸이	김성규
책임편집	김은경 미순 조혜주
내지	김동선
펴낸곳	걷는사람
주소	서울 마포구 월드컵로16길 51 서교자이빌 304호
전화	02 323 2602
팩스	02 323 2603
등록	2016년 11월 18일 제25100-2016-000083호

ISBN   979-11-91262-11-7 03810

* 이 책은 2020년 부산광역시 BUSAN METROPOLITAN CITY 부산문화재단 지역문화예술특성화지원 부산문화예술지원사업으로 지원을 받았습니다.
* 이 책 내용의 전부 또는 일부를 재사용하려면 반드시 지은이와 출판사의 동의를 얻어야 합니다.
* 잘못된 책은 교환해 드립니다.
* 이 책의 국립중앙도서관 출판시도서목록(CIP)은 서지정보유통지원시스템 홈페이지(http://www.seoji.nl.go.kr)와 국가자료공동목록시스템 (http://www.nl.go.kr/kolisnet)에서 이용할 수 있습니다. (CIP제어번호:2020054459)